내가 바로
세종대왕의
아들이다

내가 바로 세종대왕의 아들이다 4

유아리 퓨전 판타지 소설

초판 1쇄 찍은 날 § 2020년 7월 21일
초판 1쇄 펴낸 날 § 2020년 7월 28일

지은이 § 유아리
펴낸이 § 서경석

총괄팀장 § 노종아
편집책임 § 이민지
디자인 § 소소연

펴낸곳 § 도서출판 청어람
등록번호 § 제387-1999-000006호
등록일자 § 1999. 5. 31
어람번호 § 제1-3069호

주소 § 경기도 부천시 부일로 483번길 40 서경B/D 3F (우) 14640
전화 § 032-656-4452   팩스 § 032-656-4453
http://www.chungeoram.com
E-mail § chungeorambook@daum.net

ISBN 979-11-04-92217-6 04810
ISBN 979-11-04-92193-3 (세트)

4

내가 바로
세종대왕의
아들이다

유아리

퓨전 판타지 소설

청람
도서출판

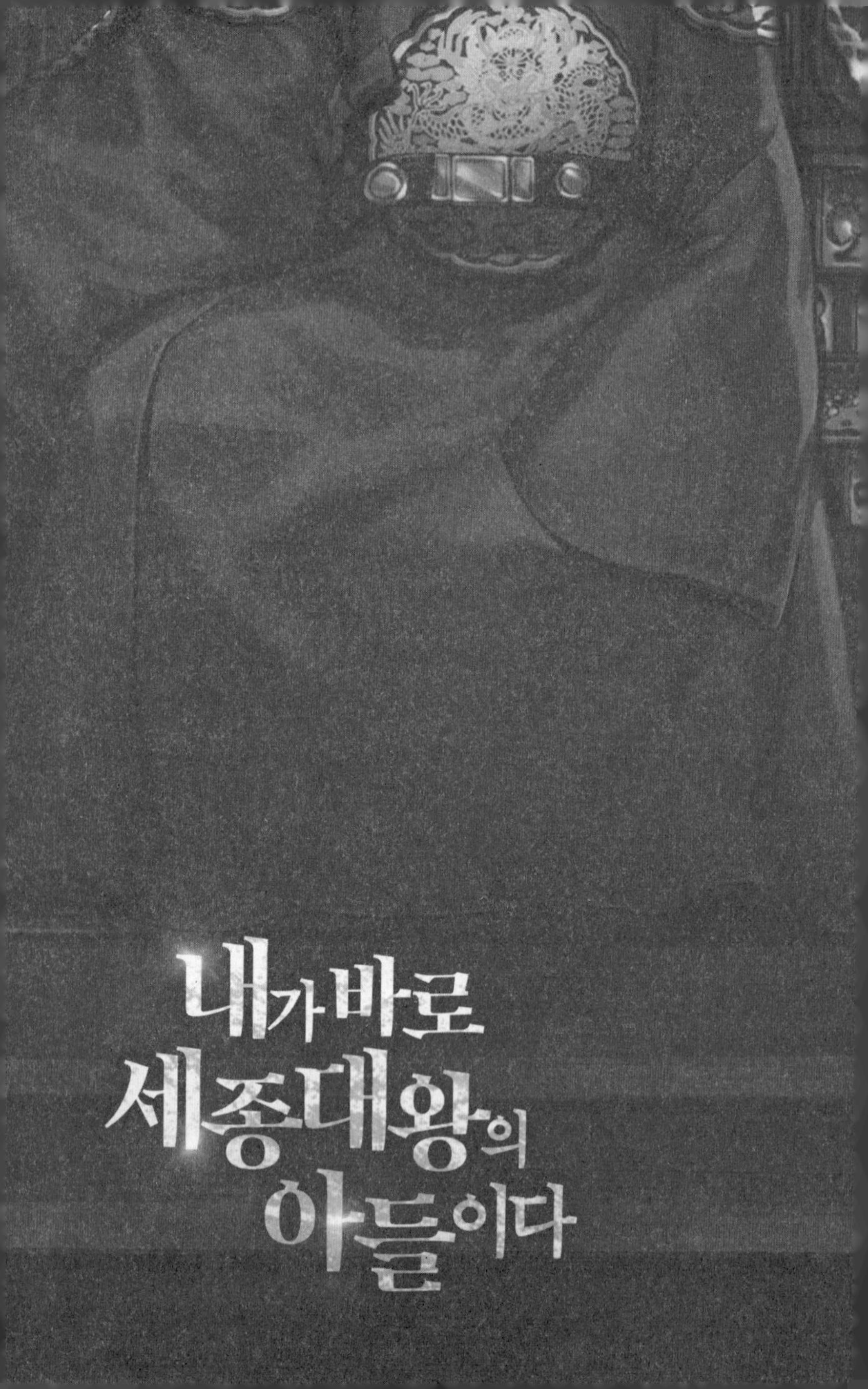
내가 바로
세종대왕의
아들이다

목차

제1장
계해약조

　대마도주인 소 사다모리(宗貞盛)는 얼마 전 조선에서 왜관에 입항할 수 있는 교역선인 세견선(歲遣船)의 수를 줄이겠다는 일방적인 통보가 담긴 서신를 받고, 마음이 급해져 직접 조선 땅에 발을 들였다.

　사다모리가 조선 예조판서의 명의로 온 서신를 보니, 일전에 조선 조정의 제안을 감히 무시하고 아무런 대답조차 없으니 그 대가로 허락했던 세견선의 숫자를 줄이거나 없애 버리겠다는 내용이 적혀 있었다. 조선에서 받는 세사미두(歲賜米豆, 쌀과 콩)와 교역으로 대마도의 식량 사정을 해결하던 사다모리는 조선의 일방적인 통보에 정말 억울한 마음이 들었다.

자신은 최근에 조선 측에서 서신을 받은 적이 전혀 없었는데, 난데없이 세견선을 줄이겠다고 협박하니 졸지에 대마도민들의 생계와 자신의 안위가 흔들리게 되었고, 그래서 주저 없이 조선행을 결심한 것이다. 최근 사다모리는 종주로 섬기는 쇼니(少貳) 가문과 쇼니를 적대하는 오우치(大內) 가문 사이의 관계가 악화되어 혹시 모를 전쟁을 대비하는 와중이었는데, 식량 줄을 움켜쥔 조선에서 갑자기 협박해 오니 마른하늘에서 떨어진 날벼락을 맞은 것 같은 심정이었다.

　사다모리는 일단 동래부의 왜관에서 대기하며 조선 조정에 알려 입조의 허락을 미리 구했고, 대답을 기다리던 중에 왜관에서 거주하며 드나드는 왜인들을 다스리는 가신에게 조선의 사정을 일부나마 건네 들을 수 있었다.

　"지금 조선의 국왕이 조정을 비웠다니, 그게 무슨 소리냐? 설마 쓰시마로 돌아가란 말을 돌려서 한 건가?"

　"아닙니다, 주군. 속하가 일전에 조선의 관리에게 소식을 들기론, 조선 국왕이 요양하러 지방의 온천에 머무는 중이라고 합니다. 그래서 지금은 왕세자가 왕의 업무를 대행 중이라고 들었습니다."

　"호오~ 그렇단 말이지? 혹시 세자의 연배는 어느 정도인지 알고 있느냐?"

　"거기까진 자세히는 모르지만 스물은 넘었고, 서른 살은 안 됐다고 들었던 거 같습니다."

"흠… 그러면 지금 세견선에 관한 지시를 내린 게 세자 쪽인가……? 아무래도 조선 왕의 정책과는 너무 다른 성향인 걸 보아, 그가 우릴 길들여 보려고 강수를 놓은 듯한데."

"일전에 로쿠로 놈이 조선에 뭔가 바치고 예전과는 다르게 쌀과 면포를 셀 수 없을 정도로 받아갔으니, 그런 것 같기도 합니다. 아무래도 조선 측이 로쿠로 같은 도적놈들과 손을 잡았으면 우리의 이용 가치가 떨어졌다고 볼 수 있을 테니까요."

"뭐? 정말인가? 대체 그게 언제였느냐?"

"한 달이 조금 넘었습니다. 설마… 모르고 계셨습니까?"

사다모리는 그제야 눈치챘다. 조선에서 자신이 일전에 제안을 무시했다고 협박한 건, 자신과 대립하는 왜구 두목인 로쿠로 지로가 조선에 드나들면서 자신에게 전달하라고 한 편지를 분명 중간에서 없애 버렸기에 그런 것이라고.

*　　　　　*　　　　　*

나는 동평관에 도착한 대마도주 종정성의 입조를 허락하고 예조판서와 대신들 몇 명을 동반해 그를 만났다.

"먼 길을 온 것을 환영하노라."

역관이 종정성의 말을 내게 통역해 주었다.

"대마도주 종정성이 세자 저하를 뵙게 되어 영광이라고 합니다."

"그런가? 그런 이가 어째서 일전에 내 제안과 협상안을 무시했냐고 묻거라."

종정성이 길게 이야기하자, 역관이 다시 그의 말을 정리해 내게 전했다.

"대마도주가 고하길 자신은 근래에 어떠한 서신도 받은 적이 없다고 합니다. 또한 그는 언제나 조선을 어버이처럼 존경하고 섬기며 따르려 하는데, 무도한 왜구 만호 육랑차랑이 중간에서 수작을 부렸을 거라고 답했습니다."

"그래? 육랑차랑은 대마도주의 수하가 아니던가? 수하가 어찌 주인을 기만하고 조선국 조정에서 보낸 서신을 함부로 할 수 있겠느냐?"

"대마도주가 그는 자신의 수하가 아니고, 선량한 백성의 고혈을 빠는 도적놈의 우두머리라고 합니다. 조선식으로 말하면 역당의 두목이라고 고했습니다."

뒷부분은 종정성이 조선말로 역관에게 말한 것을 나도 들었다. 생각보다 조선말이 유창한가 본데? 나도 육랑차랑이 왜구 두목이며 그가 거대한 세력인 것도 알고 있다. 그래도 좋은 구실이 생겼으니 종정성의 사정을 봐줄 필욘 없겠지.

"난 그의 말을 믿을 수 없다. 예전에 아국이 대마도로 출병한 이유도 명과 조선의 연안을 어지럽히던 왜구 두령인 삼미타라(三昧多羅)를 대마도에서 비호해서 벌어진 일이 아닌가? 그런 일이 있었는데 어찌 대마도주의 말을 신뢰할 수 있겠는가.

또한—"

"저하! 소신은 정말 억울하옵니다."

어? 방금 종정성이 조선말로 내게 말했네. 그렇게 급했나? 대놓고 내게 신(臣)이라고 자청하기까지 하네. 그러자 역관이 뭔가 난처한 듯한 어조의 왜어로 종정성에게 말했고, 그사이 예조판서인 민의생이 화난 듯이 외쳤다.

"감히 일개 도의 태수 따위가 저하께서 말씀하시는데, 말을 끊고 직접 말을 거는 예법이 있을 수 있사옵니까? 저하! 당장 대마도주를 내치고 세견선의 입항을 금하시옵소서!"

민의생이 분위기를 잘 읽고 적절하게 끼어들었다. 세견선이란 목줄이 있는 이상 아쉬운 건 우리가 아니다. 그러자 역관이 종정성의 말을 통역해서 내게 고했다.

"대마도주가 무례를 저지른 것을 용서해 달라고 합니다. 또한 자신이 조선의 법도를 잘 몰라서 벌인 실수라고 합니다. 너그럽게 용서해 주시면 최선을 다해 조선을 섬기겠다고 합니다."

"그러면 행동으로 보여야지. 고작 왜구 두령 하나 단속 못 하는 이를 어찌 신뢰할 수 있겠는가?"

"대마도주가 고하길, 조선과 자신을 기만한 죄인 육랑차랑을 반드시 잡아 바치겠다고 합니다."

"그래, 일단은 그 문제는 다음에 예조판서와 이야기하라. 또한 먼 길을 온 손님이기도 하니 잔치를 베풀어 주겠다고 전해

라. 그리고 세견선 문제는 좀 더 시간을 두고 논의할 문제라고 전해라."

역관의 말을 들은 종정성이 이번엔 허락을 먼저 구하고 내게 직접 말했다.

"저하의 은혜가 망극하옵니다."

종정성의 발음이 상당한 수준이다. 왜놈들은 받침이 들어간 발음을 거의 못 한다고 미래 지식에서 본 적 있었는데, 저놈은 그 부분도 어색함이 없네? 어쩌면 나와 통역 없이 대화할 수 있을지도 모르겠어.

"대마도주가 마지막으로 고하길, 이번엔 토산품이나 어류가 아니라 은과 철, 그리고 구리를 가져왔으니 부디 받아주시면 영광이라고 합니다."

오, 일본산 철은 별로 필요 없지만, 은과 구리라니 종정성이 녀석 정말… 다시 봤다. 네가 확실히 멍청한 왜구 두목 놈보단 낫구나. 그놈은 일전에 유황을 바치면서 민의생한테 저 많은 약재를 어디다 쓰냐고 물었단다.

"예조에서 세견선과 별개의 건으로 대마도주에게 필요한 물목을 적어 올리라 하시오."

내 말을 들은 민의생이 답했다.

"소신이 삼가 저하의 명을 받들겠사옵니다."

그리고 보니 요즘 민의생의 혈색이 많이 좋아졌네. 배상문이 우두 접종 건으로 매우 바빠 아쉬운 대로 전순의를 붙여 민의생의 건강을 관리 중인데, 효과가 좋은가 보다. 이런 걸 보면 전순의는 정말 나만 빼고 다른 사람들 병세는 잘 보는 듯하다. 아니면 내가 배상문에게 알려준 영양학을 따로 배워 자신의 식약동원(食藥同源) 이론에 잘 녹여냈던지.

"오늘은 이만 물러가라 이르라."

그렇게 대마도주를 보내고 민의생과 동석한 대신들에게 물었다.

"대마도주가 아조에 직접 입조한 건 전례에 없던 일이 아니오? 종정성이 일전에 고초도(孤草島)에서 어업을 허락해 달라고 첨지중추원사 고득종을 통해 조르며 입조의 의사를 밝힌 적은 있으나, 실제로 행한 적은 없었소."

일전에 대마도주가 고초도 인근의 해역에서 고기잡이를 허락해 달라며, 여러 번 간청했었고 바뀌지 않은 역사대로라면 고초도조어금약(孤草島釣魚禁約)이란 이름으로 왜인들의 고기잡이가 허락될 수도 있었다.

하지만, 본래 역사에서 이 정책을 찬성하여 통과시킨 황희가 하필 그때 서자인 황중생의 절도 사건이 발각되어 별다른 의견을 내지 못했고, 그때를 틈타 우의정인 신개가 왜인에게 조업을 허락해 주면 나중에 고초도가 그들의 땅이라고 주장할 빌미를 줄 수 있다고 밀어붙여 조약이 부결되었다.

그 당시 황희는 조약이 없어도 불법 조업을 하는 왜인들이 많으니, 이참에 합법적으로 조약을 맺어 그들을 통제하고 잡은 물고기의 일부를 조어세로 거두자고 했었다. 그런데 기록을 보니 처음에만 몇 번 내다가 조세가 과중하다고 항의해 절반 이상 깎아주었는데도 안 내고 도망치는 놈들이 많았다고 하더라.

"신 우정승(右政丞) 신개가 삼가 저하께 아뢰옵니다. 근자에 대마도의 종주인 소이씨의 세력이 많이 약화되어 대마도의 사정이 예전 같지 않다고 들었사옵니다. 추측건대 대마도주는 근래의 불안한 정세를 해결하고자 아조에 입조한 듯싶사옵니다."

"그렇습니까? 우상 대감께선 왜국의 사정에 참 밝군요. 듣자하니 요즘 고려사 편찬 때문에 고생이 많다고 하던데, 그 와중에도 이리 귀중한 정보를 알아왔으니 그저 감사할 뿐이오."

작년에 신개와 지춘추관사(知春秋館事)인 권제(權踶)가 같이 고려사를 개찬해 아버님에게 올렸지만, 여전히 기술이 공정치 못하다며 재작년처럼 반려당해 다시 고치고 있다. 기록대로라면 김종서와 정인지가 신개의 작업을 이어받았어야 했는데, 김종서는 지금 북방의 일로 바쁘고 정인지도 나름대로 여러 일로 바빠 신개는 아직도 고려사 편찬에서 손을 놓지 못하고 있다.

"망극하옵니다. 소신이 당연히 해야 할 일이오니, 감히 저하의 안전에서 공치사할 거리가 못 됩니다."

"아니지요, 대감의 노고가 크니 조만간 따로 상을 내리지요."

"망극하옵니다."

"우상 대감 말대로라면, 저들도 본도에서 식량을 거의 얻지 못해서 아조에 전적으로 의존해야 한다는 말이나 다름없구려. 그러면 이를 이용해서 대마도와 약조를 새로 맺어야겠소."

"일전에 맺은 균박법(均泊法)과는 다른 약조를 추가하실 요량이시옵니까?"

"그렇소. 이 기회에 저들 스스로 우리에게 매달리게 만들고, 앞으론 조선 없인 살 수 없게 만들려 하오."

"그렇다면 소신이 예조판서와 상의해 대마도를 옭아맬 약조를 정리해 보겠사옵니다."

"그래요, 내 우상과 예판을 믿겠소."

*   *   *

대마도주의 가신이자 그의 호위로 따라온 아카마 타로우자에몬(赤間太郎左衛門)은 주군인 사다모리를 따라 조선에서 열어준 잔치에 참여했다. 그는 이전에도 몇 번 조선에 사신으로 온 적이 있었지만, 예전과는 다르게 처음 보는 맛난 음식과 명주에 정신이 팔린 것도 모자라, 자신의 자리 근처에서 악기를 연주하는 관기의 미색에 마음을 빼앗겼다. 마음 같아선 저 여인을 곧바로 잠자리로 끌어들이고 싶었지만, 그는 지금 공무를 수행 중이기도 하고 잔치에 동석한 주군과 조선 관리들의 눈치가 보여 그러지 못했다.

"저… 어기, 난자! 구대이 나마에… 아니, 이르미 무어시오?"

"나리, 지금 조선말을 하신 건가요? 저도 왜어를 할 수 있으니 편하게 말씀하시지요. 저는 이름 없는 관기일 뿐이오니, 박씨라고 불러주시지요."

그녀 역시 이름이 있긴 하지만, 이름을 함부로 부르거나 언급하지 않는 조선의 문화상 가르쳐 줄 수 없다고 돌려 말한 것뿐이다.

"바쿠상? 고맙소. 내 그대의 미색을 보고 한눈에 반했소이다. 내 오늘 밤 따로 그대를 만나러 가도 되겠소?"

"저는 예기이며, 그런 일은 하지 않습니다. 나리께서 뭔가 오해하신 듯하군요."

대놓고 같이 잘 수 있겠냐는 아카마의 물음에 예기(藝妓) 박가령은 웃으면서 최대한 상대의 기분이 상하지 않게 거절의 의사를 밝혔다.

"조선의 법도가 우리와는 다른가 보군. 그럼 그대의 주인에게 전해주게나, 그대를 기방에서 빼줄 테니 얼마면 되겠냐고 말이야."

"나리(殿)께서 조선의 사정에 대해 잘 모르시는 듯한데, 저는 나라에서 공인받은 예인입니다. 또한 일패의 위치에 있는 몸이며, 남편도 버젓이 있습니다."

잘못 알려진 기생의 이미지와는 다르게 조선의 기생은 미래의 연예인이나 마찬가지의 위치였고, 사대부가 돈이 아무리 많아도 쉽게 만날 수 없는 교양과 학식을 갖춘 이들이었다. 기생의 등급은 일패부터 삼패로 나누어지고, 모든 기생은 예악을 담당하는 전악서나 아악서에서 교육받은 후 나라에서 공인으로 인정받아야 비로소 기생이 될 수 있었다.

"대체 무슨 말을 하는지 모르겠군. 남편이 있다는 말은 알겠네. 미안하게 됐소이다, 부인."

"나리께서 사정을 몰라 그러셨을 테니, 괜찮습니다."

잔치를 끝나고 아카마는 일행과 함께 동평관으로 돌아가 잠을 청했지만, 그는 쉽사리 잠을 잘 수가 없었다. 박 씨가 남편이 있는 여자라지만 희고 고운 피부와 웃을 때마다 자연스레 휘는 눈매, 그리고 선명한 색의 입술까지. 그의 눈으로 볼 땐 천녀라고 해도 다름없었기 때문에 쉽게 그녀의 얼굴이 잊히지 않았다.

아카마는 여자 생각에 빠진 참에 취기와 아랫도리가 가라앉지 않자, 엉뚱한 마음을 품었다.

'아무 색주가라도 찾아가서 좀 진정시켜야겠어.'

그렇게 아카마는 한밤중에 동평관의 숙소를 빠져나온 후 동평관의 관문을 통과하려 했다.

"정지! 정지! 거기 누구냐?"

동평관의 문지기가 아카마의 이동을 멈추고 신원을 확인했다. 그러자 아카마는 낮의 일 때문에 기분이 상한 데다 술이 깨지 않아 상대를 무시하며 막말을 내뱉었다.

"네놈은 또 뭐야? 바보 자식. 당장 꺼져라!"

"난 왜어는 전혀 모르겠는데, 이 왜인이 뭐라고 하는 거지?"

아카마를 제지한 문지기가 같이 일하는 동료에게 물었다.

"나도 전혀 모르겠네. 낮에 일하는 동평관 청지기나 문지기들이야 왜어를 알겠지. 그런데 우린 겸사복(兼司僕) 소속인데 왜국말을 배운 사람이 얼마나 있겠어."

"그건 자네 말이 맞군. 어딜 가나 인원이 부족하다곤 하지만, 우리가 동평관으로 파견 나올 거라곤 예상 못 했지."

"그래도 저하께서 사신을 접견할 때 시위 업무 맡으니, 그걸 생각해 보면 여기로 파견 나와도 이상할 건 없지 않겠나?"

"야! 이놈들아, 당장 비키지 못할까? 어디서 병졸 따위가 날 가로막아?"

아카마는 일개 병졸로 보이는 이들이 자신을 무시하고 자기들끼리 이야기하는 것을 보자 흥분해서 소리를 질렀다.

"일단 건드리지 말고, 먼저 위에 보고하는 게 낫겠지?"

"내가 잘 달래서 밖으로 나가지 못하게 붙잡고 있을 테니, 자네가 얼른 다녀오게."

"그래, 잠깐만 고생 좀 하게."

그렇게 겸사복 시위관 성승(成勝)이 홀로 남아 술 취한 왜인을 상대하게 되었다.

"이것 참… 말도 안 통하는데 술에 취해 고함을 질러대니, 생각보다 고역인데…….'

"야! 당장 비키라고, 멍청한 자식아!"

"하아… 차라리 세자 저하를 모실 때가 좋았지."

성승은 본래 세자를 호위하는 임무를 담당하다가 몇 년 전 세자가 죽을 뻔한 사건에 말려들어 사형당하거나 유배를 갈 뻔했고, 운 좋게 살아남아 자리를 보존한 다음엔 담당 업무가 변경되었다. 하지만 본래 그는 십 년 전에 강무 도중 말을 탄 채로 진흙 늪에 빠진 세자를 몸을 던져 구해내 주상 전하께 상을 받은 적도 있었다. 성승이 요즘 생각해 보니 세자를 호위하던 시절이 그의 인생에서 가장 빛나던 시기였다고 절감했다.

"네놈이 감히 날 비웃어?"

아카마는 한숨을 쉬는 성승을 보곤 자신을 비웃는다고 생각해 충동적으로 주먹을 휘둘렀다. 그러나 일전에 겸사복장 김경손에게 이가 갈릴 정도로 단련받았던 성승이 술에 취한 자의 주먹을 맞는 일을 없었다.

'취하긴 했어도 움직이는 가락을 보니, 이 왜인도 나름 무예에 조예가 있나 본데? 경계를 풀면 안 되겠어.'

첫수로 상대의 수준을 가늠한 성승은 방어 자세를 취하곤 상대를 관찰했다.

"이 자식이… 감히 내 주먹을 피해?"

열받은 아카마가 주먹질을 하면, 성승이 피하거나 막아내길 계속 반복했다. 한참을 그러다 보니 아카마는 어느새 취기가 달아나 버렸고, 자신이 지금 무슨 짓을 저지르고 있는지 자각하고 말았다.

그러나 한낱 병졸에 불과한 상대를 쓰러뜨리지 못했다는 수치심과 오기가 아카마의 이성을 마비시켰고, 마음속으로 딱 한 대만을 외치며 주먹질을 계속하다 보니 결국 성승의 맨손 제압 기술에 당해 오른팔의 관절을 제압당했다.

"크아아아!"

"이봐! 예조 소속의 역관과 관리가 올 거야. 어? 이게 대체 무슨 일이야?"

"저 왜인이 근 일각 동안 주먹질을 하길래, 피하다가 결국 이리되었네."

"이러면 일이 커지는 게 아닐까? 잘못되면 우리 둘 다……."

"저 왜인을 공격하지 않으려고 최선을 다하긴 했는데, 중간에 술이 깼는지 제압하지 않고선 버틸 수 없었네."

"이것 참, 이 왜인도 나름대로 고위직인 것 같은데, 이를 어쩌나……."

일이 커질까 봐 걱정하는 겸사복 시위들의 염려와는 다르게, 이 사건이 일어난 걸 알게 되면 기뻐할 사람들이 많았다.

*　　　　*　　　　*

"지난밤에 동평관에서 소란이 있었다고 들었다."

"예, 저하. 대마도주의 수하인 다라사야문이 술에 취해 난동을 부리다가, 동평관 문을 지키던 겸사복 시위관 성승에게 제압되어 대마도주 측에 인계했다고 하는데, 예조판서가 그를 조선에서 처벌해야 한다고 항의 중이라고 하옵니다."

난 기상하고 나서 자선당의 내관을 통해 동평관에서 소란이 있었다는 소식을 들었고, 식사 도중 김처선이 지난밤에 일어났던 사건의 개요를 자세히 알아와 내게 보고했다. 멍청한 왜인이 저렇게 명분을 만들어줬으니, 춤이라도 추고 싶은 심정이지만 참아야겠지. 대리청정으로 공무를 보기 시작하면서 항상 감정을 숨기고 있는데, 이것도 나름대로 고역이긴 하다. 이런 것도 미래에서 말하는 감정노동의 한 종류라고 봐야 하나?

그건 그렇고 성승이라니… 참 오래간만에 들어본 이름이다. 일전에 날 구해준 은인이었지만, 요즘 한동안 보이지 않아서 은퇴하거나 퇴직한 줄 알았는데 아직 겸사복에 남아 있었나 보다. 그도 큰 공을 세운 거나 마찬가지니, 나중에 따로 불러 상을 내려줘야겠다.

"만약 겸사복 시위가 관문을 지키고 있지 않았다면, 난폭한 왜인에게 아국의 사람들이 여럿 다칠 수도 있던 문제로구나. 대마도주는 이 일에 대해 뭐라고 하더냐?"

"아직 사정을 제대로 파악하지 못했는지 별다른 말이 없었다고 합니다. 예조판서가 대마도주와 회견을 가질 예정이니 기다려 보셔야 할 듯하옵니다."

대마도주는 가뜩이나 왜구 두목인 육랑차랑 때문에 난처해진 입장인데, 부하 놈이 주인의 상처를 벌리고 소금을 뿌린 격이네. 하지만 그렇다고 우리가 저놈의 사정을 봐줄 필요는 없지.

"우정승 대감과 예조판서 대감에게 첨사원으로 오라고 전해라. 이번 일에 관해 전할 것이 있다고 말하면 된다."

그렇게 일이 대마도주에게 불리한 쪽으로 흘러가자, 난 내가 구상한 계획이 생각 이상으로 잘 풀릴 것 같다는 예감이 들었다. 그 후 편전에서 여러 조정 대신들은 무도한 왜인 다라사야문에 대해 성토했고, 과격한 대신들은 우리가 그놈을 처벌해야 한다고 주장했다. 그나마 온건한 의견을 낸 대신들도 그놈이 다시는 조선 땅에 발을 들이지 못하게 해야 한다고 의견을 모았다. 그 와중에 처선이에게 말을 들어보니, 어느새 그 일이 널리 소문이 퍼졌다고 한다.

시간이 며칠 지나고 나서 조선 측 대표로 예조판서 민의생과 우의정 신개가 직접 나서서 대마도주에게 공식적인 사과와 재발 방지를 요구할 예정이며, 그 와중에 불공평 조약과 비슷한 것을 제시할 예정이기도 하다. 사건이 일어난 다음 날 첨사원에 찾아왔던 신개와 민의생은 내게 여러 가지 지시 사항을 먼저 들었고, 회의에서 자신들이 대마도주와 협상에 나서 겠다고 자청했다.

* * *

"우의정 대감이 저하께 하교받은 내용을 먼저 말씀하셨는데, 한 해 동안 입항이 허락된 세견선의 수는 총 이십 척이고, 도주께 내릴 세사미두는 백 석으로 정하셨다고 합니다. 또한 지난달에 고초도 근처에서 멋대로 조업하다 조선 수군에게 잡힌 왜인들을 데려가고 싶으면 배상금을 지불하랍니다. 마지막으로 우의정 대감께서 덧붙이길 앞으로 왜관에서 거주할 수 있는 왜인의 수도 제한하겠다고 합니다."

역관을 통해 신개의 말을 전해 들은 종정성은 조선에서 제시한 조건을 듣고 어처구니가 없어 화가 났지만, 가까스로 참고 감정을 억누른 채로 대답했다.

"그것은 지나치게 가혹한 처사입니다. 세견선의 수는 최소 오십 척은 되어야 대마도의 주민들이 먹고살 수 있습니다. 다른 조건은 일부나마 수용할 수도 있으나, 세견선의 수만큼은 오십 척 이하론 안 됩니다."

"요즘 해마다 흉년이 들어 조선의 백성들도 먹고살기 힘든 와중인데, 아조에서 관용을 베풀어 그대들을 구휼하고자 세사미두를 내리고 교역의 대가로 쌀을 내어줬도다. 하지만 그 결과, 보답은 고사하고 우리가 그대들에게 받은 건 아조의 연안에 무단으로 침입하는 어부들과 왜구들뿐이다. 또한 사신으로 온 자가 아조의 관리를 함부로 공격했으니, 그 참담한 심정을 이루 말할 수 없을 정도다. 평소에 왜인들이 조선을 얼마나 얕보았길래, 이렇게 방만하게 굴 수 있단 말인가? 또한 저하께선 이번 일에 크게 진노하시어 조선에 거주하는 왜인들을 추방하고 왜관도 폐쇄해 버리고 싶어 하셨지만, 관대함을 보이시어 그대의 사정을 헤아리신 거라고 전하게."

역관이 신개의 말을 통역해 전달하자, 종정성이 이번엔 참지 못하고 표정을 찌푸렸다. 방금 신개가 한 말에 담긴 비하적인 어감을 통역 없이도 먼저 전부 알아들었기 때문이었다. 그는 감히 자신이 이런 모욕을 당하게 만든 자신의 부하가 원망스러웠다.

'그 멍청한 자식은 돌아가면 바로 할복… 아니지, 할복도 너무 관대하군. 아무튼 두고 보자.'

종정성은 마음을 가라앉히고, 지금 자신이 내세울 수 있는 최고의 논리를 꺼냈다.

"만약 세견선의 수가 줄면 굶주린 이들이 전부 해적이 되어 조선의 연안을 침범하게 될 거요. 그나마 지금 왜관이 있어서 대마도의 백성들을 억누를 수 있는 거라고 전해주시오."

역관을 통해 종정성의 말을 들은 신개가 목소리를 높였다.

"지금 그대가 감히 아국을 상대로 겁박을 하려는 것인가?

감히 일개 주의 태수 따위가? 그대의 능력이 모자라 백성들을 다스리지 못해서 도적이 된 것이 아조의 탓인가? 야인들의 사정이 딱해 먹고살 길을 열어주었더니 감히 어디서……."

신개의 과격한 언사는 역관을 통해 조금 순화되어 대마도주에게 전달되었지만, 종정성은 통역 없이도 그 말을 전부 이해했기에, 신개의 속을 긁어보려고 했다.

"아무래도 영의정 대감께서 본도의 사정을 잘 모르니 하신 말이라 믿겠습니다. 본도의 사정은 조선에서 생각하신 것처럼 간단하지 않습니다. 제가 알기론 조선도 북방의 야인들 때문에 여러 문제를 겪고 있다고 들었지요. 그런 것처럼 본도 역시 제가 직접 다스리는 남쪽의 영역을 제외하고, 북쪽의 산악지대나 해안가에 수많은 이들이 자기들끼리 독자적인 세력을 이루고 삽니다. 개중엔 육량차량 같은 무도한 해적들도 있으며, 제겐 그들이 북방의 야인이나 마찬가지입니다."

역관을 통해 대마도주의 말을 전해 들은 신개가 슬쩍 비웃음을 띄우며 말했다.

"그대는 감히 조선을 대마주의 사정에 맞춰서 평하는가? 아국은 일전에 무도한 야인들이 일으킨 난을 모두 제압하고 원정군을 보내 그들의 본거지를 정벌했다. 이보게, 역관. 악적 이만주가 어찌 되었는지 대마주의 태수에게 전해주게나. 자기 수하 하나 다스리지 못하는 이가 어디서 건방지게……."

역관은 일부러 신개의 과격한 언사를 통역하지 않았지만,

종정성은 이미 전부 알아들었고 그 원흉인 가신 아카마에 대한 증오를 키워야 했다.

그리하여 종정성은 역관에게 일전에 조선군이 파저강에서 거둔 두 번의 승전 이야기를 들었고, 지난겨울엔 원정을 나가 삼만의 대병력을 대략 육천의 군사로 격파하고 대승을 거두었다는 믿을 수 없는 이야기마저 전해 들었다.

종정성은 자신의 군사적 상식으론 역관의 말을 쉽게 믿을 수 없었지만, 조선의 북방군이 정예군이란 소문을 들었던 적이 있기에 어느 정돈 과장이 섞인 말이며, 군사를 파견할 수도 있다는 위협으로 받아들이기로 했다.

'그래, 다른 건 몰라도 지금 우리의 사정으론 조선의 군 동원력을 무시할 수는 없지. 만약 저들이 지속적인 손해를 감수하고 군을 보내 우릴 도모하려 하면 이십여 년 전처럼 운 좋게 넘어갈 수 없을 거다. 어쩔 수 없지, 지금은 내 자존심을 내려놓고 실리를 챙기자.'

"그렇습니까? 제가 식견이 어두워 본국의 그런 사정은 잘 몰랐군요. 하지만 본도의 사정과 제 능력이 비루해서 이렇게나마 지금의 세를 유지하는 게 최선입니다. 그러니 부디 관용을 보여주시지요."

종정성이 조선을 본국으로 칭하면서까지 애원하자, 자리를 주선한 예조판서 민의생이 인자한 미소를 지으며, 조금은 다정한 말투로 종정성을 달랬다.

"우의정 대감께서 하신 말씀은 어디까지나 예조의 공식적인 입장과는 별개이니, 대마주 태수께선 너무 신경 쓰지 마시지요. 이번 약조의 내용은 태수께서 별도의 조건을 승낙하시면, 조정될 수도 있어요."

"아, 그렇습니까? 그럼 제가 어떤 성의를 보이면 되겠습니까?"

종정성은 일전에 세자를 만났을 때 자신의 예법을 탓하며 질타하던 예조판서가 태도를 바꾸어 자신의 편을 들어주자 반색할 수밖에 없었다.

"아국은 언제나 대량의 구리와 유황, 그리고 은이 많이 필요합니다. 대마주에서 매년 저 세 가지 물품을 조선에 진상하면 세견선의 수 역시 사정에 맞춰 조정해 줄 수 있습니다."

"예조판서 대감께서 말씀하신 세 가지 품목은 본도에서 나지 않으니, 우리도 구주를 통해서 들여와야 합니다. 제가 이번에 입조하며 바친 철과 은동도 여러 해 동안 모은 물량을 가져온 것이니, 조금만 사정을 봐주시지요."

"태수께서 말씀하신 부분은 제가 알던 것과는 사정이 다르군요? 대마주에 아주 오래된 은광이 있다고 들었습니다만."

대마도에 있는 은광은 1019년에 도이(刀伊, 여진족) 해적이 쳐들어왔을 때 한 번 불타 버린 적이 있었다. 그 후론 은광을 노린 외적의 침입을 경계해 은광의 존재는 대마도의 기밀이 되었으며, 대마도의 지배자들은 외부에 그 사실을 숨긴 채 몰래 은을 모았다.

'저들이 그 사실을 어떻게 알았지? 설마 처음부터 은광을 노리고 있던 건가?'

종정성은 일단 은광의 존재를 부정하기로 마음먹었다.

"아주 오래전에 은광이 있긴 했지만, 은이 모두 고갈되어 폐광된 지 몇백 년이 넘었습니다."

그러나 민의생은 신개와 함께 세자에게 회담 전에 자신이 잘 모르고 있던 대마도의 사정이나 지리 정보 같은 기밀을 전부 들었고, 세자의 지시에 따라 강경한 성품의 신개가 먼저 나서 대마도주를 강하게 압박하면, 자신이 나서서 살살 달래면서 거부할 수 없는 조건을 내밀어 그를 굴복시키기로 미리 계획하고 이 자리에 나온 것이었다.

"그건 아마 옛사람들의 채광법이 발달하지 못해서 은이 고갈되었다고 착각했을 가능성이 높습니다. 대마주의 사정이 그렇다면 전문 지식을 가진 관원들을 파견해서 도와줄 수 있지요."

"예조판서 대감의 말씀은 고맙지만, 만에 하나 은이 조금 남아 있더라도 들이는 수고에 비해 채산성이 안 맞을 겁니다."

"태수께서 뭔가 착각하신 것 같은데, 그곳의 은을 캐서 우리가 다 가져가겠단 말이 아닙니다. 세견선을 통해 태수께 정당한 비용을 치르고 채굴권을 얻겠다는 이야기입니다."

"채굴권이요? 그게 무슨 이야기이신지……."

민의생이 세자에게 배웠던 대로 종정성에게 채굴권의 개념을 설명하자 금세 이해는 했다. 하지만 이미 자신이 멀쩡하게 돌아가는 은광을 폐광되었다고 말했으니, 그 말을 물릴 수 없어 일단은 거부할 수밖에 없었다.

"그렇다 해도 그런 대사를 이 자리에서 바로 결정할 수는 없습니다. 일단은 저 역시 가신들과 논의해 봐야 하고, 현지의 사정도 살펴봐야 합니다."

"물론 그러시겠죠. 그건 그렇고 조선말이 참으로 유창하시오."

종정성은 어느 순간부터 자신이 역관을 통하지 않고, 조선말로 직접 민의생과 대화하고 있음을 깨달았다.

"예, 조선을 잘 섬기기 위해 힘써 익혔습니다."

종정성은 조선을 오가는 가신들을 통해 조선말을 익혔으나, 막상 배우고 나서 그다지 써먹을 기회가 거의 없었다. 그러나 자신이 조선에 오고 나니 배우길 잘했다는 생각이 들었다.

"그렇습니까? 은광 채굴권은 다음번에 다시 이야기해 보기로 하고, 다른 안건을 논해보지요."

종정성은 민의생이 무슨 이야기를 꺼낼지 두려웠다. 태도와 말투는 온화하지만, 은광 이야기를 꺼낸 것을 볼 때 본도의 사정을 속속들이 꿰뚫고 있는 것 같아 그의 눈길을 자신도 모르게 피했다.

"예, 말씀하시지요."

"좀 전에 조선의 북방과 대마주의 북부 사정이 비슷하다고 하셨지요?"

"예, 다만 저의 능력이 부족해 그들을 온전히 토벌할 수 없는 게 작금의 문제입니다."

"정 사정이 그러시면, 아국에서 한 손 거들어줄 수도 있습니다만?"

"예? 그게 무슨 말씀입니까?"

"아조의 군을 파견해 무도한 왜구들을 토벌하고, 태수의 위신을 세워주겠다는 이야기지요."

"아니… 그건……."

"태수께선 일전에 저하께 왜적 만호 육랑차랑을 잡아다 바치겠다고 약조하지 않으셨소?"

"예, 그랬습니다."

종정성은 상황을 모면하기 위해, 그런 약속을 설불리 한 과거의 자신마저 죽여 버리고 싶은 마음이 들었다.

"그런데 대마주의 사정이 어려운 걸 알게 되었으니, 아국이 나서서 도와주겠다는 이야기지요."

"하지만 본도에 군대를 들이는 일만큼은 쉬이 결정할 수 없습니다."

그러자 신개가 말했다.

"자꾸 그러면, 태수가 저하께 거짓을 고하고 왜구 두령을 비호한다는 속셈으로 간주할 수밖에 없소이다. 정녕 대마 태수는 이십삼 년 전의 일을 반복하고 싶은 것인가?"

"국왕 전하께 인신(印信)을 받아 군신의 예를 다하겠다고 맹세한 제가 어찌 그런 불측한 마음을 품을 수 있겠습니까?"

"대마주의 태수는 조선국 신하의 도리를 다하시오."

"저야 당연히 그래야 하지만, 대마주의 백성들이 반발할 수도 있습니다!"

분위기가 경직되자 민의생이 둘 사이를 중재하며 절충안을 꺼냈다.

"태수께서 왜구의 토벌에 협력하시면, 세견선을 오십 척으로 정하고 세사미두 역시 기존과 같이 이백 석으로 조정해 드릴 수 있소이다. 또한 경우에 따라서 세견선 말고 특송선을 추가로 허락해 줄 수도 있지요. 우상 대감도 대마주의 사정을 헤아려 보시지요."

"대마 태수가 조선에 귀부하며 조선 주군(州郡)의 법도를 따랐고, 그에 맞춰 조선국 대마주(大馬州)로 편입되었으니, 이는 본래 태수의 허락을 맡을 필요도 없다네. 그래도 그곳을 다스리는 태수를 존중하니, 이런 말이라도 하는 게지. 안 그런가?"

역으로 신개가 민의생에게 동의를 구하자, 민의생이 답했다.

"그건 그렇군요. 생각해 보니 아국의 국토를 어지럽히고 대국의 해안을 침탈하는 무도한 도적을 토벌하는 일에 어찌 경중을 가릴 수 있겠습니까? 태수께서도 다시 생각해 보시지요. 이참에 대마주의 북쪽을 정벌하고 촌민들을 모두 남쪽으로 이주시키면 태수의 영향력이 지금보다 더 커지지 않겠습니까?"

"예, 그렇겠군요……."

종정성은 어쩌다 일이 이리되었는지는 모르겠지만, 자신은 이미 헤어 나올 수 없는 덫에 걸렸다는 것을 자각하곤 차라리 이 상황을 최대한 이용해 보려고 마음먹었다.

'그래, 저 뻔뻔한 늙은이 말대로 이참에 내게 세를 바치는 두령들을 제외하고 내게 반항하는 도적놈들만 모두 없앤 다음, 북쪽의 촌민들을 잡아 오면 인구가 많이 늘긴 하겠지. 조선을 잘만 이용하면 지금보다 사정이 나아질 수도 있겠군.'

"그럼 그 부분에 대해선 가신들과 상의하고 며칠 후 다시 답해 드리겠습니다."

"긍정적으로 생각해 주시길 바랍니다. 그건 그렇고 저하께서 대마 태수를 위해 특별한 하사품을 준비하셨습니다."

"그렇습니까? 세자 저하의 은혜가 망극합니다."

민의생이 동석한 관원을 시켜 준비한 물건을 가져오라 일렀다. 청색 비단 천에 덮인 기다란 물건을 관원이 가져와 종정성 앞에 두었고 종정성이 하사품에 대고 절을 올린 다음 민의생에게 물었다.

"이것이 무엇인지 여쭈어도 되겠습니까?"

"본래 왜국에선 명검이 가치가 높다는 말을 듣고 저하께서 내리신 답례품입니다."

종정성이 그 말을 듣고 천을 걷어내자, 왜검과는 다른 형태의 직선형 칼집에 수납된 검이 자태를 드러냈다. 검의 손잡이 끝엔 뭔지 모를 보옥이 달려 있었고, 조선에선 칼 방패, 왜검에서 쯔바(つば)라고 부르는 손잡이와 칼날을 구분하는 코둥이(가드) 부분이 양쪽으로 길게 튀어나온 데다 검과 검집 모두 아름다운 장식무늬가 빽빽하게 들어가 있었다.

"아아! 이런… 형태의 검과 검집은 생전 처음 보는군요. 혹여 실례가 되지 않는다면 검의 날을 보아도 되겠습니까?"

"그러시지요."

동행한 호위들이 혹시 모를 사태에 대비해 긴장하는 사이, 종정성이 홀린 듯이 검집에서 검을 꺼내 그 자태를 감상했다.

"이건… 당(唐)의 검과도 형태가 매우 다르군요. 정말이지 아름답습니다."

"당이요? 혹시 옛 당나라를 말씀하신 게요?"

"그렇습니다. 대마주나 왜국에선 대국이나 조선에서 온 걸 전부 관습적으로 당제라고 통칭합니다."

"그렇습니까? 모르고 있던 걸 배웠군요."

그렇게 한동안 생소한 검의 자태에 취해 감상하던 종정성이 민의생에게 물었다.

"혹시 이건 예식 용도로 만든 검입니까?"

민의생은 나라 간의 사이엔 그 어떤 예보다 자국의 안위와 이익이 중요하고, 또한 필요에 따라 거짓말도 필요하다는 진리를 요 몇 년 사이에 깨우쳤다.

"아닐 겁니다. 제가 듣기론 아국 제일의 장인이 만든 걸작이라고 들었습니다."

그에게 그런 진리를 가르쳐 준 스승은 세자였고, 세자가 명국의 사신들을 대하는 것을 보고 배운 민의생이 능청스럽게 즉석 설정을 덧붙여 말했다. 그러나 사실 저 검은 장인청에서 예전에 칼의 길이를 규정한 법도에 따라 만든 군용 제식 검이었고, 칼집과 손잡이, 그리고 코등이 부분만 세자가 지시한 대로 급하게 개조하고 장식을 추가해서 만든 급조품이었다.

"이 검이 워낙 아름답긴 한데, 생소한 형태라 잘 다룰 만한 자신이 없군요."

"그러시면 제가 다룰 줄 아는 이를 불러 시범을 보여 드리지요."

"정말 그래 주시겠습니까?"

그렇게 민의생이 호위관에게 부탁해 무예 시범을 간단하게 보여주자 종정성이 감탄했다.

"조선에선 이런 검술을 쓰는군요. 아주 인상적이었습니다. 본도의 검술과도 견주어 떨어지지 않는 것 같습니다."

말없이 검술 시범을 지켜보던 신개가 끼어들며 말했다.

"그러고 보니 궁금한 것이 생각났소."

"혹여 세견선에 관해 이야기하실 게 더 있으신 겁니까?"

"그건 아니오. 내가 일전에 왜관을 통해 왜검을 하나 입수한 적이 있었는데, 조선 검과 서로 날을 부딪치면 어찌 될지 궁금해서 그러오."

약간은 뜬금없으면서도 무례한 어투인 신개의 말을 들은 종정성이 실추된 자존심을 회복할 기회라고 생각하고 자랑스럽게 말했다.

"대감의 말씀을 듣고 보니, 저도 한번 보고 싶어졌습니다. 저의 사견이지만, 왜국 도검 장인들의 검을 만드는 솜씨야말로 삼국에서 으뜸이라고 생각합니다. 입조하며 저의 검과 수하들의 검을 전부 조선 측에 맡겨둔지라, 그 명검들을 여기서 보여 드릴 수 없는 게 아쉽군요."

그러자 신개가 사람을 보내 자신의 집에서 왜검을 가져오라 일렀고, 졸지에 양국의 자존심을 건 대결이 시작되었다.

"대감, 이걸 그대로 내려치면 되는 것입니까?"

일전에 술에 취한 왜인을 제압한 것도 모자라서, 오늘은 졸지에 무예 시범까지 보여야 했던 겸사복 시위관 성승이 신개에게 질문했다.

"그래, 걱정하지 말고 내려쳐 보게."

성승이 내심 지금 이게 뭐 하는 짓인가 하고 호흡 고르기를 가장해, 한숨을 내쉬면서 조선에서 만든 자신의 검을 들고 동료가 양손으로 단단히 잡아 몸의 옆쪽으로 들고 있던 왜검을 내려쳤다.

— 챙!

너무도 간단하게 부러진 왜검을 본 신개는 티 나지 않게 웃으면서 의기양양했고, 종정성은 어처구니없어하는 표정을 숨길 수 없었다. 자신도 시험 전에 신개가 가져온 왜검을 확인해 봤지만 결코 질이 나쁜 검이 아니었고 명검에 가까운 양품의 검이었는데, 단 한 번의 격돌로 허무하게 두 동강이 난 것이었다.

그러자 종정성을 지켜보던 민의생이 슬쩍 그에게 귓속말을 건넸다.

"혹시 교역 품목에 조선제 검은 필요 없으십니까?"

*　　　　　*　　　　　*

대마도주와 민의생이 만나 여러 차례의 회담을 거친 다음 정해진 조선과 대마도의 조약은 계해약조(癸亥約條)로 명명되어 정리되었다. 난 민의생에게 보고를 받아 조약의 세부적인 내용을 살필 수 있었는데 중요한 내용만 대략 뽑아보자면 이랬다.

대마도에선 매해 세견선을 오십 척까지 보낼 수 있으며, 조선 조정에서 허락할 때만 일 년에 한 차례 특별수송선을 보낼 수 있고 도주에 따로 하사하는 세사미두는 이백 섬으로 제한

된다. 또한 왜관에 거주하는 왜인들은 조선 관리의 통제를 받아야 하며 죄를 지으면 대마도로 송환되는 게 아니라 동래부의 관아에서 재판을 받게 된다. 이 부분은 조선법상 대마도인들 역시 조선인으로 취급하기에 삽입한 조항이라고 한다. 그 외에도 자잘한 선박 규정이라든가 거주일수 제한 같은 내용도 많지만 중요한 것만 꼽자면 저 세 가지가 핵심이라 볼 수 있겠다.

게다가 내년쯤엔 아국의 수군이 재편되어 대마도의 왜구 토벌을 명분 삼아 대마도에 머무를 예정이기도 하다. 정벌을 명분 삼아 대마도 전체를 공격해서 점령하는 것보단 도주의 협력을 얻어 대마도 남쪽의 항구를 이용하는 게 주둔 비용이나 군의 유지비도 절감되니, 이 부분이 이번 협정의 가장 좋은 결과라고 할 수 있겠다.

사실 세견선이나 왜구 토벌 같은 건 명분적인 문제고, 장차 합법적으로 조선 수군을 대마도에 주둔시키면서 왜국을 통한 교역을 확대하고 대마도의 은광을 채굴해서 은을 가져오는 것이 이번 협정의 주요 목적이기도 했다.

"그래서 청죽은 이번 일에 대해 어찌 생각하는가?"

"소신의 얕은 식견으로 볼 땐, 아조에서 명분상 조선의 영토인 대마주를 완전히 아국의 세력권으로 편입시키려 하는 첫걸음으로 보입니다."

성삼문이 내 질문에 답하자, 박팽년도 자신의 의견을 이야기했다.

"저하, 야인 토벌로 군을 일으킨 지 얼마 되지 않았사온데, 대마도의 왜구 토벌을 명분 삼아 수군을 대마도에 주둔시키는 것은 재정에 부담이 가지 않을까요?"

"그건 자네 말이 맞긴 하나, 세견선을 통해 대마도로 가는 재화는 전부 군의 주둔 비용을 포함한 결과일세. 자세히 따져 보면 대마도 측에 돌아가는 식량은 전하고 비슷하다네."

"그렇사옵니까? 혹여 주상 전하께선 이 일에 대해 어떤 답을 내리셨는지 알 수 있겠사옵니까?"

"잘 처신했다고 하시더군."

사실 대마도주가 왜관에서 대기하고 있을 때 전령을 통해 아바마마께 이번 계획에 관해 설명하고 허락을 구했더니, 내 마음 가는 대로 하라는 답이 돌아왔다. 처음 아버님의 답을 봤을 땐 날 믿어주신다고 생각해 기뻐했지만, 요즘은 뭔가 다른 생각이 든다. 설마 아버님이… 에이, 아니겠지. 이젠 지병도 거의 극복하고 건강해지셨는데 그럴 리가 있나.

난 아직 준비가 안 됐다. 아니, 어쩌면 치기 어린 마음으로 한 발을 내딛길 거부하고 있는지도 모른다. 대리청정을 시작하고 나서 난 항상 일을 망치면 안 된다는 강박에 휩싸여 감정도 거의 죽이고, 기계처럼 일만 했다. 아무리 생각해도 아버지처럼 위대한 왕이 될 자신도 없고, 그런 아버지의 그늘에서 안주하고 싶은 마음이 든다. 지금까지야 별다른 실수 없이 일

했지만, 만약 나중에 내가 일을 그르치면? 기록에서 본 역사보다 비참한 미래가 기다리면 어쩌지?

"저하, 안색이 어두워 보이십니다. 무슨 일이라도 있으십니까?"

내 침묵으로 대화가 단절되자 성삼문이 걱정하는 표정으로 내게 물었다.

"아… 아닐세. 그냥 피로해서 그런 듯하군."

"저하, 소신이 욕탕에 온수를 준비할 테니, 석식 전에 목욕이라도 하시는 게 어떨지요?"

요즘 첨사원에서 염초 제작법을 책으로 정리하던 김처선이 내게 권유했다.

"그래, 김 내관의 배려 고맙네. 그럼 오늘은 이참에 다들 퇴청하고 귀가하게."

"망극하옵니다, 저하."

그렇게 첨사원의 관원들을 보내고, 나는 얼마 전에 완성한 왕실 욕탕에 들어갔다. 일전에 명에서 들어온 구리를 이용해 수동 물 펌프를 만들어 지하수를 끌어오게 했고 온수는 석탄이나 태양열 집열기를 병행해서 가열하도록 만들었다.

처음엔 미래의 목욕탕을 보고 거창하게 설계하려고 했지만, 역시나 지금의 기술론 고대 로마식 욕탕을 약간 손보는 정도로 만족해야 했다. 그래도 일전에 조정에 협력적인 사찰을 통해 비누 대용으로 쓸 무환자 열매를 대량으로 들여왔고, 그

덕에 내관들이나 궁인들이 모두 편하게 씻을 수 있게 됐으니 공공 위생을 통한 질병 예방에 첫걸음을 떼었다.

난 여러 생각에 잠긴 채 욕탕에 도착했는데 의외의 인물을 만났다.

"도승지는 여기 무슨 일이오?"

근엄한 평소의 분위기와는 다르게 기분 좋게 풀린 표정의 도승지 이승손(李承孫)이 욕탕을 나오다 나와 마주친 것이다.

"저하, 그것이… 소신도 요즘 퇴청하기 전에 욕탕에 들어 몸을 씻고 있습니다."

"그러시오? 내 기억이 맞다면 도승지는 일전에 욕탕 공사에 부정적이었던 것 같은데……."

"부끄럽지만, 그랬사옵니다."

"그런데 요즘은 생각이 바뀐 게요?"

"그것이 아니옵고, 소신이 일전에 욕탕 공사를 반대한 것은 남녀가 유별한데 자칫 잘못하면 궁의 풍속이 문란해질까 봐 염려했던 것뿐이옵니다. 하지만 이리 성별을 구분해 탕을 짓고 출입을 통제하니, 그럴 염려를 놓았습니다."

"그랬소? 난 그대가 혹여나 목욕을 전조의 악습으로 치부해서 반대한 줄 알았소."

"저하, 소신은 유불도를 구분하여 차별하지 않사옵니다."

"설마 도승지도 석학을 배우고 있소?"

"그건 아니옵니다. 소신은 단지 학문에 절대적인 도가 없다고 생각할 뿐이옵고, 유학이나 석학 둘 다 장단점이 있다고 사료하옵니다."

의외네. 난 이승손에 대해 별로 관심 없었는데, 이렇게 보니 또 다르게 보인다. 어디 한번 기록을 볼까? 요즘은 시선의 움직임만으로 전자사전 검색하는 법을 배워서 전처럼 생각을 정리하는 척하며 허공이나 책상 같은 곳에 글씨 쓰는 시늉을 할 필요가 없어졌다.

이승손은 내가 나중에 왕위에 올라 예조판서로 임명할 인재였네. 게다가 내가 죽고 난 후엔 불도를 믿는다고 탄핵당한 적도 있었다. 이참에 잘 기억해 두어야겠어.

"그렇군, 도승지가 퇴청해야 하는데 이리 붙잡아서 미안하게 됐소."

"아니옵니다. 소신이야말로 저하의 출입을 막게 되어 송구할 따름이옵니다."

난 이승손을 보내고 왕족 전용으로 따로 준비된 욕실에 들어가 온탕에 몸을 담궜다.

"허어어어우으으……."

그러자 나도 모르게 정체불명의 앓는 소리가 나온다. 뜨거운 물에 몸을 담그게 되니 지금 이 순간만큼은 아무 생각도 하기 싫구나. 한참 동안 그 여운을 느끼고 있는데 누군가 내 등에 손을 얹는 게 느껴졌다.

"오늘은 혼자 있고 싶구나. 물러가거라."

궁인이 내 몸을 닦아주려고 한 것 같은데, 지금은 방해받고
싶지 않다.

"저하의 의중이 그러시면, 소첩은 이만 물러가겠사옵니다."

뭐?

감았던 눈을 뜨고 고개를 돌려 상대를 살피자 익숙하면서
도 아름다운 얼굴이 보이는데 뭔가 이상하다. 아내가 속이 훤
히 비치는 적삼만 걸치고 날 따라 욕탕에 들어온 것이었다.
이건, 예전에 봤던 미래의 성교육 영상에서나 본 상황인데? 세
상에나 이거 현실 맞아?

"아, 아니오! 빈궁, 내 곁에 있어주시오. 난 궁인이 시중을
들어주러 온 줄 알았다오."

"저하, 혹여 마음에 드는 아이들을 이곳으로 데려오셨나이
까?"

지금 질투한 건가? 사실 아내의 표정은 조금 읽기가 힘들
다. 항상 손만 잡아줘도 표정이 금세 환해져서 평소에 뭘 생
각하고 있는지 잘 모르겠어.

"요즘은 공무 때문에 빈궁의 처소를 찾기도 힘든데, 그럴 리
가 있겠소? 욕탕은 이번이 두 번째 방문이었다오."

"그렇사옵니까? 오늘은 소첩이 오빠의 시중을 들어드릴 테
니 몸을 맡겨주시지요."

"그럴 필요 없소. 빈궁도 이리 들어오시오."

"하오나……"

"들어오시오."

그러자 아내가 마지못해 적삼을 벗고 나를 따라 욕탕에 들어왔고, 난 그런 아내의 부드러운 몸에 기대 눈을 감았다.

지금만큼은 내가 세상에서 제일 행복한 사람이로구나. 불가에서 말하는 극락이나 천주교에서 말하는 천국도 여기보단 못할 거다. 그렇게 욕탕에서 평화로운 시간을 보내고 내가 직접 아내의 몸을 닦아준 후 침소로 들어 아내와 같이 밤을 보냈다.

잠이 들었다 일어나 보니, 아내가 가만히 날 바라보고 있는 것을 보았다. 문안드려야 할 부모님이 궁에 안 계시니, 평소보다 오래 자게 배려해 주었나 보다. 창살에 타고 들어온 햇살에 아내의 얼굴이 환히 비쳐서 그런지, 아내가 한층 더 아름답게 보여 난 뭐라 말할 수 없는 행복감에 취했고, 그런 아내의 이마의 입을 맞추고 일어났다.

"빈궁, 언제나 아름다웠지만, 오늘따라 한층 더 아름답소."

"······."

아내는 나의 말에 대답하지 않고, 가만히 내 손을 잡는 것으로 대답을 대신했다.

그렇게 정신적으로도 육체적으로도 쌓인 피로를 아내 덕에 털어내자, 뭔가가 홀가분한 느낌이 들었다. 그래, 난 혼자가 아니지. 내가 모든 일을 다 할 수도 없고, 내가 잘못한다 해도 날 도와줄 수 있는 이들이 많다.

그날 난 조회를 마치고 첨사원으로 예조판서 민의생을 제외하고, 육조의 판서들을 차례대로 불러 구상만 하고 실행에 옮기지 못한 일거리를 하나씩 안겨주었다.

"저하, 백성들이 이용할 대욕탕을 지으시라는 하교는 부디 거두어주시지요."

"어째서 그렇소?"

우두에 이어 다음 공공위생 사업으로 선택한 게 바로 욕탕 건설이다. 그런 내 지시를 들은 공조판서 박안신의 표정이 난감해 보였다.

"저하, 욕탕을 건설할 재정은 충분하옵니다만… 욕탕을 유지하려면 석탄이나 장작 같은 땔감이 많이 드는 데다 그곳을 관리할 만한 인력도 부족하옵니다. 게다가 욕탕을 지어도 찾는 이들이 드물 테니, 재정만 낭비하게 될 것이옵니다."

"공조판서가 염려하는 부분은 나도 잘 알고 있소. 다만, 그 부분에 대해서는 나도 생각해 둔 것이 있소. 개장 초기를 제외하곤 욕탕에서 따로 수익을 낼 방법을 정리해 줄 테니 읽어보고 따로 답을 주시게."

"아뢰옵기 송구하오나, 대략 어떤 방도인지 소신이 여쭈어도 되겠사옵니까?"

"간단하게 말하면, 사대부를 위한 욕탕과 양인과 천인을 위한 욕탕을 분리하고 입장세를 받지 않을 걸세."

"저하, 그렇다면 다른 방도로 세를 걷으려고 하시나이까?"

"그렇네, 그곳에 젊은 의원을 고용해서 간단한 진맥을 본 다음 지압법을 시술케 하고, 다른 데서 맛볼 수 없는 음식을 팔면서 운영할 생각일세."

저기서 말한 지압법은 미래의 스포츠 마사지를 참고한 건강 안마법이다. 내가 가끔 아내에게 해주기도 하고, 나도 아내에게 받아보았는데 확실히 효과가 있었다. 지금 사람들에겐 충분히 의술로 인식될 만한 가치가 있더라.

"하오나, 가난한 백성들은 그럴 여력이 없을 것이옵니다."

"그 부분은 너무 염려 말게나. 애초에 백성들의 병을 예방하려 만든 시설이니, 용한 의원이 있다는 소문만 퍼져도 알아서 찾아오는 이가 많아질 것일세. 또한 잘 씻기는 습관을 들이는 게 목적이기도 하네."

그래, 박안신. 아직 말 안 했지만, 목욕탕에서 백성들에게 걷는 부가적인 세는 운영에 큰 도움이 되지 않을 거다. 적자는 부유한 사대부들과 지주들에게는 차별화된 음식을 내주고, 건강관리를 해주면서 수입을 충당할 예정이지.

물론 여기도 백화상처럼 현물 안 받고 화폐로 받을 예정이기도 하니, 나와 내의원 소속 의원들이 의학적 지식을 동원해서 홍보 잘하면 처음부터 고수익을 올릴 수 있을 거 같은데?

"소신이 삼가 명을 받들겠사옵니다."

"내일 중으로 자세한 계획서를 내려줄 테니, 관원들과 상의한 다음 부지를 물색해 보게나."

그래, 그럼 다음엔 뭘 해보지? 갑자기 영감이 마구 솟구쳐 오르는데. 지금 당장 가능한 건 굉장히 한정적이니 고르기가 난감하네. 아버지는 이럴 때 어떻게 하셨을까?

*   *   *

공조에서 내 지시를 받아 시작할 목욕탕 공사 부지 선정이 시작되었고, 일단 대략적인 위치는 한강 상류 부근으로 결정이 되어 적절한 부지를 물색 중이라고 들었다. 난 그사이에 전보단 의욕적으로 국정을 처리하면서, 일전에 육조에 지시한 일거리와 더불어 앞으로 시작할 국가사업을 계획서로 정리해 봤다. 내가 일전에 육조판서들을 불러 안겨준 일거리는 다음과 같다.

호조는 경기도와 황해도에서 시범 시행 중인 연분구등법과 대동법의 개선.

이조는 일전에 시행된 송사 수수료로 향리들의 녹봉을 주는 것 말고도, 새로 지방군의 재정을 충당할 예산을 확보하는 방안과 병조와 군제개혁에 대한 협업.

병조는 이번 해에 새로 시행된 병제 개혁을 보완해 문관의 겸직을 없애고, 각도의 도절제사가 최고 책임자가 되도록 조직 개편을 명했다. 이 부분은 혹시 모를 반란을 대비해 대간급 관료와 문관들을 지방으로 파견해 감찰관 겸 군의 행정 업무를 하도록 지시했다. 이참에 모든 신료가 하급 관료 시절부터 군의 업무를 한 번씩은 경험할 수 있게 만들려 한다. 문관의 파견 부분은 지난번 조회에서 반발이 있긴 했으나, 문관 출신으로 군을 지휘해 봤던 다수의 원로대신들이 찬성하면서 반대파들의 의견이 힘을 잃었다.

형조는 제일 중요한 일을 맡았다. 조선의 관습법과 현행법, 그리고, 대명률과 미래의 법전에서 지금 적용 가능한 부분만 정리한 것을 참조해서 새로운 법전을 만들게 되었다. 미래의 경국대전보다 더 오래 걸릴지도 모르는 대형 과제를 졸지에 떠안게 된 형조판서 안숭선이 어제 각종 핑계가 담긴 사직서를 제출했지만, 인사는 내 권한이 아니라며 허락하지 아니했다.

예조는 당장 대마도의 일을 맡겨두었기에 따로 시킨 것은 없었지만, 장차 대마도에 수군을 주둔시킬 예정이기에 다음 단계인 왜국 본토와의 교류 계획에 대해서만 간단히 설명해 두었다.

"저하, 지시하신 욕탕의 부지 후보이옵니다."

공조판서 박안신이 관원들을 부려 선정한 목욕탕 공사 후보지를 보았는데, 전부 물을 끌어들이기 쉽게 강가 가까이 정한 듯하다.

"전부 적절한 위치긴 하지만, 사대부용 욕탕은 아무래도 편의를 위해 육조 거리 근처에 짓는 게 나을 듯하오. 물을 끌어오는 건 궁에서 사용 중인 기물의 힘을 빌리면 되니, 반드시 강가에 지을 필요는 없다고 보네."

"기물이라 하시면, 궁의 욕탕에서 사용 중인 물 작두(펌프)를 이르시는 말씀이시옵니까?"

"그렇네. 이참에 궁에서 쓰고 있는 동관을 여럿 만들어 배치해 물을 끌어오는 것 말고도, 궁의 욕탕과 새로 지을 욕탕에서 사용한 물을 배수로로 이어지게 만들어보려 하니, 이 부분은 장인청과 협업을 해보게나."

미래 지식엔 조선에 하수처리 시설 따위 아예 없었다고 착각하던데, 그렇지 않다. 사람이 많이 사는 곳이나 성엔 화강암이나 여러 돌을 이용해서 하천으로 이어지는 배수로를 만들고, 그 위에 돌을 덮어 사람이 빠지지 않게 조치한다.

"그렇다면 최종적인 물 흐름을 개천(開川, 청계천)으로 향하게 만들면 될 것 같사옵니다."

"그대의 생각이 적절하오. 일단 육조 거리 근방에 부지를 선정하고, 땅 주인에게 보상할 예산을 책정해 주시오."

사실 내 마음 같아선 지금 굽이치게 꼬여 있는 개천의 지류의 부분도 손대서 하천의 흐름을 직선화시키고 싶은데, 할아버지 태종께서 실행한 개천 공사가 24년이 걸렸고 그 공사가 완료된 지 십 년도 안 된 시점이라 이쪽은 바로 손대기 힘들 것 같다.

"그러면 일전에 하교하신 의원의 고용 문제는 내의원과 상의해야 하옵니까?"

"그건 내가 따로 조치해 지시를 내릴 테니, 신경 쓰지 않아
도 되네."

의원을 여럿 고용하는 문제는 생각보다 돈이 많이 들고, 인
력 낭비라는 느낌이 들어 내의원을 통해 따로 안마사로 써먹
을 인원을 모집하라 일렀다. 아무래도 일이 없는 자들을 고용
해서 예법을 가르치고 안마하는 법을 알려줘서 새로운 직업
을 만드는 게 낫겠지.

그러니 앞으론 욕탕엔 소수의 의원과 안마사들을 상주시키
는 게 좋을 듯하다. 이참에 수세미를 여럿 키워서 때도 밀게
해볼까? 그리고 지금은 머릿니가 많으니 머리 손질할 도구도
만들고 머리 감을 창포도 여럿 확보해야겠어.

*　　　　*　　　　*

"김 내관, 그간 고생이 많았네."

"망극하옵니다, 저하."

김처선이 편찬하던 염초제조법을 적은 책인 전취염초서가
완성되어 내게 올라왔다. 이 책은 처음부터 실무자들이 쉽게
읽을 수 있게 정음으로 적었고, 수식이 필요한 부분은 미래
숫자로 적게 만들었다. 미래의 숫자는 요즘에 내게 수학을 배
운 관료들 사이에선 천축수(天竺數)라는 이름으로 서서히 퍼지

고 있기도 하다.

"김 내관이 큰 공을 세웠어. 내 상을 내려주고자 하는데, 따로 원하는 거라도 있나?"

"아뢰옵기 송구하오나, 소신이 감히 고가(告暇, 휴가서)를 올리려 하옵나이다."

그리고 보니, 김처선이 요즘 내관 업무만으로도 모자라서 염초밭 상태 확인하러 오가고, 거기에 첨사원에서 책까지 쓰게 했으니 저런 말이 나올 법하구나.

"그래, 이참에 잠시 쉬고 오거라. 따로 고가를 올릴 필요 없다."

그러자 내 곁에서 업무를 보던 첨사원의 관원들이 전부 무언의 눈짓으로 내게 신호를 보냈다. 자기들도 매일 고생하는데 왜 김처선만 휴가를 주냐는 압박인가? 나 참⋯⋯.

"김 내관은 잠시 쉬어도 대체할 사람이 있지만, 자네들이 쉬면 그 일을 누가 하겠는가? 자네들도 고가를 올리려면 업무를 대체할 만한 사람부터 추천하게."

"저하, 그 말씀은 대체할 사람만 있으면 고가를 올려도 된다는 말씀이신지요? 집현전의 학사나 젊은 관원 중 사가독서(賜暇讀書)하며 노는⋯ 아니, 송구하옵니다. 저하, 소신이 잠시 실언했사옵니다. 여하튼 사가독서로 수학하여 나라에 도움이 될 준비가 된 인재들이 많사옵니다."

첨사원 관원의 대표 격인 동첨사 이선제(李先齊)가 나서서 내게 고했다. 그런데 중간에 본심이 튀어나온 거 같은데?

"사가독서는 관원들이 놀라고 주는 휴가가 아니라 집에서 학문을 갈고닦아 성과를 내라고, 주상 전하께서 만드신 제도요. 그런 이들을 어찌 함부로 데려올 수 있겠소?"

"소신이 솔직하게 고하자면, 관직 생활 이십여 년 동안 사관과 집현전 부교리를 거치며 배운 학문보다, 저하의 곁에서 일 년간 배운 실무가 국정에 도움이 된다고 깨우쳤사옵니다. 아무리 경전을 본다 한들 책에서 본 것을 나랏일에 적용하는 건 다른 경우며, 배운 학문을 국정에 적용하는 것도 실무를 알아야 가능하단 것을 소신이 깨우쳤으니, 어찌 후학들에게 그런 배움의 기회를 주는 것을 주저할 수 있겠사옵니까? 저하, 사정이 그러하오니 학사들에게 배움의 길을 열어주시옵소서."

솔직히 맞는 말이긴 한데, 첨사원의 관원들이 쉬고 싶어서 예비 노예들을 어서 잡아 오란 말로 들린다.

"동부승지의 의견은 어떻소?"

난 첨사원 관원 중 이선제 다음의 서열이자, 첨사원 첨사와 승정원 동부승지를 겸직하여 실질적으론 내 도승지나 다름없는 유의손(柳義孫)에게 물었다.

"소신이 사료컨대 필문(蓽門)의 의견이 극히 지당하옵니다. 소신 역시 주상 전하의 명을 받아 대국의 역사서인 자치통감을 강목훈의로 줄여 편찬하면서, 고사를 외워 스스로 나랏일에 대해 통달했다고 착각하던 시절이 있었습니다. 하나 저하의 곁에서 일을 배우게 되니, 고사는 그저 참고할 사례일 뿐이며 실무는 다른 일이라고 느꼈사옵니다. 그러니 후학들을 데려와 한 살이라도 어릴 때 현실을 보게 해주어야 합니다."

"그렇소? 그러면 청죽의 생각은 어떤가?"

"소신 역시 같은 생각이옵니다. 다른 예를 들 것 없이 희현당의 편지만 봐도 어린 나이에 실무를 배우는 게 정말 중요하다고 느끼고 있사옵니다."

성삼문이 적절한 예를 들었다. 나도 일전에 신숙주가 점령지인 미타호에서 하는 일에 관해 보고받은 적이 있었는데, 나이가 어린 게 아쉬울 정도였지. 그래서 그의 권한을 올려주려고 일전에 아바마마께 나랏일에 대한 장계를 올리면서, 그의 벼슬을 정육품 좌랑으로 올려달라고 했었다. 만약 내 건의가 통과된다면, 신숙주는 기록에 적힌 것보다 더 빠르게 출세하게 될 거다.

"취금헌의 생각도 그런가?"

"저하, 소신 역시 공맹의 도가 학문이며 삶의 지침이지만, 나랏일은 다른 영역임이 분명하다고 느꼈사옵니다."

박팽년도 같은 생각인가 보군.

"그러면 모든 관원의 생각도 그러한가?"

그러자 다른 하급관원들도 비슷한 의견을 내며 저들의 의견을 지지했다.

그렇단 말이지? 혹시 전부터 이럴 때를 대비해서 의견을 미리 조율한 거 아냐? 뭐 그렇단 한들 취지는 아주 좋으니 이 기회에 조정에 공론을 올려봐야겠어.

난 유의손에게 첨사원 관원들의 의견을 정리해서, 다음 조회시간에 새 안건을 올리도록 지시했다.

*　　　　*　　　　*

"동부승지가 방금 말한 대로 집현전이나 성균관에서 학문이 경지에 오르고 일정 햇수 이상 연차가 쌓인 학사들을 여러 기관에 배치해서, 미리 나랏일이 어찌 돌아가는지 알려주고 업무를 체험해 보게 하려 하는데 대신들의 의견은 어떻소?"

그러자 대신들이 내게 답했다.

"저하, 동부승지가 제안한 안건이 지당하다고 사료되옵니다."

"소신도 동부승지의 의견을 지지하옵니다."

"동부승지가 참으로 옳은 말을 했사옵니다."

"……"

평소 저들이 인력난으로 얼마나 고생하고 있는지 알 것 같았다. 현장실습? 미래의 지식이 알려주길, 미래의 학생들도 이런 제도를 이용해 일자리를 경험해 본다고 하네. 열정 페이는 뭐야? 돈도 안 주고 부려 먹힌다고? 그런 부분에선 우리가 그들보다 낫구나.

"대신들의 생각이 그러하면, 조만간 새로운 방안을 실행하기 위해 책임자를 두어야겠소. 아무래도 요즘 육조의 일이 바쁘니 의정부에서 이 일을 담당하는 것이 어떻겠소?"

"저하의 의견이 지당하신 듯하옵니다—"

내 말이 떨어지기가 무섭게 육조의 판서들이 일제히 합창하듯 동의했고, 의정부의 책임자들인 영의정 황희와 우의정 신개가 분위기에 휩쓸려서 난감해하자 의외의 인물이 나섰다.

"신 좌의정, 김맹성이 저하의 명을 받들겠사옵니다."

"좌상 대감께서 이 일을 맡아보려 하시오?"

"예, 그렇사옵니다, 저하."

"그렇다면 좌상 대감이 주의해야 할 점이 있소이다."

"경청하겠사옵니다. 하문해 주시옵소서."

"학사들을 여러 기관에 배치하기 전에 일단은 학사들의 적성도 고려해 봐야 하고, 그들이 희망하는 기관도 있을 것이니 각 기관의 홍보가 필요하다오. 그러니 어느 정도 시간을 들여 여러 기관을 돌며 체험하게 한 후 본인이 일하고 싶은 기관을 정하는 것이 옳다고 보오."

이런 식으로도 여러 기관에서 근무 희망자들을 모으면 면신례 같은 신고식도 지금보단 줄어들게 될 거다. 일전에 지시한 대로 면신례를 하다가 대간에게 적발되어 파직된 관리들도 몇 명 생겼으니, 두 가지 정책이 합쳐지면 차차 사정이 나아질 것으로 생각한다.

"저하의 분부가 온당하오나, 그러면 몇몇 기관에만 지원자가 몰릴 수 있사옵니다. 그 부분에 대해선 어찌 처리해야 하겠사옵니까?"

"그럴 경우 지원자들에게 미리 서면으로 일 지망부터 삼 지망까지 세 개의 기관명을 적게 하고 남은 인원들에게 차등을 두어 배치하시오. 만약 그렇게 해도 부족하다면, 가장 인원이 모자란 기관 위주로 배치하되, 자세한 부분은 기관의 장들끼리 합의해서 해결하는 게 좋을 거요."

"명심하겠사옵니다. 다른 분부도 있으신지요?"

"학사들에게 국정의 현실을 알려주는 것도 좋지만, 어느 정도 순화된 단계는 거쳐야 하지 않겠소? 그러니 웃는 얼굴로 그들을 대해주시오."

내가 그 말을 하며 슬쩍 웃자, 김맹성 역시 내 의도를 눈치챘는지 미소 띤 얼굴로 내 말을 받았다.

"저하의 분부가 지당하십니다."

육조의 판서들이나 여러 대신 역시 내 말의 의도를 뒤늦게 눈치챈 듯 어색하나마 온화한 미소를 지었다.

"그래요. 다들 웃으면서 일합시다."

제2장

문화 충격

그렇게 조정에서 여러 가지 일이 진행되고 있을 무렵, 9월이 시작되면서 전라도의 수군 책임자인 안무처치사 최숙손에게 신형 함선인 판옥선의 시험 건조가 끝났다는 장계가 올라왔다.

장계의 내용을 보니, 목재는 일전에 군선을 만들려고 잘 건조해 둔 게 있어서 재료의 문제는 없었지만, 숙련된 장인이 모자라서 완성하는 데 시간이 오래 걸려 죄송하다는 내용이 적혀 있었다. 하지만 첫 시험 운행이 성공적이었다고 하니 딱히 질책할 만한 점은 없었다.

그건 그렇고 최윤덕의 장손인 최숙손이 그 집안 막내인 최

영손하고 같이 내 아들에게 절개를 지키다가 비참하게 죽었다고 기록에 적혀 있었지. 수양 놈 공신록에 이름을 올린 셋째 최광손하고 대비되네. 이젠 역사가 바뀌어 그럴 일은 없어졌고, 최광손도 북방에서 큰 공을 세우고 있으니 저 형제들 모두 중용해야겠지. 저렇게 보니 최윤덕이 아들들을 정말 잘 키웠네. 라이벌인 누구랑 비교되는군.

"영의정 대감, 요즘 시전에 소금이 안정적으로 풀리고 있다는 소식을 들었습니다. 나라의 대사인 소금 문제가 이리 수월하게 해결되고 있으니 대감의 노고가 무척 크군요."

"망극하옵니다."

최윤덕의 라이벌인 황희는 상대적으로 사정이 좋지 못한 자염 생산자들을 모아 미래의 상인 조합과 비슷한 염회(鹽會)라는 기관을 만들었고 그 성과를 보고하기 위해 첨사원에 방문했다.

"일전에 풍문으로 들었소만. 영상 대감께서 염회라고 이름지은 기관의 효과가 좋았는지, 상인들이나 사대부들도 비슷한 모임을 만들려는 이들이 꽤 있다고 들었소이다."

황희는 명목상이지만 염회의 책임자로 자신의 이름을 걸어 두고, 부유한 지주나 사대부들의 압력에서 스스로 보호하면서 새로운 도구들을 도입해 적절한 값으로 시전에 소금을 공급하도록 만들었다.

"다른 이들도 여럿이 모여 힘을 합쳐 생산을 늘리는 게 이득이 된다는 것을 알게 된 게지요. 요즘은 북방을 통해 시전에서 돌소금이 유통되고 있사오니, 다른 이들도 관습대로 하다간 경쟁에서 도태된다는 것을 깨달았을 것이옵니다."

"나도 그 소식은 들었습니다. 미타호 남동쪽에 노천 암염광이 있다고 하더군요."

요즘 들어 밀가루의 수요가 늘어서 북방에 쌀을 보내면서 수확한 밀을 교환해서 가져오고 있는데, 그 와중에 북방에서 유통 중인 암염도 같이 들어와 소금값이 조금 더 낮아지고 있었다.

그건 그렇고 거기 매장량을 보니 몇 십 년 안에 고갈될 양이라 조금 아쉽긴 하다. 사전에 저장된 지도를 보니 어마어마한 매장량을 지닌 암염 광산이 근처에 있긴 한데 석탄이랑 암염이 섞여 있는 광산이라 지금 기술로 그걸 분리하는 게 조금 힘들겠더라고.

"소신이 직접 현장을 다녀보며 느낀 것인데, 소금을 많이 구울수록 태양 집열기보단 석탄의 효율이 훨씬 더 높사옵니다. 그러니 집열기의 생산을 줄이고 석탄 채굴량을 늘리는 게 나을 듯하옵니다."

"그렇습니까? 아무래도 직접 보고 온 대감의 판단이 옳겠지요. 지금은 석탄을 캐는 곳이 두 군데뿐이니, 광업에 종사할 인원을 늘려야겠군요."

저런 걸 보면 황희의 능력이 정말 대단하긴 해. 개인적인 결

점은 조금 있긴 하지만, 자식들이 평가를 다 까먹으니 문제로
군. 지금 염회는 황희의 덕에 잘 돌아가고 있지만, 황희 사후
가 문제니 나중에 조정에서 추가적인 조치를 해봐야겠다.

"저하, 소신이 염전에서 태양열 집열기를 보고 깨달은 이치
가 있사옵니다."

"어떤 이치요?"

그 말을 꺼내는 황희의 표정이 평소와는 다르게 들떠 보인
다.

"농축한 염수를 모아 넓게 퍼뜨린 다음 햇볕에 말려서 소금
을 얻는 방안이옵니다."

천일염의 이치를 깨달았나 보네. 황희 정도면 그런 발상을
한 게 별로 놀랍지도 않다. 현직 자염 생산자들이라면 다들
한 번쯤 해보는 생각이기도 하고. 그건 그렇고 황희가 직접 천
일염 생산에 도전해 보려는 건가? 그러면 나야 고맙지. 지금
사정으론 천일염 만드는 게 아주 불가능한 건 아니지만, 자염
과 비교하면 초기 비용이 너무 많이 들고 실패할 가능성이 커
서 나중으로 미루고 있었다.

미래의 조선처럼 왕실 전용 재산이 많다면 시도해 볼 만도
한데, 지금은 그렇지 못한 게 가장 큰 원인이기도 하지. 그러
면 내가 약을 한번 팔아볼까?

"그건 좋은 방안이나, 치명적인 결점이 있소."

내 말을 들은 황희가 조금은 실망한 표정으로 답했다.

"어떤 결점인지 여쭈어도 되겠사옵니까?"

"일단 그렇게 만든 소금은 흙과 불순물을 걸러내지 못해 혼탁하면서도 맛이 써서 상품성이 없소. 또한 그런 염전을 만들 수 있는 넓은 부지가 극히 제한된 데다 매우 많은 인력이 필요하고 비가 올 때마다 소금 농사를 망친다오. 일전에 적게나마 새로운 방식으로 시험해 보고 그 방식은 포기했소이다."

천일염의 염수 세척 같은 부가적인 문제는 둘째 치고 천일염을 만드는 데 필요한 조수간만 정도가 미래와 현시대를 비교하면, 지금이 한참 낮은 편이라 엄청나게 방대한 부지 확보가 필수고 또 엄청나게 큰 둑을 만들어야 한다.

"그렇사옵니까? 나라에서 주도하여 새로운 염전을 크게 만들면, 그런 결점도 해결될 듯하옵니다만."

"그렇지요. 그러자면 개폐식으로 바닷물을 가둘 수 있는 커다란 둑도 만들어야 하고, 그곳을 관리할 인력도 많이 필요하지요. 한데 그러자면 조정의 예산이 많이 부족하오. 소금의 쓴맛을 해결할 방도를 찾긴 했으나 자염에 비하면 질이 떨어지긴 매한가지라오."

"그렇다 해도 소금을 대량으로 생산만 하고 나면, 전부 해결할 수 있는 문제 같사옵니다."

"그렇게 대량으로 만든 소금을 나라에서 나서서 팔면 일전보다 더한 저항을 거쳐야 하오. 그게 당장 불가능하단 것을 대감께서도 잘 알고 있을 거요."

"그렇다면 소신이 나서서 새로운 길을 열어보는 것은 안 되겠사옵니까? 소신의 사재를 동원하면 저하께서 설명해 주신 염전을 하나 만들 수 있을 것 같사옵니다만."

미끼를 물었네. 역시 대놓고 부추기는 것보단, 적당히 말리면 하고 싶어지는 게 사람 마음이지.

"허할 수 없소. 만에 하나 실패하면 대감의 재산만 탕진할 것일 뻔한데, 어찌 그럴 수 있단 말이오?"

"소신은 괜찮사옵니다. 나라를 위해서라면 사재를 탕진한들 전혀 아깝지 않사옵니다."

"영의정 대감에게만 그런 짐을 지우는 건 너무 가혹한데, 어찌 그대로 두고 볼 수 있겠소."

"저하께서 허락해 주신다면, 처음 생산된 소금의 절반을 조세로 바치겠사옵니다."

"허어… 조세가 문제가 아니오."

황희도 눈치가 빠른 만큼 내 의도를 어느 정도 눈치챘을 거다.

"저하, 소신은 새로 만든 염전을 온전히 사유화할 생각이 없사옵니다. 나랏일을 하는 사람이 어찌 사욕을 부릴 수 있겠사옵니까? 그러니 부디 윤허하여 주시옵소서."

그래, 내가 듣고 싶었던 답이 나왔다. 그러면 이쯤에서 못 이기는 척하고 타협해 줘야겠지.

"그렇습니까? 대감의 뜻이 정 그렇다면 말릴 수 없겠군요.

일단은 왕실의 사재를 조금이나마 지원해 줄 테니 부지부터 매입한 후 시행해 보시오. 만약 성공한다면 큰 상을 내리고 대감의 권리를 어느 정도 보장해 주겠소."

"저하의 은혜가 망극하옵니다."

*　　　　*　　　　*

황희는 세자와 대면한 자리에서 세자가 천일염이라고 부르는 새로운 소금 사업을 시도해 봐도 된다는 허락을 받았다. 그는 일전에 자염 사업에 뛰어든 것만으로 엄청난 이득을 봤고, 본래 가진 재산이 많으니 시간이 몇 년이 걸려도 성공하기만 한다면 초기의 손해 따윈 만회하고도 남을 거란 계산이 섰기에 자청한 것이었다.

그는 사실 자염을 만들면서 농축한 염수 일부를 넓은 대접에 깔고 햇볕을 쬐어 소금을 만들어보았기에 분명 성공할 수 있다고 자신했고, 황희는 소금으로 쌓은 산 위에 오른 듯한 상쾌한 기분으로 퇴청했다.

그는 세자가 적합하다고 말해준 황해도나 평안도 해안의 대지를 매입하기 위해 마차를 끌고 자신을 데리러 온 집안의 청지기인 황갑동에게 물었다.

"황 서방, 내가 이번에 땅을 좀 매입하려 하는데, 집안에 여유 자금이 얼마나 있지?"

"통보로 따져서 말할까요? 아니면 쌀로 아뢰올까요?"

"아무래도 북방 쪽의 땅을 사야 할 것 같으니 쌀로만 따져보게."

"자세한 것은 장부를 봐야 하지만, 자염 가마를 비롯해서 여기저기 들어갈 것을 빼면 대략 삼만 섬 정도 여유가 있을 겁니다요."

"그런가? 그 정도면 필요로 한 땅을 사고도 남겠군."

"대감마님, 전답을 사시려 하십니까?"

"아니다. 평안도 해안가의 땅을 사려 한다."

"예? 북쪽 해안가에 땅을 사서 무엇을 하시려고요? 고기잡이라도 하시려는 겁니까?"

"하얀 금가루가 나오는 밭을 만들 걸세."

"하얀 금이요?"

"황 서방도 나중에 보면 알게 될 거야. 일단 집으로 가세."

황희는 화려한 이두마차에 올라 집으로 가면서 염전을 어찌 만들지 생각했다.

'일단은 기본은 염수를 모아 써레질하여 말리는 것이 목적이니, 자염을 만들던 이들을 여럿 고용해야겠고⋯ 또 뭐가 있을까. 저하께서 이르시길, 갯벌처럼 무르지 않은 단단한 토질이 필요하다고 하셨지? 거기에 둑을 쌓고 구역으로 나눠서 염수를 모으고 농축한 다음 증발시켜야 한다고 하셨으니 토목 기술을 가진 이들이 여럿 필요하겠군. 허, 그놈의 옛 부하들

을 고용해야 하나?'

　최근 최윤덕의 옛 부하 중 일부가 미래의 토목회사나 용역 업체와 비슷한 것을 차려 성업 중이다. 황희는 예전에 최윤덕을 적극 지지해서 밀어주었으나, 최윤덕이 출세하고 나자 자신의 의견에 사사건건 반대하는 최윤덕이 마음에 들지 않았다. 그러던 차에 최윤덕이 실수를 저지르자 황희가 나서서 그를 탄핵했고 결국 최윤덕은 좌의정에서 물러나야 했다.

　'그래도 쓸 수밖에 없겠군. 마음에 안 드는 놈이긴 하지만, 아랫것들이 무슨 죄라고.'

　그 후 계획을 정리한 황희는 사람을 시켜 황해도보다 땅값이 싼 평안도의 해안가에 땅을 알아보았다. 그러자 양덕현 근방의 해안가에 적당한 부지가 있다는 소식을 듣고 세자에게 보고한 후 직접 땅을 보러 나섰다. 직접 땅을 확인하고 만족한 황희는 적당한 가격으로 땅을 매입하고 나서 공사를 위해 사람들을 모았다.

　황희는 그 와중에 세자의 지시를 잊지 않고 자염 사업을 시작할 때처럼, 양덕현 근방에서 형편이 좋지 못한 이들을 주로 고용해 한양에서 불러온 기술자에게 일을 배우도록 하면서 제방 공사를 시작했다.

*　　　　*　　　　*

"박씨 아재, 여기다 제방을 왜 쌓는대요?"

올해 농사를 망치고 나서 먹고 살기가 막막하던 와중에 황희에게 고용되어 제방 공사를 하던 양덕현의 촌부 김을지가 같은 동네에 사는 박형욱에게 물었다.

"거— 뭐냐, 여기다가 소금밭을 만든다고 하던데?"

"소금밭이요?"

"나도 잘은 몰라. 아까 저기서 지시하는 나리에게 들으니, 바닷물을 모아두는 데라고 하더구먼. 어? 야! 이놈아. 요령 피우지 말고 돌덩이 하나라도 더 실어 날라라. 내가 든 것에 반절도 못 미치게 나르는 건 좀 심한 거 아니냐?"

박형욱과 같이 지게에 돌을 실어 나르던 일을 하던 김을지는 최대한 가벼운 돌만 골라 나르며 요령을 피우다 박형욱에게 걸려 핀잔을 들어야 했다.

"괜히 무겁게 들다가 허리라도 다치면 처자식은 누가 먹여 살립니까? 아재야말로 너무 열심히 하는 거 아니요?"

"야, 이놈아! 지금 우리가 요역 나온 것도 아니고 남의 쌀 받아먹고 일하는 중인데, 당연히 성실히 해야 할 거 아냐. 다른 분도 아니고 무려 영의정 대감께서 우릴 먹여 살려주시겠다는데 이 정돈 해야지?"

"허이고, 누가 보면 영의정 대감댁 머슴이라도 된 줄 알겠소. 아재는 아재대로 하시오. 난 나대로 편하게 할 테니."

"에잉, 고얀 놈 같으니, 아무리 그래도 사람이 은혜를 알아야지."

"우리 같은 민초는 몸이 재산인데, 다치면 나만 손해 아뇨?"

그러자 같이 돌을 나르던 늙은 사내가 김을지의 말에 답했다.

"맞는 말일세. 다치면 자신만 손해지, 어느 누가 알아주겠나."

"그렇죠? 처음 뵙는 어르신인데 말이 잘 통하네요. 건넛마을에서도 못 본 분인데 어디서 오셨습니까?"

"난 가조리(可助里)에서 왔네."

"가조리요? 못 들어본 곳인데 거기가 어딘가요?"

"송도(개경) 근처일세."

"어우, 멀리서도 오셨네. 요즘 먹고살기가 힘드셨나 봐요. 그건 그렇고 인상 무섭단 소리 안 듣고 사세요? 방금 어르신 보고 놀라서 살짝 경기 일으킬 뻔했습니다."

"미안하게 됐네. 나도 타고난 인상 때문에 오해도 많이 받고 살았지. 젊을 적엔 쳐다만 봐도 싸움을 거는 이들이 많아서 고역이었어."

"그나저나 이런 일은 처음이지만 여기 일은 꽤 오래갈 것 같으니, 그냥저냥 버티면서 쌀만 받아가도 이번 해는 무사히 넘길 수 있을 거 같아요."

"그런가? 나도 멀리서 오길 잘했군."

그렇게 공사 첫날이 탈 없이 지나가자, 다음 날 새벽에 공사

책임자를 통해 인부들에게 새로운 방침이 떨어졌다.

"모두 잘 들으시오! 오늘부터는 정해진 작업량을 채우면 바로 쉴 수 있게 하겠소. 단, 어두워질 때까지 일을 마치지 못하면 쌀 한 홉을 감할 것이오. 또한 정해진 작업량을 빠르게 달성하면 추가 급여로 매일 쌀 반 되를 지급할 예정이오. 그리고 오늘부터는 의원이 일터에 대기할 것이니, 다치거나 몸이 안 좋은 이들은 내게 말씀하시오. 의원에게 진료를 받을 수 있게 조치하겠소."

책임자의 말을 전부 듣고도 완전히 이해하지 못한 김을지가 박형욱에게 물었다. 인부들은 김을지같이 책임자의 말을 이해 못 한 사람들이 많은지 다들 서로 이야기를 나누기도 하고, 책임자에게 다시 질문하는 이들도 많았다.

"아재, 저게 대체 무슨 소리래요? 일을 빨리 마치면 쌀 반 되를 준다는 이야기 말곤 이해가 잘 안 가네요"

"방금 듣고도 모르겠냐? 저기 나리께서 해 지기 전에 정해진 일을 마치면 쉽게 해준단다. 그리고 늑장 피우면 매일 주기로 약조한 쌀 한 됫박에서 한 홉을 줄이겠다는 소리 같은데?"

"그런 겁니까? 그러면 무조건 빨리 마치는 것이 우리에게 더 이득이네요."

"그래, 어제처럼 요령 피우면 너만 손해 보는 게 아니야. 다 같이 받을 쌀이 줄어들게 되니, 오늘부턴 빨리하고 쉬자꾸나."

"그것도 그렇지만, 무려 쌀 반 되가 걸려 있는데, 당연히 그

래야죠. 어? 오늘은 어제 같이 일한 어르신이 안 보이네요. 혹
시 허리라도 다치신 건가?"

＊　　　　＊　　　　＊

도성에서 여러 가지 일로 바쁜 와중에 북방에서 순회공연
중인 재래연단도 역시나 바쁜 일정을 소화해야 했다. 특히나
이성계의 고향으로 알려진 홍왕지지, 즉 함길도의 영흥에선
태조의 위명이 높은 탓에, 영흥본궁(永興本宮, 이자춘의 생가)에
서 열렸던 용비어천가의 공연은 영흥과 근방에 사는 이들이
거의 다 관람했다 해도 과언이 아니었다.

그중 나이 든 노인들은 예전에 보았던 이성계의 얼굴을 똑
똑히 잘 기억하고 있었기에, 이성계 역할을 맡은 이형을 보고
감격해 눈물을 흘리는 이들이 많았다.

얼마 전 조정에서 반역향이 해제되어 숨통이 트인 함경도
의 백성들은 재래연을 보면서 그들이 가진 자부심을 되살리
곤, 그런 재래연단을 고맙게 여겨 없는 살림에도 열성적으로
여러 가지 선물을 바치는 통에 대표로 나서서 그들의 성의를
거절하는 안평대군이 난감하다고 할 정도였다.

"대감, 요즘 고초가 많으시군요."

"아닐세, 내가 겪는 고생이라 봐야 자성군에 비할 수 있겠는
가? 요즘은 자네 얼굴만이라도 보려고 몰린 백성들이 많아 숙

소 밖에 나갈 수도 없다고 들었네만. 차라리 말년에 여기 정착하는 것은 어떤가? 자네라면 아무 일 안 해도 저들이 전부 먹여 살려줄 것 같네."

안평대군이 얼마 전 정식 군호를 받은 자성군(慈城君) 이형의 물음에 짓궂게 답하자, 이형이 난처한 표정을 짓고 말했다.

"비록 서자로 태어났지만, 왕실의 핏줄을 타고난 종친으로서 어찌 그럴 수 있겠습니까? 잘못 처신하면 사특한 무리가 꼬일 수도 있는 문제니 그럴 순 없지요."

이형은 재래연으로 유명해지면서 그의 외모와 정종의 손자인 혈통을 이용하려는 이들을 숱하게 겪었고, 자칫 잘못하면 자신이 딴마음을 품고 있다고 오해받을 수 있음을 잘 알고 있었다.

"그저 농일세, 너무 심각하게 받아들이지 말게. 세자 저하나 주상 전하께선 자네를 믿고 총애하시니, 도성에 번듯한 거처도 마련해 주시지 않았나?"

"그저 전하와 저하의 은혜가 망극할 따름이옵니다."

"그건 그렇고 이곳에서 일정이 많이 지체되긴 했지만, 조만간 다시 북으로 이동할 예정이네."

"영북진(寧北鎭, 부령)을 거쳐서 회령부와 종성부, 그리고 경흥부를 방문할 예정이라고 금성대군에게 이야기는 들었습니다."

"그래, 이젠 북방의 야인들에게 재래연을 보이고 태조 대왕의 성덕으로 야인들을 감화시켜야 해. 그건 그렇고 물어볼 게 있는데, 자네 실제로 궁시는 잘 쏘는가? 주량은 어느 정도고?"

"소관의 활 솜씨는 신의 경지에 이르신 태조 대왕마마께 미치지 못하나, 집안에 부끄럽지 않을 정돈 될 겁니다. 그리고 제 주량은 취할 때까지 마셔본 적이 없어서 어느 정도인지는 잘 모르겠사옵니다."

"흠, 그럼 활 솜씨는 여느 무관들보단 조금 낫다는 말이군. 주량은 나중에 따로 확인해 볼 필요가 있겠어."

"대감, 그건 어찌하여 물으셨습니까?"

"내 얼마 전 저하께 서신을 받았는데, 야인들은 궁시와 무예 혹은 마술에 능하거나, 술을 잘 마시는 이들을 대우한다더군. 여느 백성들 대하듯이 그들을 대하지 말고 다른 방법으로 마음을 얻어야 한다고 신신당부하셨네."

"그러면 조만간 영흥부윤(사또)이 송별회를 연다 하니, 거기서 주량을 가늠해 보겠습니다."

"그렇다고 너무 무리할 필욘 없네. 사실 자성군이라면 얼굴과 분위기만으로 충분해."

이형은 미래에서 말하는 메소드 연기를 하다 보니 어쩌다 가끔은 스스로도 무대 밖에서 착각을 겪을 정도였고, 그렇게 태조와 비슷한 분위기가 자연스레 일상에서 흘러나오자 안평대군이나 이안정같이 몇몇 친한 이들을 제외하곤 쉽게 다가갈 수 없는 위압감을 느끼게 했다.

그리고 영흥을 떠나기 전날 벌어진 잔치에선 모든 이가 술에 취해 곯아떨어진 와중에 홀로 술잔을 기울이는 이형을 볼 수 있었다.

*　　　*　　　*

　그렇게 재래연단의 일정이 시작되었고, 회령에서 시작한 공연에선 안평대군이 미리 계획한 대로 이안정이 연기하는 이지란의 비중을 조금 늘려서 몰려든 여진 야인들의 뜨거운 호응을 받았다. 공연이 끝나고도 아쉬움에 자리를 뜨지 못하는 이들이 많았고, 그들 중 일부는 어렵게나마 이지란의 손자인 이안정을 초대해 술자리를 가졌다.

　"티무르 님의 손자가 이렇게 당당한 모습으로 북방에 오셨으니, 우리가 어찌 가만히 있을 수 있겠소? 오늘은 밤새워 마셔봅시다."

　"야! 누가 보면 네놈이 청해군 대감의 먼 친척이라도 되는 줄 알겠다? 그리고 그건 암만 봐도 부관 나리 흉내 내는 것 같은데?"

　이안정을 초대한 술자리에서 오도리 여진의 노가적이 신숙주의 말투를 따라 하며 점잖게 말하자, 자리에 같이 참석한 부자태가 핀잔을 주었다.

　"어허, 자네는 귀빈 앞에서 이게 무슨 실례인가? 이 공, 제

술을 받으시지요."

신숙주와 친해지면서 알게 모르게 영향을 많이 받은 노가적은 완전하진 않지만, 조선식 예법을 배워 조금 정돈 흉내낼 수 있을 정도가 되었다.

"조선말이 유창하시군요. 감사합니다."

이안정은 노가적이 따라주는 술을 받아 잔에 채우며 의례적인 감사를 표했다.

"저희는 조선에서 벼슬과 은혜를 받아 사는 신세니, 당연히 할 줄 알아야겠지요. 요즘은 정음을 모르는 족장은 저희 사이에서도 무식한 놈 취급받습니다."

"그렇습니까? 주상 전하께서 정음을 창제하신 지 몇 년 되지도 않았는데, 여기서도 사용되고 있다니 놀랄 일이군요."

"아무래도 전에 우리가 쓰던 문자란 게 몽 자와 진서를 섞어 쓰다 보니, 소리 나는 대로 표현이 안 돼서 갑갑했었지요. 그런데, 저희와 친분이 깊은 희현당 나리께서 우리의 말을 정음의 글자로 적는 법을 알려주시면서 그 법칙을 정리하고 서적으로 퍼뜨려 기틀을 잡아주셨습니다."

"그래요? 희현당이란 분이 누군가요?"

이안정은 실제로 재래연 단원 일을 하면서 백성들에게 정음을 가르쳐 봤기 때문에, 조선말이 아닌 여진 말에 정음을 저렇게 쓸 수 있다는 노가적의 말에 내심 놀랐다,

"함길도절제사 영감의 부관이신 고령 신가의 자제분이십니

다. 일전에 그분에게 듣기론 자가 범옹(泛翁)이라고 하셨지요."

"아, 누군지 알 것 같습니다. 어린 나이에 양시에 동시 합격한 천재의 소문을 들었지요."

술자리의 주제가 신숙주에 대한 이야기로 넘어가자, 그와 친분이 있던 야인들이 한참 동안 신숙주에 관해 이야기하다가 주제는 용비어천가로 넘어갔다.

"예전에 부관 나리께 태조 대왕마마의 이야기를 듣는 것도 좋았지만, 오늘 이렇게 눈으로 보게 되니 정말 기쁘기 그지없습니다. 게다가 통 어르신의 그 늠름한 자태와 활약마저 보게 되니, 자부심마저 드는군요. 안 그런가?"

"그렇습니다. 저희야 통 어르신의 친척이 아니라서, 청해군의 이야기를 들었을 땐 별 감흥이 없었는데 눈으로 직접 보니 다르더군요. 그건 그렇고 어찌 이리 사람이 달라 보일 수가 있습니까? 처음엔 사람을 잘못 초대한 줄 알았습니다."

어느 정도 술이 들어간 부자태가 노가적의 말을 받아서 이안정에게 물었다.

"그건 평소의 제가 아니라, 조부의 옛 모습을 그대로 보여 드리는 거니, 저와는 다를 수밖에 없습니다."

"네? 그럼 강신 같은 겁니까? 혹시 조상님을 몸에 불러들이고 그런 겁니까?"

관람하고 나서도 연극이란 개념을 잘 이해하지 못한 부자태가 이안정에게 재차 물었다.

"아무래도 제례의 일종이니 비슷하긴 한데, 그것과는 조금 다른 뭐랄까… 내면의 뭔가를 끌어내 남에게 보여주는 무언가랄까요."

주연에 모인 이들이 한 잔씩 주는 술을 계속 받다 보니 어느새 얼큰히 취해 설명하기 힘들었던 이안정이 횡설수설하며 설명을 뭉갰다.

"와! 그럼 다른 분들도 조상들을 불러와서 그렇게 하는 거였습니까? 그럼 태조 대왕마마도 현신하신 거고요?"

이안정은 술에 취해 부자태의 엉뚱한 질문을 제대로 이해하지 못한 채 평소에 하던 생각을 무심코 내뱉었다.

"형님이야말로 무대 위에서만큼은 태조이신 분입니다. 저도 가끔은 그분이 강신하신 게 아닌가 하는 생각은 들지요. 뭐 그렇다 한들 그건 재래연에 한정될 뿐이고, 왕실에서 태조 대왕의 피를 가장 진하게 이어받으신 분은 세자 저하시지만요."

"그게 정말입니까?"

"그렇지요. 제가 도성에 있을 때……."

그렇게 시작된 이안정의 세자에 대한 각종 자랑과 자신의 불우한 과거 이야기, 그리고 현재에 이르기까지 성공담을 쉬지 않고 이야기했다. 결국은 듣는 사람이 질릴 정도로 이야기가 끝없이 흘러나오다가 청중의 귀에서 피가 나기 직전 이안정이 술에 곯아떨어지면서 끝이 났다.

"어… 흠흠, 이 공께서 술이 아주 약하시구먼. 다음부턴 술자리 말고 다른 자리를 마련해 보세."

"그러지. 내가 살면서 술을 마시는 게 이리 괴로운 것인지 처음 알았어."

노가적과 부자태가 한마디씩 하며 이안정과 다시 술자리를 가지지 않겠다고 선언하자, 술자리에 따라온 그의 친족들과 야인들은 안도하며 가슴을 쓸어내렸다.

"그건 그렇고 이 공과 친분을 쌓아서 왕족들하고 접견할 자리를 만드는 게, 네놈 계획 아니었냐?"

부자태가 노가적을 탓하듯 말하자 노가적이 한숨을 내쉰 다음 대답했다.

"그렇긴 한데, 오늘은 실패군. 차라리 호위를 자청하고 따라다니면서 기회를 노리는 게 낫겠어."

"야, 그런데 정말 만호가 되면 조선에서 사당을 구할 수 있는 거 맞아?"

"그래, 속고만 살았냐? 대족장께서 정말 그러셨다니까?"

"그건 그렇고 조상신을 불러 강신시키다니, 정말 대단하네. 난 저런 걸 배워도 우리 조상 중엔 부를 만한 분이 없어."

노가적이 부자태의 무식함에 치를 떨며 답했다.

"…나도 무식하긴 하지만, 오늘 보니 너만큼은 아니었어."

"뭐? 그게 무슨 소리야?"

"아니다. 내가 네게 무슨 말을 하겠냐."

이들이 이렇게 간절히 연줄을 만들고 출세하려는 이유는

다른 게 아니었다. 일전에 김종서를 따라 도성에 다녀온 오도리의 대족장이자 조선의 대호군인 동소로가무가 도성에서 사당을 비롯한 생전 처음 보는 음식과 소금 같은 귀한 물품을 잔뜩 사서 귀환했고, 그가 초대한 술자리에서 새로운 맛을 봤던 이들은 그 맛을 잊지 못해 동소로가무에게 사당을 어찌하면 살 수 있느냐고 물었다.

그러자 동소로가무가 만호급 이상 벼슬을 가지고 있는 이라면, 조선 조정에 입조 신청을 하면서 공물을 바치면 도성에 가서 구할 수 있을 거라 대답하는 바람에 본의 아니게 여진족들에게 출세의 바람이 분 것이었다. 그 덕에 오도리에서 만호 이상의 벼슬을 가진 이들은 조선에 바치기 위해 담비 가죽이나 여분의 소, 그리고 말 같은 공물을 모으고 있었다.

하지만 회령에서 재래연단의 일정이 끝나갈 무렵 그들은 이 안정 덕에 안평대군이 근방에 사는 야인들의 족장을 전부 초대한 잔치에 낄 수 있었다.

"아, 그대들이 일전에 안정을 초대해서 잘 대접해 주었다는 말을 들었네."

술이 한 순배 돌고 나서 안평대군이 초대한 손님들에게 친히 술을 따라주려 이동하다 부자태와 노가적을 보고 아는 척을 했다.

"망극합니다, 왕자마마."

"하하, 도성이었다면 내 목이 날아갈 이야기를 하는군. 마마란 호칭은 내게 붙이면 큰일 나네. 그냥 대감이라고 부르게."

"죄… 죄송합니다. 저희가 예법을 조금 배우긴 했지만, 깊이가 얕아 무례를 범했사옵니다."

"아닐세, 다음부터 실수하지 않으면 되는 게지. 그건 그렇고 안정을 통해 들었는데, 앞으로 우리와 동행하면서 호위하고 싶다고 그랬나?"

"예, 대감."

"그럼 그렇게 하게나. 다만 여러 사정상, 많이는 못 데려갈걸세. 열 명 이내로 인원을 추려주게. 그래도 괜찮겠나?"

"저희 같은 무지렁이들이 이때가 아니면 언제 귀하신 분들을 모셔볼 수 있겠습니까? 그저 영광일 뿐입니다."

"그런가? 그럼 내 술을 받게나."

"영광입니다요."

그러자 옆에서 사정을 들은 여러 족장도 자신들도 호위 행렬에 끼고 싶다면서 나서서 안평에게 허락을 구했고, 안평대군은 같은 조건으로 이를 수락했다.

그렇게 모두 웃고 떠들면서 잔치가 무르익었을 때, 술에 취한 늙은 족장 몇은 이형의 곁에서 눈물을 흘리면서 태조의 모습을 다시 보게 되어 영광이라고 술주정을 부렸고, 그런 와중에도 이형은 흐트러진 모습 없이 그들을 정중하게 대하면서 단정한 모습을 보였다.

그렇게 이형은 술자리가 끝날 무렵에도 전혀 취한 모습을 보이지 않았고, 결국 잔치에 참여한 모든 야인의 존경을 얻었다.

*　　　　*　　　　*

난 대마도로 출정할 수군이 재편되었다는 소식을 듣고 그들의 책임자로 최숙손을 임명했다. 편성된 수군의 배는 백십오 척에 병사는 수부를 제외하고 오천가량 된다. 그리고 시험 건조에 성공한 판옥선이 새로 완성되는 대로 기존의 대선이나 맹선을 대체할 예정이기도 했다.

이 부분에 대해서도 일전에 온수현에 계신 아버지에게 의견을 여쭈면서 여러 민감한 사안의 윤허를 구했지만, 전처럼 별다른 이견 없이 잘하고 있으니 내 뜻대로 하라는 대답을 들었다. 서신 말미에 각자의 위치에서 최선을 다하자는 문구가 적혀 있었는데, 이걸 어찌 해석해야 할지 잘 모르겠다. 내게 선위 하시고 할아버지처럼 모든 책임을 내려놓은 채 국정을 펼치시려 하시는 건가?

그렇다 한들, 직접 속내를 들은 게 아니니 속단할 필요도 없고 당장 변할 것은 없지. 아버님 말씀처럼 난 내 위치에서 할 수 있는 일을 하면 그만이다.

재편된 수군은 내년에 출항해 대마도 남쪽에 머물 예정이며, 만약 대마도주가 약조를 지키지 않고 반항하는 순간 주둔군은 그대로 원정군이 되어 대마도를 공격하게 될 거다.

그건 그렇고 요즘 들어 조정에 입조를 요청하며 공물을 바치겠다는 여진족장들이 부쩍 늘었고, 조정의 답을 기다리고 있다고 한다. 난 그래서 그 일과 대마도에 대해 논의하러 예조판서 민의생을 첨사원으로 불렀다.

"예조판서는 여러 야인이 이 시기에 입조하려 한 이유가 뭐라고 생각하시오?"

"여러 가지 경우를 추측 중이오나, 소신의 얕은 식견으로 볼 때, 건주위의 사례를 보고 겁을 먹어 미리 굽히려 함이 아닌가 사료되옵니다."

"그렇다고 보기엔 대부분 성저야인인 오도리의 족장들이 아니오? 게다가 만호 이상 벼슬을 받은 이들만 입조를 신청했으니 뭔가 앞뒤가 맞지 않는 것 같소."

"그렇다면, 교역을 목적으로 그런 듯합니다. 무엇을 바라는지는 알 수 없으나, 간절히 원하는 게 있어서 그런 듯하옵니다."

"그쪽이 더 타당하구려. 그렇다면 그 건은 예판이 적당히 조처하시오."

"소신이 삼가 명을 받들겠사옵니다. 저하, 이것이 주둔군을 통해 대마도에 보낼 서신의 초안이옵니다. 먼저 봐주시옵소서."

"알겠소."

난 서신의 초안을 받아서 읽어봤는데 딱히 문제가 될 만한 부분은 없었다.

"이대로 보내도 별 지장 없을 것 같네. 다만 상황에 맞춰서 몇 가지 더 준비하는 게 좋을 것 같소."

"어떤 상황을 이르신 말씀이신지요?"

"만에 하나, 대마도주가 조약을 거부하고 항전 태세에 나설 수도 있고, 또한 왜구의 수령을 회유할 서신도 필요하네. 그리고 구주 쪽의 영주들에게 보낼 서신이 필요하네."

"그렇다면 소신이 다시 작성해서 올리겠사옵니다."

"그래요, 예판이 수고해 주시오."

"저하, 만에 하나라도 저하께서 이르신 대로 대마주의 태수가 항전하면 어찌 조치하실 요량이시옵니까?"

"지난 기해년에 출정했던 병력보다 수가 적긴 하나, 조선의 군은 그때보다 전력이 대폭 강화된 것을 예판도 알고 있지 않소? 대마도주가 어떤 선택을 한들 아국의 손에서 벗어나지 못할 거요."

그래, 그들이 어떤 선택을 하든 달라지는 것은 없을 거다.

＊　　　　　＊　　　　　＊

1444년의 봄, 쇼니 가문을 종주로 모시면서 동시에 조선의 신하이기도 한 대마주의 태수, 소 사다모리는 지금 조선군을 마중하러 항구로 나와 근처에 천막을 쳐두고 쉬고 있었다.

그는 일전에 조선에서 귀환하고 난 후 약조를 지켜 조선에게 그대로 굴복할지, 혹은 쇼니에게 구원을 청하고 어린 시절처럼 결사 항전을 선택할지 수도 없이 고민했지만, 그의 마음을 돌리게 한 건 다름 아닌 그가 선물로 받은 검 한 자루였다.

일전에 세견선을 통해 들어온 소수의 조선제 창과 검의 성능은 그들이 자부심을 가지고 쓰던 일본제 무기에 대한 자부심을 산산이 박살 냈으며, 그것을 보고 조선제 철이나 무기를 구하길 바라는 무사들이 많아졌다.

사다모리는 자신의 새로운 애검의 장식무늬를 조심스레 쓰다듬으며 생각했다.

'조선 최고의 장인이 만든 내 검보단 못하겠지만, 우리와는 차마 비교할 수 없는 강철로 만든 무기로 무장한 조선군과 맞붙게 되면 필패할 거다. 게다가 일전에 보았던 철거인 무사들도 국왕 직속의 정예군이라고 하니 얕볼 수 없어. 그리고 쇼니 가의 사정도 날이 갈수록 어려워지고 있으니 병력을 지원할 여력 같은 건 없겠지.'

사다모리는 궁에 입조하면서 판금 갑옷으로 무장한 커다란 덩치의 내금위 여럿을 보았던 기억과 자신이 처한 상황과 정세를 떠올리곤 다시 한번 자존심을 접었다.

"주군, 조선의 선단이 시계에 들어왔다고 합니다. 발견한 이가 말하길, 반 시진 내에 도착할 것 같다고 합니다. 또한 그중엔 예전에 본 적 없는 커다란 선박들도 끼어 있다고 합니다."

작년에 조선에 사신으로 갔다가 대형 사고를 치고 갖은 고문 끝에 처형된 아카마를 대체해, 새로운 가신이 된 이케다가 그의 주군 사다모리에게 조심스레 말했다.

"그런가? 그들이 도착할 시간이 되면 말해라."

"알겠습니다."

한편 조정에서 새로 만든 대마절제사의 관직을 받아 대마도 주둔군의 책임자가 되어 대마도 땅에 발을 디딘 최숙손이 조금은 감격한 표정으로 부관에게 말했다.

"여기가 대마주로군. 부자가 대를 이어 이 땅을 밟게 될 거라곤 상상도 못 해봤는데… 이것 참, 인생사란 게 정말 알 수 없는 노릇이군."

"영감의 가친이신 영중추원사 대감께서도 이십여 년 전 대마도 토벌에 참여하셨다지요?"

"그렇네. 세자 저하께서 별로 대단치 못한 이 사람을 믿어주시어 여러 일을 맡기시고, 대를 이어 공을 세울 기회를 주셨으니, 그저 감읍할 따름이라네."

"그러고 보니, 북방에서 근무 중인 제 친우에게 들었는데 최가의 셋째 자제분도 북방에서 유명하다던데요? 함길도절제사 영감의 뒤를 이을 맹장이라고 위명이 자자하답니다."

"그런가? 그 역시 불초 아우를 친히 지도해 주신 저하 덕분이니, 그 은혜를 어찌 갚아야 할지 모를 지경이네."

"영감, 저기 오고 있는 이들이 대마주 태수의 일행인 듯합니다."

"통변할 역관을 불러오게나."

그렇게 정식으로 대면한 대마제찰사 최숙손과 대마도주 종정성은 의례적인 인사를 나누고, 각자 서신을 교환한 다음 일전에 합의된 여러 사항을 논의하며 실무적인 이야기를 나눴다. 조선군이 주둔할 항구는 지금 대마도의 항구 근처에 새로 짓기 전까지만 이용할 것이란 부분을 재확인한 다음엔, 실무자들끼리 광업에 관한 이야기를 다음에 하기로 정한 다음, 긴 회의가 끝났다.

"이보게, 역관. 대마도주에게 전해주게. 조정과 별개로 사적으로 준비한 선물을 가져왔으니 우호의 표시로 받아달라고 말일세."

역관이 최숙손의 말을 통역해서 전달한 다음 대마도주의 말을 다시 알려주었다.

"태수께서 영감의 호의에 깊은 사의를 표했습니다."

최숙손은 일전에 아버지 최윤덕에게 선물로 받아서 가져온 사당 절임을 건네주었고, 그것을 건네받은 종정성이 한참 동안 뭐라고 넋을 잃은 채로 중얼거리다가 한참 후 역관을 통해 최숙손에게 감사를 표했다.

"태수께서 뭐라고 하시던가?"

"이 명물(名物)이 조선의 자기냐고 하면서, 아름답고 고아한 자태가 마음에 든다고 합니다. 또한 이런 귀한 보물을 주신 영감께 거듭 감사하다고 했습니다."

역관의 말을 들은 최숙손은 황당하면서 어처구니없는 기분으로 역관에게 말을 했다.

"뭐라고? 그건……."

최숙손은 잡스럽고 별 가치 없는 청자 항아리에 설탕과 귤로 만든 청을 담아왔을 뿐인데, 상대가 저리 반응하는 이유는 알 수 없었다. 하지만 저렇게 기뻐하는 반응에 찬물을 끼얹을 수는 없으니, 상대의 오해를 정정하려던 생각은 바로 접고 적당히 분위기를 맞춰주기로 마음먹었다.

"태수에게 전하게. 자기의 뚜껑을 열면 주둥이를 밀봉한 안에 아주 귀한 음식이 들어 있으니, 맛을 봐달라고 말일세."

통역을 거치기 전에 최숙손이 한 말을 전부 알아들은 종정성은 평소 자신의 음식의 독을 확인하는 가신을 부르게 했고, 최숙손에게 양해를 거친 다음 종이와 노끈으로 밀봉한 자기의 내용물을 꺼내 작은 그릇에 담은 다음 수하에게 먼저 귤 청을 맛보게 했다.

"어떠한가?"

"……."

"이봐, 왜 아무 말도 없나? 설마 거기 독이라도 든 게냐?"

"죄송합니다, 주군! 속하가 생전 처음 보는 맛에 잠시 정신을 팔았습니다."

"그게 대체 무슨 맛이길래 그러느냐?"

"이건 그저 달콤하다는 말로밖에 표현할 수 없는 특상의 귀물입니다. 독은 없는 듯하니 주군도 안심하고 맛을 보시지요."

그렇게 생전 처음 달콤한 설탕과 새콤한 귤 맛을 동시에 본 종정성은 극상의 행복을 느끼며, 자신도 모르게 기분 좋게 취한 듯 공식 석상에서 보이면 안 될 풀어진 표정을 보이고 말았다.

"그래, 이건 달구나. 아주 달아! 어떻게 이런 단맛과 기분 좋은 새콤한 맛이 동시에 날 수 있지? 일전에 보았던 단맛은 전혀 떠올릴 수 없구나."

꿀로 만들어 먹던 단 먹거리들이 생각나지 않을 정도로 귤 설탕 절임의 단맛에 취한 종정성에게 역관이 말을 건네 왔다.

"절제사 영감께서 말씀하시길, 준비한 선물이 마음에 드신 것 같아 다행이라고 합니다."

"결례가 되지 않는다면, 영감께 내가 직접 감사의 말을 전하고 싶다고 전해주게나."

그렇게 최숙손이 동의하자 종정성이 조선말로 최숙손에게 말했다.

"절제사 영감, 정말 감사합니다. 이런 귀한 보물도 모자라서, 그 안에 극락에서나 맛볼 법한 귀한 음식을 담아주셨으니 어찌 답례해 드려야 할지 모르겠군요."

"대마주가 조선의 땅이긴 하지만, 태수께서 대대로 이곳을 다스려 오셨으니 앞으로 잘 지내보자는 존중의 뜻으로 준비한 선물입니다. 마음에 드셨다니 다행이군요."

최숙손은 대마도주의 반응을 보고, 자신이 선물한 귤 청이 항아리보다 귀하다는 사실은 숨겨야겠다고 마음먹었다.

*　　　*　　　*

조선에선 일전에 시행된 정책의 일환으로 육조를 비롯한 여러 기관에 학사들이 체험 실습을 하는 중이다. 그들 중엔 병조로 실습 나온 집현전 학사인 강희안(姜希顔)이 있었다. 바뀌지 않은 역사대로라면 다른 이들과 함께 훈민정음의 해설서를 지어 공을 세울 이였으나, 별다른 실적이 없는 지금은 어린 나이에 급제한 왕가의 인척 정도로 인식되고 있었다.

지금 병조에선 대마도에 주둔을 시작한 수군의 예산 처리 문제로 여러 업무가 한창이었고, 병조에 온 지 이틀째인 강희안과 동기인 세 명은 간단한 심부름이나 서류 정리 업무를 하면서 조금씩 실무에 대해 알아가는 과정을 거치고 있었다.

"오늘은 낮것도 해결할 겸, 욕탕에 다녀오는 게 어떤가?"

"대감의 분부가 지극히 지당하십니다. 당장 채비를 갖추도록 하지요."

요 몇 년 사이 거부할 수 없는 세자의 총애를 받아 만성 피로에 찌든 황보인이 병조좌랑 권자신에게 이야기를 꺼내자, 권자신이 기꺼이 찬성했고 다른 관원들의 성원하에 모두가 두 달 전에 새로 개장한 사대부 전용 대욕탕으로 향했다.

"좌랑 나리. 공무 시간에 이렇게 자리를 비워도 되는 것입니까?"

강희안은 권자신에게 조심스레 작은 목소리로 물었다. 강희안은 중전의 외조카이고 따지고 보면 세자빈의 동생인 권자신과 왕실의 친척으로 묶이게 되니, 이들 중 심리적으로 가장 가까운 권자신이 가장 말을 걸기 편했다.

"음, 자네가 좋은 질문을 했어. 자네도 언젠간 정식 관원이 될 테니, 내 말 잘 듣겠나."

"경청하겠습니다."

"우리같이 나랏일 하는 사람들에게 가장 중요한 게 뭐라고 생각하는가?"

"예? 갑자기 왜 그걸 물으시는지 모르겠지만, 가장 중요한 건 주상 전하에 대한 충심 아니겠습니까?"

"그건 조선에 사는 이라면 모두가 당연히 지키는 것이니, 그것은 제외하고 말해보게."

"그렇다면 학문의 성취입니까?"

"안타깝지만, 그것도 아닐세."

"그럼 무엇입니까?"

"바로 양생과 음식, 그리고 휴식일세."

"예?"

"나랏일을 하는 이라면 반드시 알아둬야 할 세 가지 원칙이 있다네. 쉴 수 있을 때 쉰다. 자신의 몸은 스스로 지키자. 그렇게 장수하여 나라에 도움이 되자! 바로 이것이 관리들의 가장 중요한 마음가짐이라 할 수 있겠네."

"업무 시간 도중 자리를 비우는 것과 말씀하신 게 무슨 연관인지, 소관의 상식으론 잘 이해가 가지 않습니다."

"언젠가 자네도 내 말을 이해하게 되는 날이 올 거라네."

"이보게, 좌랑. 신입에게 실없는 농은 하지 말게나."

황보인은 눈치 없이 신입에게 농담을 가장해 현실을 알려주려 하는 권자신을 순간적인 눈빛으로 제압하곤, 인자하게 웃으며 다정한 목소리를 내어 강희안에게 말을 건넸다.

"이보게, 인재(仁齋). 우린 낮것을 먹으러 가는 것뿐일세. 작년부터 저하께서 관원들의 건강을 염려해 항상 청결할 것을 강조하시며 오반(午飯, 점심 식사)을 권장하셨다네. 그래서 자네들의 건강도 챙기면서 환영의 의미로 특별한 식사를 하러 가는 것뿐이니, 이상한 오해 같은 건 말게나."

"그렇습니까? 제가 실정을 몰라서 물은 것뿐입니다. 송구합니다, 대감."

"아닐세, 들어가세."

욕탕에 도착한 병조의 관원들은 탈의실에 들어가 익숙한

손놀림으로 관복을 벗었다. 옷 바구니에 정갈하게 개어 넣은 의복 위에 관모를 위에 올려두고, 욕탕의 직원에게 옷 바구니를 건넨 다음 숫자가 적힌 목판이 달린 목걸이를 받았다.

그 광경을 지켜보던 학사들이 당황해서 어찌할 줄 모르자, 그런 신입들을 바라보던 병조좌랑 권자신이 자세히 설명해 주면서 탈의를 도왔다.

"부끄러워할 게 뭐 있나? 자네는 욕탕에 한 번도 온 적이 없었나?"

권자신의 질문에 강희안이 답했다.

"풍문으로 듣긴 했으나, 아직 와본 적은 없었습니다."

"혹여, 자네도 몸 씻는 걸 꺼리는가? 사대부라면 집안에서 제사를 치르기 전 당연히 행하는 게 목욕 아닌가."

"아무래도, 제가 목욕은 제례 때만 한다는 편견을 가지고 있었나 봅니다."

"일전에 내의원에서 말하길 사람은 자주 씻어야 병에 걸리지 않는다 했네. 그러니 자네도 이 김에 건강한 습관을 들이게나."

일전에 은퇴한 권자신의 아버지 권전은 배상문의 도움으로 죽을병을 이겨낸 후 내의원에서 나온 말이라면, 뭐든지 믿게 되었고 권자신도 그런 아버지를 따라 자연스레 의학에 관심을 두게 되었다.

"명심하겠습니다."

학사들이 탈의한 의복을 정리하자 병조의 관원들은 거대한 온탕으로 들어가 머리를 제외한 나머지 몸을 담그며 연신 좋구나 하는 탄식을 내뱉었다.

"어떤가? 들어오니 좋지 않은가?"

강희안은 권자신의 물음에 조금은 늘어진 목소리로 답했다.

"예, 그렇군요."

집에서 제사를 앞두고 씻을 적엔 작은 목통에 뜨거운 물을 받아 대강 씻기만 했던 강희안은 이런 경험을 해본 적이 없었기에 모든 게 낯설고 신기하기만 했다.

"그러고 보니, 저쪽 벽면엔 벽화가 새겨져 있군요. 누구의 작품인지는 모르겠지만, 화풍이 대단합니다."

"일전에 듣기론 도화원의 안호군께서 그린 그림을 확대해서 조각한 거라 들었네. 무릉도원을 상상해서 만든 작품이라고 하던데 볼 때마다 감탄이 나오긴 하지."

"소관도 서화에 조예가 있긴 하지만, 저런 경지를 따라가려면 멀었군요."

그렇게 온탕에 몸을 담근 채로 그림을 감상하던 병조의 관원들은 일제히 몸을 일으키곤 구석에 있는 한증막으로 향했고 학사들도 졸지에 그들을 따라 한증막에 들어왔다.

"저기 걸린 통이 뒤집히면 나감세."

한증막엔 일정한 양의 모래가 아래로 빠지면 뒤집히는 통이 걸려 있었고 그걸로 시간을 확인할 수 있게 만들었다.

한증막에서 나온 다음 냉탕에서 몸을 식힌 일행은 욕탕에 준비된 무환자 열매를 까서 거품을 내어 몸을 씻은 다음 온수를 몸에 끼얹어 목욕을 마무리 지었다.

"오늘은 업무 중에 시간을 내서 들른 거니, 세신이나 지압을 받을 시간이 없군. 그쪽은 자네들이 다음에 혼자 왔을 때 받아보게나."

"세신은 뭐고, 지압은 또 무엇입니까?"

"세신은 묵은 때를 미는 거고, 지압은 새로운 의술의 일종이라네. 말보단 직접 경험해 봐야 좋은 것을 알 수 있지."

목욕을 마치고 옷 바구니를 맡기면서 받았던 목걸이를 직원에게 건네준 관원들은 다시 옷을 받아 의관을 정제하곤 서로의 복장을 점검해 주었다.

"자네, 왼쪽의 대님이 틀어졌네."

그렇게 의관을 정리한 일행은 욕탕에서 분리된 식당에 들어가 음식을 주문했다.

"여긴 목욕하고 나서 먹는 냉면이 일품일세. 온면도 맛나긴 하지만, 냉면에 비할 바가 못 되지."

그런 황보인의 말에 권자신이 잔치국수를 좋아하는 자신의 취향을 소신껏 밝혔다.

"대감, 전 온면이 더 좋습니다. 자네들도 좋아하는 것을 들게나."

"쯧쯔… 사문난적 같으니라고. 그러니 탕수육에도 양념장을 바로 부어 먹는 괴악한 취향을 가진 것이지."

최근 명을 통해 들어온 새로운 품종의 돼지 사육이 늘어나고 사대부와 민간에서도 돼지고기의 수요가 늘자, 대욕탕의 식당에선 이 주에 한 번은 궁중에서나 맛볼 수 있는 돼지고기 특식을 팔곤 했는데, 그중에서 가장 인기가 많은 것은 탕수육이라고 부르는 튀김 요리와 삼겹살 구이였다.

지난번에 판매했던 탕수육을 먹다가 올바르게 먹는 방법에 대해 쓸데없는 논쟁을 거쳤던 병조의 관원들은 결국 부어 먹는 취향과 찍어 먹는 취향으로 갈라선 일이 있었다. 그 와중에 간장에 찍어 먹는 게 낫지 않냐는 취향을 지닌 이도 있었지만 무시당하고 말았다.

"내 냉면에 삶은 계란 한 개 더 얹어주게."

그렇게 각자의 취향대로 음식을 주문하고 조금 기다리자 음식이 나왔다. 강희안은 목욕으로 풀어진 몸에 스며드는 듯한 냉면의 맛에 정신을 차릴 수가 없었다. 조선 사람들의 평균 식사량을 반영해서 만든 세숫대야보다 조금 작은 크기의 국수 그릇은 순식간에 동이 났고 일행은 아쉬운 듯이 입맛을 다셨다.

"낮것이니, 가볍게 이 정도만 들고 일어나세."

황보인이 후식으로 준비된 식혜를 단숨에 들이켜고 일어나서 통보를 꺼내 값을 치렀고, 일행을 인솔해 병조로 다시 귀환했다. 그리고 자리를 비운 사이 올라온 장계를 읽어보곤 한숨을 쉬었다.

"신임 절제사가 대마도의 왜구 상대로 거하게 한판 벌인 모양이군."

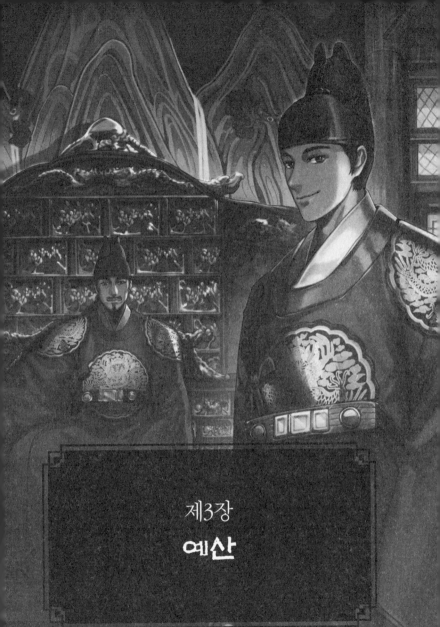

제3장

예산

그해 여름, 대마도의 남쪽엔 조선의 항구가 세워지고 있을 무렵.

"절제사 영감, 출항할 준비를 마쳤습니다. 배에 오르시지요."

최숙손 휘하의 제장 중 한 명인 만호 김적(金磧)이 최숙손에게 고개를 숙이며 고했다.

"달포 전보다 속도가 월등히 빨라졌군. 대마 수영 군사들이 승선 훈련에 숙달된 데는 자네 공이 크네."

"아닙니다. 어디까지나, 평시에 영감께서 적절히 저들을 달래시며 훈련하신 덕이 큽니다."

최숙손은 대마도에 새로 수영을 짓고 가장 먼저 신경 쓴 것은 병사들의 마음가짐이었다. 대마도가 조선과 가깝다곤 하지만, 병사들은 고향을 떠난 것이기 때문에 향수병을 앓게 하지 않으려 정기적으로 조선을 오가는 연락선을 통해 가족들과 서신을 주고받게 했다. 최숙손은 글을 모르는 이들에겐 그들의 말을 옮겨 손수 편지를 써주기도 하고, 따로 사람들을 고용해 이들의 편지를 배달하며 글을 모르는 가족들에게 직접 편지의 내용을 읽어주고 답장을 받아 적어서 다시 가져오라고 일렀다.

그런 일련의 조치 덕인지 한차례 서신이 오가자, 알게 모르게 불안감을 느끼는 이들이 줄고 서신뿐만이 아니라 그들의 생활에 필요한 물품이나 먹을 것들이 정기 연락선을 통해 오가게 되니 병사들의 사기가 높아져 훈련이 수월해졌다.

"이역만리까진 아니지만, 모두 타향에 온 건 마찬가지니. 당연히 해야 할 일이 아니겠는가? 그건 그렇고… 화약은 충분하게 실었겠지?"

"예, 지난번의 실수를 반복하지 않으려 이번엔 넉넉히 실었으니 안심하시지요."

지난달에 훈련을 겸해 삼십여 척을 이끌고 대마도 북부의 해도를 작성하려 나섰던 출항에서 정선 권고를 무시하는 왜구의 소규모 선단과 마주쳤던 조선군은 피해 없이 그들을 물리쳤으나, 최숙손을 제외한 다른 장수들이 담당한 배들은 조선에서 훈련하던 것처럼 화약을 적게 싣는 바람에 도망치는 선박들을 격멸할 수 없었다. 마주친 스무 척의 선박 중 네 척을 격침하고, 선체가 파손되어 항해 능력을 상실한 한 척의 배를 나포했지만, 조선군은 대장선을 제외한 나머지 배에 화약이 부족해 해류와 바람을 이용해 도망치는 왜구들을 잡을 수 없었다.

최숙손은 평시에 화약을 아끼던 버릇 때문에 관습적인 실수를 저지른 장수들을 강하게 질책하면서, 이곳은 적지나 다름없으니 마음가짐을 다잡으라고 일렀다.

"이곳은 명목상 조선의 땅이긴 하나, 엄연히 외지이며 적진에 들어온 거나 마찬가지일세. 항상 섣부른 판단으로 우를 범하지 말고, 왜구들의 선박을 최대한 격멸하는 것부터 목표로 삼게나. 또한 내 명령 없이 적의 배에 등선하는 것을 금하며, 이를 어길 시 군법으로 다스리겠다고 장수들에게 전하게."

"명심하겠습니다."

그렇게 출항한 조선의 수군 선단은 지난번에 작성한 해도를 바탕으로 지난번에 놓쳤던 왜구의 본거지로 향했고, 대마도의 북동쪽에 자리한 작은 섬에 도착했다.

"신호를 보내라."

최숙손은 출정한 오십 척의 배를 절반으로 나누어 도착한 섬의 해안선의 동쪽과 서쪽으로 움직이게 했다. 최숙손이 선단을 두 패로 나눈 것은 일전에 생포한 왜구에게 획득한 정보에 기반을 둔 것이다.

왜구 포로가 말하길 자기들은 비교적 작은 규모의 패거리며, 대마도 북동쪽의 해안선에 복잡하고 깊숙한 만이 있는데 그 입구 쪽에 오기노라고 부르는 작은 섬에 본거지가 있다고 했다. 또한 혹시 모를 토벌군에 대비해 눈에 잘 띄지 않게 배를 본섬과 오기노 섬 사이에 배를 모아두었다고 하니, 물길의 양쪽을 틀어막아 일거에 왜구를 섬멸하려 함이었다.

"절제사 영감! 왜적들의 선박이 보입니다."

"알겠다."

최숙손은 판옥선 망루 지붕 위에 마련된 관측 칸에 자리한 견시수의 보고를 듣고 자신도 망원경을 꺼내 적의 동태를 살폈다. 견시수의 말대로 왜적들이 배가 스무 척가량 항구에 정박되어 있는 것을 보고 부관에게 일렀다.

"적들이 아군을 발견 못 했거나, 대비가 늦은 듯하구나. 진형을 일자진으로 변경하고 모든 선박은 대장군전을 장전하라 이르거라."

"명을 받들겠습니다."

최숙손의 명대로 깃발 신호가 조선군의 선단에 차례대로 전파되었고 이윽고 일자진으로 길게 늘어선 선단이 일제히 항구를 향해 조준한 채로 화포의 정렬을 마쳤다.

"방포하라."

"방포!"

최숙손에 명령에 따라 스물다섯 척의 배에서 발사된 백여 발의 대장군전이 왜구들의 선박에 날아가 꽂혔고, 일부는 그제야 조선군을 발견하고 배에 타던 왜적들의 몸통을 박살 내고 땅에 꽂혔다. 그 광경을 망원경으로 지켜보던 최숙손이 부관에게 재차 명했다.

"대부분 조준을 높게 잡았구나. 화포수에게 배 아래를 노려 침몰시키라고 전해라."

그렇게 재차 발사된 대장군전은 왜선들의 아랫단에 박혀 선체를 관통하기 시작했고, 출항을 준비하던 왜구들은 그나마 남아 있던 전투 의지를 상실했으며, 전투가 시작하고 일각이 지날 무렵 모든 왜선은 항구를 뜨지 못한 채 침몰해 버렸다.

"이 정도면 선단을 굳이 나누지 않아도 무관했겠군."

최숙손은 혹시 모를 왜구의 도주에 대비해 선단을 반으로 나누면서까지 신중히 접근한 다음 왜구들의 예상 퇴로에 아군을 배치했지만, 그럴 필요도 없을 정도로 손쉬운 승리를 거뒀다.

*　　　*　　　*

신임 대마주제찰사이자 전임 호조판서인 박종우와 항구를 관리할 신임 관리들이 대마도의 남항에 도착하자 그를 맞이한 건 대마도절제사 최숙손이 아니라, 그를 따라 같이 부임한

둘째 동생인 최경손이었다.

"절제사께선 어디로 가셨는가?"

"영감께선 지금 왜구를 토벌하러 출정하셨습니다."

"그럼 언제쯤 귀환하시는지 알 수 있겠나?"

"가져가신 식량이 열흘치 분이었으니, 적어도 내일이나 모레쯤엔 오실 것 같습니다."

"알겠네. 내 처소는 어디인가? 아무래도 배를 타고 오다 보니 쉬고 싶네만."

"사람을 불러 안내해 드리겠습니다."

그렇게 안내를 받아 임시 처소에 도착한 박종우는 자신의 눈에 차지 않는 열악한 환경을 보곤 막막함을 느꼈고 어쩌다 자기가 이런 변방에 오게 되었는지 생각해 보았다.

'내가 저하께 잘못하거나 미움을 살 만한 일을 했었나? 아무리 생각해 봐도 모르겠군.'

박종우는 호조판서에 제수된 직후엔 조정의 사정을 잘 몰라서 몇 번 정도 말실수를 한 적이 있긴 했으나, 그가 생각하기론 경상도절제사의 경력도 있는 자신이 판서보다 낮은 제찰사로 임명된 것도 모자라 이런 변방, 사실은 외국이나 다름없는 대마도로 보내질 정도의 죄를 짓거나 실수를 저지르진 않았다고 생각했다.

'아니지. 주상 전하께서도 이번 인사 조처를 그대로 승인하신 걸 보면, 다른 의도가 있는 것인가?'

얼마 전 온수현에서 군으로 승격된 온양을 떠나 이천 행궁으로 거처를 옮긴 세종은 환궁하라는 여러 대신과 세자의 요청을 무시한 채, 아직 성후가 좋지 않다는 핑계를 대고 외국어를 정음으로 표기할 언어학 연구에 매진하면서 이천을 비롯한 근방의 고을에 보와 저수지를 축조하는 공사를 지휘했다. 그 와중에 유일하게 하는 군왕의 직무는 세자가 올리는 인사에 대한 안건을 승인하거나 세자가 묻는 국정에 대한 의견을 보내는 정도였다.

상념에 빠져 부임 첫날을 뜬눈으로 지새우다가 간신히 잠이 들었던 박종우는 다음 날 업무를 보던 중 저녁에 남항으로 귀환한 최숙손과 만날 수 있었다.

"처음 뵙겠소, 절제사 영감."

"아, 운성군 대감이십니까? 대감께서 오신다는 이야기는 일전에 들었습니다."

박종우는 태종의 딸과 결혼해서 운성군에 봉해진 왕실의 인척이기도 했고, 당장 최숙손보다 직급이 낮긴 해도 연장자이며 관직 경력이 길었기에 최숙손도 그를 공손히 대했다.

"왜구를 토벌하러 출정하셨었다고 들었는데, 전과는 거두셨습니까?"

"예, 적선 스물다섯 척을 격침하고 왜적의 소굴을 불태웠지요. 아군의 사상자는 없었습니다."

"그렇습니까? 대승을 축하드립니다."

"감사합니다."

"영감, 혹여 차후의 병략이나 계획을 들을 수 있겠습니까?"

"이처럼 정기적으로 훈련을 겸해 왜구의 소굴을 찾아 격멸하려 합니다만."

"본관이 영감의 권한을 침범하려는 것은 아니지만, 그렇게 하시면 몇 달 내에 가져온 화약을 전부 소모하게 될 것입니다. 그러니 전략을 약간 변경하시는 것이 어떨까요?"

"대감께 좋은 방책이 있다면, 기꺼이 경청하지요."

"저도 나름 경상도의 군무를 맡아 이쪽 사정을 어느 정도 아는 편인데, 작금의 대마도 왜구들은 아국에 반항할 힘도 의지도 없는 편입니다. 기해년의 원정 효과로 겁을 집어먹고 있지요. 그런 와중에 무턱대고 저들을 공격하는 것은 재화만 낭비할 뿐입니다."

"그렇습니까? 타초경사의 이치로 저들을 두드리고, 저들이 뭉쳤을 때 한꺼번에 격멸할 속셈으로 시작한 계획이었습니다."

"그 방법은 전제가 조금 잘못된 것 같습니다. 애초에 저들은 같이 뭉치기 힘든 야인이나 마찬가지입니다. 그러니 변경의 야인들을 대하듯 일부에게 이권을 주고 서로 반목하게 만들어 세를 약화시키면서 아국에 신종하게 하는 게 장기적으로 보아 최선일 겁니다."

"그 방법 역시 고려하지 않은 것은 아니나, 시간이 너무 오래 걸리지 않습니까?"

"영감께서 자리를 비우셨을 때, 한번 출정할 때마다 드는 화약이나 포탄, 그리고 식량이나 재화들을 계산해 보았습니다. 그 결과를 보니 무차별적인 소탕 전략을 고수하다간, 몇 년 버티지 못하고 조선으로 다시 돌아가야 할 겁니다. 조정에서 지원하는 재화도 한계가 있지요. 전쟁은 예산이 전부라고 해도 과언이 아니니, 이를 고려해 계획을 짜는 것이 어떨지요?"

순수 무관답게 금전 감각이나 재정 소모에 둔감한 최숙손과 달리 박종우는 타고난 상재가 탁월하고 재산을 불리는 데 일가견이 있어 이런 쪽에 굉장히 생각이 트인 사대부다. 게다가 호조판서 시절에 세자에게 수학을 비롯해 새로운 상업적 지식에 대해 들을 수 있었기에 그런 기질이 한층 더 강해졌다.

"전쟁은 그런 숫자 놀음이 아닙니다. 어디까지나 사람이 하는 것이지요."

"조정에서 본관을 여기로 보낸 것은 어디까지나 영감을 보좌하기 위함이었습니다. 생각해 보니 저하께선 이런 일을 염려해 본관을 이리 파견한 듯싶군요. 영감, 잠시 들어보시지요. 무릇 예산이란—"

그렇게 박종우는 경제적 관념이 부족한 최숙손에게 세자에게 배웠던 수학 지식을 응용해 군사가 한 번 출정하는 데 얼마나 많은 재정이 드는지 설명했고, 최숙손은 그날 익숙한 조선말이 생전 처음 듣는 외계어로 변환되어 들리는 기묘한 경험을 하며 괴로움에 몸을 떨어야 했다.

*   *   *

가을의 시작을 알리는 9월이 되자 난 대마도에서 올라온
장계를 읽어 보고 있는데, 박종우가 생각보다 일을 잘하고 있
었다. 세견선에 관한 일이나 예산 처리 문제도 잘 처리했고,
양해 없이 조선군이 주둔한 문제로 항의하러 방문한 대마도
의 종주인 쇼니가에서 온 사신도 만나 납득할 만한 답을 주
면서 교역에 관한 미끼를 뿌려 협의하는 데 성공했다고 한다.

그는 사라진 미래 속에서 할아버지의 사위면서도 미래에
김종서와 황보인을 살해하는 데 가담한 이였기에 속물적이면
서도 기회주의적 근성이 자주 눈에 보여, 이참에 그를 비롯한
수양 놈 1등 공신들의 기를 꺾고 길들이려 변방의 한직으로
보냈고 아버지도 이에 대해 별다른 이견 없이 승인하셨다.

물론 일전에 명나라에서 공을 세운 정인지는 변방으로 보
내지 않고, 특별 대우하여 새로운 수학책을 정리해 편찬할 임
무를 주었다.

김처선을 통해 한명회나 권람에 대해서도 살짝 알아본 적
이 있었는데, 한명회는 시답잖은 왈패들과 어울리는 처지고
권람은 팔도를 주유하며 한량처럼 살고 있었다. 아무래도 저
들은 권력자가 그들을 발탁하기 전까진 저렇게 살 듯싶어 따

로 손을 쓰진 않고 있다.

"주상 전하께서 일전에 온양군에서 권장하셨던 이앙법이 결실을 거두었다고 들었소."

조회에서 며칠 전 들었던 온양의 사정을 이야기하며 밑밥을 슬쩍 깔았다.

"소신들도 그 소식은 들었사옵니다. 주상 전하께서 손수 공사를 지도 감독하시어 농지를 정리하시고 새로운 농법을 도입하셨다고 하옵니다."

아바마마께서 온양군에 머무시며 신작로를 만드신 데다 무분별하게 흩어져 있던 농지를 반듯하게 정리를 하셨고, 그것도 모자라 저수지에서 농지로 이어지는 수로를 정비해 이앙법으로 벼농사를 짓게 하셨다.

"무릇 온양군의 사례뿐만 아니라 다른 지방에서도 이앙법이 성공하고 있으니, 전례대로 이번 해에도 재정에 여유가 있는 지방 관아가 주도하여 보와 저수지를 만들게 합시다. 이앙법은 수로 사정이 해결된 지방에 권장하도록 조치하시오."

그러자 대간 중 한 명이 내 말을 듣고 우려를 표했다.

"저하, 일부의 지방에서 성공을 거두긴 했으나… 만에 하나 가뭄이라도 들면 직파법보다 과하게 인력만 낭비되고 농사를 망칠 위험이 있사옵니다. 그러니 이번 일은 좀 더 신중하게 생각하심이 어떨지요?"

"직파법으로 농사를 지어도 물이 많이 필요하긴 마찬가지고, 어느 방법을 써도 가뭄이 들면 농사를 망치긴 매한가지일세. 작년부터 만청과 귀리 종자를 널리 보급해 쌀농사에 실패해도 대비할 수 있게 조치 중이니 전보다 부담이 덜할 것이오. 그러니 너무 실패할 염려를 두고 기존의 방법을 고수하는 것은 좋지 못하오. 실패보단 성공을 염두에 두고 새로운 방법을 시도해 봐야 한다고 생각하네. 또한 새로운 방도로 성과를 거두면 그것이 후세에 전례가 될 테니, 지나치게 전례만 좇지 말고 향상심을 가지고 새로운 길을 찾아 국정에 임하는 것이 위정자로서 가져야 할 마음가짐일세."

"저하의 뜻이 그러시다면 따르겠사옵니다."

"그렇다면 이 안건은 전농시에서 전담하도록 조치하고, 다음 안건에 대해 논해보도록 하세. 일전에 주상 전하께서 함길도절제사 김종서의 후임으로 이징옥을 올리기로 정하셨네. 그러니 공석이 될 평안도 절제사에 추천할 만한 인재를 새로이 뽑아보라 이르셨는데, 추천할 만한 이가 있는가?"

그러자 병조판서 황보인의 추천이 들어왔다.

"저하, 신이 감히 아뢰옵건대 지창성군사(知昌城郡事)를 지낸 김자옹(金自雍)이 적합한 듯싶사옵니다."

"그는 어떤 인물이고 됨됨이는 어떠한가?"

"지난 임자년(1438년)에 신진보가 야인에게 패전했을 때 신속히 군사를 이끌고 움직여 그를 구원한 전적이 있사옵니다. 계략에 능통하진 않으나 지조가 굳어 규율을 엄히 지키고 군사들을 능히 다스릴 수 있는 이옵니다."

음… 그는 미래에 후처를 너무 아껴서 본처를 내치는 바람에 사헌부에서 탄핵하게 되는데 지금은 절조가 있다고 하니 좀 웃기긴 하네. 김자웅은 이 시기에 평안도절제사를 지낼 인물이긴 한데, 건주위의 야인들이 무창을 약탈하는 바람에 책임을 물어 파직당하기도 한다. 이젠 건주위가 조선에 편입됐으니 그럴 일은 없으려나? 아무튼 어느 정도 능력은 있는 이니 후보에 올려둬야겠지.

"그렇소? 병판이 그리 추천하니, 후보에 올려두겠소. 대신들도 다른 추천할 사람이 있으면 이야기해 보시오."

그렇게 여러 대신이 각자 추천하는 이들을 정리해 명단에 올리는 와중에 내가 염두에 둔 인물도 목록에 넣었다. 그는 바로 일전에 내 목숨을 구한 적도 있는 데다 동평관에서 난동을 부린 왜인 다라사야문을 제압한 겸사복 시위 성승이다.

나도 기록을 보기 전에 모르고 있던 사실인데, 그는 본래 순조롭게 출세해 경상도절제사를 지냈어야 했지만, 내 사건에 휘말려 드는 바람에 출셋길에서 멀어지고 겸사복 무관직에만 머무르고 말았던 거다. 일전에 그를 치하하고 상을 내리려 불렀을 때 이야기를 나누어보니, 전략적인 식견도 나무랄 데 없고 충성심도 대단했다.

그렇게 조회를 마치고 첨사원에서 업무를 보고 있을 때, 이징옥이 올린 장계를 통해 새로운 소식을 들었다.

　　　　　*　　　　　*　　　　　*

　이징옥이 내게 올린 장계의 내용을 보니 몽골 쪽의 공격으로 홀라온 여진이 분열하기 시작했고 그들 중 일부가 굴복해 몽골로 귀순했다고 한다. 그런 와중에 일전에 조선에 방문했던 내요곤(乃要昆)이 파저강 인근으로 이주하여 조선의 보호를 받고 싶다는 의사를 이징옥에게 전했단다.

　역사가 바뀌기 시작한 탓인가? 아무래도 홀라온이 예전에 이만주에게 패해 가용 병력을 잃은 게 저 사태의 원인으로 짐작된다. 그건 그렇고 몽골 놈들이 세력권을 넓히고 있는걸 보니, 슬슬 토목의 변 시기가 다가오는 게 체감되기 시작했다.

　그때를 대비해서 여러 준비를 하고 있긴 하지만, 몽골 쪽에 대한 정보가 부족하다. 이쪽은 나중에 내요곤을 통해 알아봐야겠군.

　이징옥에게 이후의 지침을 적은 서신을 보내고 나니 장영실이 날 찾아왔다.

　"상호군, 그간 격조했소. 건강은 어떻소?"

　"저하의 은덕으로 탈 없이 잘 지내고 있사옵니다. 오늘 소신이 첨사원에 방문한 것은 저하께서 소신에게 부여하신 과제를 어느 정도 풀어내는 데 성공했기 때문이옵니다."

　어? 과제라면 설마……?

"상호군, 화승총을 개량하는 데 성공한 것인가?"

"예, 저하. 완성된 화승총에 강선을 새기는 공정 체계를 완성했사옵니다."

뭔가 말이 이상한데? 공정 체계라면 혹시?

"상호군. 화승총에 강선을 파는 데 성공하여 시제품을 가져온 것이 아니오?"

"저하, 소신은 일전에 저하께서 소신에게 강선의 이치를 설명하시고 몇 달 지나지 않아 강선총의 시제품을 완성하는 데 성공하였사옵니다."

"그게 정말이오? 그렇다면 어째서 내게 알리지 않았소?"

"소신이 처음엔 궁리 끝에 총열을 깎아낼 절삭 날을 만드는 데만 염두에 두었고, 시행착오를 겪어가며 인력을 이용하다 보니 한정을 완성하는 데 시간이 너무 오래 걸린 탓이었사옵니다. 그렇게 온전한 총열을 완성하고 나니, 소신이 일전에 저하께서 친히 일깨워 주신 나랏일의 이치를 망각했다고 느꼈사옵니다."

"어떤 이치 말이오?"

"나라에서 사용할 무기는 대량생산이 전제로 돼야 한다는 이치옵니다."

"상호군 말곤, 그걸 따라 할 수 있는 이들이 거의 없었나 보군."

"그러하옵니다. 소신이 지나치게 연구에 몰두해, 다른 이들을 염두에 두지 않았기에 새로운 방식을 교육하는 데 시간이 오래 걸릴 거라 예측되어 실패라 여기고 다른 방도를 궁리했사옵니다."

"어떤 방법이오?"

"일전에 소신께 알려주셨던 개념을 활용해, 수력을 이용한 천공기를 제작하고 날 부분만 교체하면 기량과 상관없이 작업이 가능하도록 정했사옵니다."

장영실의 생각이 많이 변했네. 뛰어난 장인 한두 명만으론 해결할 수 없는 문제를 생산성을 높이고 도구를 규격화하여 해결하려고 하다니. 그건 그렇고 시제품이 보고 싶은데 그건 대체 언제 보여주려는 거지?

"상호군이 공정 체계를 완성했다고 한 말은⋯ 내가 일전에 말한 선반이나 새로운 수력 천공기 같은 새로운 도구를 도입하고 성과를 거뒀다는 말이겠군."

내가 말한 선반은 미래의 거창한 첨단 기계식 선반이 아니라, 조임쇠로 공작물을 고정한 다음 인력으로 축을 돌려 작동하게 만든 선반이다. 꼭 무기 쪽이 아니라 여러 가지 물건을 가공하는 데도 유용하게 쓸 수 있다.

"그러하옵니다."

역시 장영실이 최고다. 조선의 전력을 동원해 토목의 변을 대비해야 할 이 시기에 한 개의 시제품이 아니라, 공정 그 자체를 새로 완성하다니. 역시 조선 제일의 공돌이⋯ 아니, 장영실만큼은 공학자라고 해줘야겠지.

"역시 상호군은 조선의 보물 같은 이요. 단순히 강선을 새
긴 것이 다가 아니고, 그대가 이룬 체계가 후세에 지대한 영
향을 미치게 될 것이오. 내 반드시 주상 전하께 올려 그대의
노고에 보답하겠소."

"성… 콜록! 으흠, 송구하옵니다. 소신이 아무래도 고뿔이
들린 듯합니다. 저하의 은혜가 망극하옵니다."

저거 방금 또 성은이 망극하다고 하려고 한 거겠지? 장영실
의 버릇대로 첨사원 관원들 앞에서 그 소리를 했었다간 난리
가 났을 거다.

"그래요? 상호군도 이젠 나이가 들었나 봅니다. 그건 그렇
고 강선총은 언제 볼 수 있겠소?"

사정을 아는 내가 웃으면서 장영실에게 말하자, 장영실도
내 속내를 눈치챘는지 애써 평정을 유지하며 말했다.

"총통위에 시험용 강선총을 몇 정 보내두었사옵니다. 저하
께서 원하신다면 연습을 마치는 대로 시연회를 준비하라 일
러두겠습니다."

"그건 그렇고, 총통위장이 요즘 거듭 사직을 청하고 있는데,
경은 어찌 생각하시오?"

"불곡(佛谷) 영감은 행여나 다시 북방에 가게 될까 봐 그러
는 것이옵니다. 아니 될 말이지요."

저런 소리를 스스럼없이 하다니, 장영실과 이천의 사이가

가깝긴 한가 보다.

"그렇소? 총통위장이 평소에 뭐라고 했는지, 자세히 말해보시게."

"북방의 바람이 늙은 몸에 안 좋다고 한탄하며 뼈가 시리다고 한탄을 자주 했사옵니다. 그리고 모아둔 재화를 써볼 만한 시간도 없다고 푸념하고 있사옵니다."

"그런가?"

"저하, 아뢰옵기 송구하오나 총통위장의 푸념은 그저 배부른 소리일 뿐이옵니다."

"알겠네. 그대의 고견은 반영하도록 하지."

"소신은 이만 물러가겠사옵니다."

이천이 장영실과 친분이 깊어서, 저런 말을 했었나 본데… 이천이 생각한 것보다 장영실과 나의 유대가 더 깊은 게 이천의 오판이었지. 이천도 정인지를 따라 수학책 편찬이나 하라고 해야겠다.

난 장영실을 보내고 난 다음 토목의 변에 대비할 계획을 다시 정리했다.

*   *   *

그 무렵 명에서는 왕진이 조선의 세자에게 배운 새로운 요리와 놀이법으로 황제의 마음을 얻어 황엄을 밀어내고 다시

금 최고 권력자의 자리를 굳히는 데 성공했다.

"황상, 오늘은 소신이 새로운 유희를 준비해 보았습니다. 명칭은 전기(戰棋)라고 하옵니다."

"기의 일종인가? 왕 태감이 준비한 거라면 기대하지 않을 수 없군."

왕진이 새로 준비한 것은 정교하게 조각한 말을 지도판 위에 움직이면서 주사위를 굴려서 노는 전쟁 보드게임이었다.

"허, 이건 대명의 황군을 조각한 것인가?"

"그렇사옵니다. 최고의 장인들이 황상을 위해 만든 귀물이옵니다."

정통제 주기진이 집어든 말은 흑단목을 이용해 만들어 은은한 광택이 흘렀고 정교하게 조각되어 표정마저 구분할 수 있었다.

거기에 말을 고정할 받침대는 향목을 이용해 만들어 은은한 향이 느껴졌다.

"이것은 장식에 써도 좋을 귀물이로구나. 마음에 들어."

"황송하옵니다."

"이 놀이는 어떻게 하는 것이지?"

"이 판 위에 말을 배치하신 다음, 각자의 차례에 말을 움직이고 상대의 말과 마주치면 각자의 투자(주사위)를 굴려 전투의 결과를 정하는 것이옵니다."

왕진이 준비한 황제의 주사위는 상아로 만들어진 데다 각

각의 면엔 황금을 입혀 숫자를 표시한 최고급품이었다.

"그래? 말로만 듣는 것보단 직접 해보는 게 빠르겠지. 왕 태감이 짐의 상대를 해주게나."

"먼저 소신이 말을 배치하는 법부터 보여 드리겠사옵니다."

그렇게 왕진이 세세한 규칙을 알려주면서 시작한 전쟁게임은 초심자인 정통제의 압도적인 승리로 끝이 났다.

"황상의 군재는 실로 하늘에서 내려주신 듯합니다. 황상께 이런 재능이 있는지 소신은 미처 몰랐습니다."

"하하하! 그저 놀이일 뿐인데 군재라니, 왕 태감의 과찬일세."

"아니옵니다. 고래로부터 군사의 자질을 판가름하는 데 상기(象棋, 장기)나 기(碁, 바둑)의 실력을 꼽곤 했사옵니다. 하오나 황상께선 그것들보다 훨씬 복잡한 전기를 처음 접하시면서도 소신을 압도하셨으니, 그 군략의 끝이 어디까지인지 소신은 차마 가늠할 수 없었사옵니다."

"운이 좋았던 걸 가지고 뭘 그러는가. 그런 자네도 문관 출신이나 다름없잖나."

왕진은 과거에 거듭 낙방하다 출세하기 위해 스스로 그곳을 잘랐기에 문관과는 거리가 있었지만, 정통제의 글 스승이었기에 환관 중에선 제일 지식인에 가까웠다.

"소신도 소싯적에 병법에 관심을 두고 공부를 많이 했사옵니다. 폐하, 소신의 말이 믿기지 않으시면 병부상서를 불러 시험해 보시지요."

"그래? 그대가 그렇게까지 말하니 한번 해보지."

그렇게 업무 도중에 불려온 병부상서인 왕기(王驥)는 졸지에 정통제와 생소한 놀이를 해야 했다.

차례가 몇 번 오가자 놀이의 규칙을 완전히 이해한 왕기는 병부상서다운 군재로 선전했지만, 정통제의 무지막지한 주사위 운을 이기지 못하고 패배할 수밖에 없었다.

"폐하, 소신의 완패이옵니다."

"하하하! 마지막 국면에서 짐의 운이 따르지 않았으면 짐이 패할 수도 있었어. 병부상서의 군재 역시 탁월했네. 그대가 짐을 즐겁게 해줬으니 미당을 내려 주겠다."

"황은이 망극하옵니다."

정통제는 요즘 조선에서 수입된 미당을 전부 움켜쥐고 마음에 드는 신하들에게 하사하면서 신하들을 휘두르고 있었다. 하지만 그 정도론 미당에 중독된 신료들의 수요가 충족될 리가 없으니, 때아닌 충성 경쟁이 벌어지는 원인이 되기도 했다.

"황상. 소신의 눈은 틀리지 않았사옵니다. 황상께선 고금제일의 군재를 타고 나신 분이옵니다. 소신이 감히 평하자면 조나라의 이목에 견줘도 부족함이 없다고 사료되옵니다."

"방금도 운이 좋아서 이긴 것뿐인데, 어찌 이목과 짐을 비한단 말이냐? 짐을 기쁘게 해주는 것은 좋지만, 아첨은 삼가게나."

"황상께서 스스로 타고난 재능에 대해 잘 모르시는 것 같으니, 윤허하신다면 소신이 이름난 군사나 장군을 초빙해 보겠사옵니다."

"나도 이 놀이가 마음에 들었으니, 윤허하지."

그렇게 명에서 이름 좀 있다 싶은 재사나 장군들이 황궁으로 초빙되어 정통제와 전기로 승부를 겨루었지만, 대부분 정통제의 승리로 끝났다.

약 백여 판을 겨룬 시점에서 정통제의 승률은 무려 팔 할에 도달했고, 그런 결과를 보고 왕진은 자신의 눈이 틀리지 않았다며 황제를 칭송했다.

"허어, 짐에게 이런 재능이 있었단 말인가. 상대되는 이가 없으니 전기는 당분간 그만해야겠다."

"황상께서 소신의 안목을 인정해 주시는 것이옵니까?"

"그래, 이쯤 되면 왕 태감의 말이 맞는 것 같기도 하군. 한데 복기해 보면 수를 완전히 잘못 읽었는데도 투자가 잘 나와서 이긴 적이 많다. 이는 재능과 별개의 영역이 아닌가?"

"폐하, 천운(天運)이야말로 가장 중요한 재능이며, 누구도 흉내 낼 수 없는 선천적 기질이옵니다. 고사를 보아도 천운을 타고난 이들이 제왕의 자리에 올랐사옵니다. 천운이야말로 누구도 흉내 낼 수 없는 천자의 권능이옵니다."

"권능이라… 그래, 이것이 바로 권능이란 말이지. 듣고 보니 그 말이 옳다. 짐이 미처 모르고 있던 것을 일깨워 준 왕 태감에게 큰 상을 내려주마. 원하는 게 있느냐?"

"소신은 딱히 원하는 것이 없사옵니다. 부디 명을 거두어주시지요."

"그대가 소탈한 것은 잘 알고 있지만, 이는 황명이니라. 원하는 것을 말하라."

"그렇다면 황상의 천운을 조금 나누어 받겠사옵니다. 황상의 투자를 하사해 주시옵소서."

"이런 하찮은 투자로 만족하는가? 그대는 예나 지금이나 한결같이 공치사하지 않는 기질이 마음에 들어."

"망극하옵니다."

그렇게 어전에서 물러난 왕진은 황제에게 받은 주사위를 손에 쥐고 흔들어 보았다.

'흠, 적당한 시기에 황상께서 전기에 흥미를 잃은 게 다행이군……. 자칫 잘못했으면 의심을 살 수도 있었어.'

왕진이 황제에게 다시 하사받은 주사위는 미묘하게 무게 중심을 건드려 큰 수가 높은 확률로 뜨게 만든 사기 주사위였다.

*   *   *

을축년(1445년)의 새해가 밝았다. 그러면서 내 총신들에게 변화가 일어났다.

최윤덕이 계모의 상을 치르러 낙향해 버렸고, 이천은 거듭되던 사직의 의사를 내가 거부하자 목표를 바꿔 아버지에게 직접 상소를 보내 사직을 청했다.

하지만 결국 사직은 반려되었고, 좌의정 김맹성이 살피던 전농시의 장이 되었기에 절반의 성공만 거둔 셈이 되었다. 총통위장의 자리는 겸사복장이었던 김경손이 이어받았다.

그리고 겸사복 무관이었던 성승이 이징옥의 뒤를 이어 평안도절제사가 되었다. 아버지도 그를 기억하고 계셨는지, 다른 쟁쟁한 후보들을 제치고 그를 발탁하셨다.

장영실은 그동안의 공을 인정받아 종이품의 가선대부로 승진했다. 그의 출신을 문제 삼는 이들이 많았지만, 내가 편전에 출석한 대신들 앞에서 장영실의 업적을 하나하나 나열하면서 지난 북방 정벌에서 대승을 거둔 것도 새로운 무기를 개발한 장영실 덕이라고 말한 다음, 이는 온전히 주상 전하의 뜻임을 밝히자 반대하던 이들도 입을 다물었다.

관노비 출신인 장영실이 당상관의 반열에 오른 것은 선례로 남아 후세에도 중요한 일로 취급될 것이고 이는 다른 이들의 동기가 될 것이다.

또한 함길도절제사를 이징옥에게 넘겨주고 도성에 온 김종서는 호조판서가 되었다.

작년에 박종우를 대마도로 보내고 나서 여러 대신이 돌아가며 호조의 장을 겸임하여 호조를 운영하긴 했지만, 호조판서의 자질을 지닌 이가 별로 없었다.

예전과 다른 방식으로 운영되고 있는 호조는 수학과 경제학 지식이 있어야 하는데 아직은 그럴 만한 인재가 부족했기 때문이었다. 정인지나 이순지에게 맡기기엔 그들이 맡은 수학 서적 편찬이 한창이라 미뤄두었다.

그때 마침 한직이었던 김종서에게 임시로 호조를 맡겨보았는데 일 처리를 잘하는 것을 보고 그를 아버지에게 추천하였고 안건이 승인되어 호조판서로 임명되었다.

그래서 나도 오늘 호조에 격려차 방문해 관원들에게 선물을 주고, 김종서를 만나 업무에 관해 이야기를 나눴다.

"절재 대감. 수학을 배우는 건 잘되고 있습니까?"

논의를 마치자, 관원들이 차를 내왔기에 김종서에게 궁금한 것을 물었다.

"예, 저하. 관원들이 잘 가르쳐 주고 있사옵니다."

"요즘 업무가 바빠서 단련할 시간이 줄어서 아쉽겠소."

"소신은 업무 중에도 가벼운 아령 한 개를 이용해 단련을 쉬지 않고 있사옵니다."

…그건 나도 상상만 해보고 차마 못 해본 일인데, 대단하네.

"절재 대감의 열정이 정말 대단하시오. 그러고 보니 풍채가 나날이 좋아지고 있는 듯하구려."

"망극하옵니다."

방금 내 칭찬 듣고 얼굴 살짝 붉어졌는데? 예전에도 그랬지만, 난 할배 얼굴의 홍조는 보고 싶지 않은 사람이다.

"아까는 깜박하고 이야기하지 못했는데, 대마도를 통해 들어오는 재화가 지난해와 비교하면 배로 늘었다고 들었소."

"대마주의 은광을 개발한 덕택이옵니다. 저하께서 회취법이라고 명하신 새로운 방법으로 대마주의 은을 뽑아낸 덕에 호조에 비축된 은의 양이 두 배가량 늘었사옵니다."

그 정도로 늘었어? 내가 알기론 대마도의 은 매장량이 조선의 은광에 비교해 많긴 하지만, 오랫동안 운영된 곳이었기에 그 정도일 거란 생각은 못 해봤다.

그럼 일전에 언뜻 본 이와미에 있다는 은광의 매장량은 대체 어느 정도일까? 전자사전에서 검색해 보니 상상도 못 해본 수치가 눈앞에 어른거렸다. 거긴 나중에 무슨 수를 써서라도 손에 넣어봐야겠네.

"예산이 이리 풍족해졌으니 호조에서도 해볼 만한 일이 많아졌겠소."

"소신도 생각해 둔 것이 몇 가지 있으나, 아직 정리되지 않았사옵니다."

"이참에 전국의 토지와 호구(戶口) 조사를 시행해 보는 것은 어떻소? 일전에 도성과 북방을 대상으로 호구를 파악하긴 했지만, 하삼도 지방은 아직 태종 대왕 시절에 조사한 기록에 의지하고 있소. 그러니 이참에 삼 년에 한 번씩 정기적으로 호구조사를 시행하도록 하는 것도 나쁘지 않을 것 같소."

"저하의 고견이 지당하십니다. 소신도 절제사 시절에 북방의 호구조사를 담당했었사옵니다. 또한 지금은 숙련된 관원들도 있으니 전보다 일이 수월해질 것으로 사료되옵니다."

"역시, 절재 대감이라면 내 뜻을 이해해 줄 거라 믿었소. 그렇다면 방법을 정리해 다음 조회의 안건으로 올려주시오."

"저하의 명을 따르겠사옵니다."

그렇게 호조에서 볼일을 마치고 나가려는데 호조 관원들의 표정이 창백하다 못해 핏기가 가신 듯하다. 그리고 보니 아까 준 선물의 진의를 의심하겠는데? 토지와 호구조사는 어쩌다 생각나서 말한 거지. 처음부터 이러려고 온 건 아니었는데… 에이, 모르겠다.

몇 년 전하고 비교하면, 육조를 비롯해 관원들도 대폭 늘었는데 이 정돈 해내야지. 어차피 나 아니었어도 후대엔 정기적인 호구 조사가 경국대전으로 제정되더라. 이젠 그 시초가 내가 되겠군.

$$*\qquad*\qquad*$$

"어르신, 저기 멀리 보이는 곳이 도성입니까?"

"그래, 반나절만 더 걸으면 도착하겠구나. 어두워지기 전에 속도를 좀 올리자꾸나. 다들 속도를 올려라."

심도원의 말에 박을동을 보폭을 늘렸다. 개성과 한성을 연결하는 도로가 잘 정비된 탓에 이들은 조금은 편하게 이동할 수 있었다.

"저는 도성에 가보는 게 처음입니다. 거긴 어떤 곳인가요?"

"사람 사는 데야 다 거기서 거기지. 별다를 게 있나? 나도 몇 년 전에 가봤는데 사람 많이 사는 거 말곤 평양과 별 차이를 못 느꼈어."

심도원은 개성 인근의 고을을 돌며 소금을 팔아 먹고사는 상인이었고, 박을동은 같은 마을에 살았던 친분으로 쌀을 받고 소금을 지게로 나르는 일을 돕는 중이다.

"그렇습니까? 어르신께선 어째서 도성까지 가시려 하십니까?"

"요 근래 소금 생산이 늘어서 소금값이 예전 같지 않아. 그나마 도성에선 소금값을 조금 더 높게 쳐준다기에 가는 것이다."

"어르신, 그러면 발품을 팔아서 소금이 귀한 지방에 가져다 넘기면 이문을 더 남길 수 있지 않습니까?"

"모르는 소리 하지 마라. 그런 건 어디까지나 나라에서 허락한 부보상들의 일이다. 내가 이번에 도성에 올 수 있었던 것은 염회를 돌봐주시는 영의정 대감께서 나 같은 이들 여럿의 신원을 보증해 주셨기에 가능한 일이야."

"그렇습니까?"

"네 녀석이 이런 데 관심을 가지는 걸 보니, 너도 이 일에 종사하고 싶은 게냐?"

"아무래도 농사에 목을 매는 것보단, 이쪽 신세가 좀 더 나아 보여서 그럽니다."

"그래? 네가 배울 생각만 있다면, 계속 날 따라다녀도 좋아. 자네 집안 선대인께 내가 신세를 진 적도 있으니,"

"그러셨습니까?"

박을동은 어릴 적 돌아가신 아버지와 심도원이 인연이 있다고 하니, 이 기회를 잡아야겠다는 마음이 들어 길게 고민하지 않고 제의를 받아들였다.

"감사합니다. 어르신, 열심히 일하겠습니다."

"그래."

심도원은 오후 무렵 도성의 시전에 도착해 염상에 물건을 넘겼고, 대가로 받은 쌀과 면포를 지게에 올렸다. 그렇게 거래가 끝나자 염상의 주인이 심도원에게 물었다.

"날이 아직 추운데, 머물 곳은 정했소?"

"예, 삼개나루 쪽에 아는 이가 살고 있어 그쪽에서 신세를 질 생각입니다."

"그러면 살펴 가시오."

그렇게 걸어서 나루터로 이동하자, 심도원은 자신이 기억하던 풍경과 전혀 달라진 모습을 볼 수 있었다.

"어? 이게 대체……."

"왜 그러십니까, 어르신?"

"내가 길을 잘못 찾아온 건가?"

심도원이 기억하는 이곳의 광경은 배들이 오가는 것 말곤 특별할 게 별로 없었다. 가끔 강에서 잡아 온 물고기를 파는 이들 있긴 했지만, 그마저도 그리 많은 수가 아니었다.

하지만 지금 그가 보는 것은 셀 수 없이 많은 배가 나루터에 정박해 있고, 거대한 시장을 연상케 하는 점포들이 자리한 풍경이었다. 심도원은 지나가던 이를 붙잡고 물었다.

"이보시오. 잠시 말 좀 묻겠습니다. 여기가 삼개나루가 맞습니까?"

"맞소이다."

"여기가 언제 이렇게 변했습니까?"

"한 이 년 좀 안된 것 같소."

"저기 늘어선 것이 전부 점포 같은데, 시장으로 변한 것입니까?"

"뭐, 그렇다고도 볼 수 있겠구려. 날이 풀리면 갖가지 생선들을 잡아다 파는 곳이니."

"혹시 이 근방에 살던 천가네 집이 어딘지 아시는지요?"

"글쎄올시다. 나도 이 근방에서 살기 시작한 지 얼마 안 돼서 잘 모르겠소."

"그렇습니까? 살펴 들어가시오."

심도원은 그렇게 행인들을 몇 명 더 붙잡고 지인의 집을 찾으려 했지만, 실패했고 간신히 기억을 더듬어 주변의 풍경을 떠올리곤 집을 찾았다. 하지만 그를 기다리고 있는 건 욕탕이라는 간판이 적힌 출입문이 있고 커다란 돌담으로 둘러싸인 건물이었다. 게다가 거기엔 수많은 이들이 드나들고 있었으니, 심도원은 정신을 차릴 수가 없었다.

"대체 무슨……?"

"어르신, 이러다 곧 해가 떨어질 겁니다."

"알겠네. 일단 안에 들어가 사정을 물어보고 올 테니 기다려 보아라."

"예."

그렇게 드나드는 인파에 섞여 목욕탕에 들어간 심도원이 입구 근처에서 청소하고 있던 어린 직원에게 물었다.

"이보게, 거기 젊은이. 혹시 일전에 여기에 살던 천가의 행방을 아는가?"

"전 여기서 일한 지 얼마 안 돼서 잘 모르겠구먼요."

"그럼 알 만한 분을 불러줄 수 있겠나?"

"잠시만요."

"무슨 일인가?"

심도원은 일각 후 비단으로 만든 옷을 입고 커다란 귀걸이를 착용한 사내가 직원과 같이 오자, 복장을 보아 상대의 신분이 사대부라고 짐작하곤 최대한 예의를 갖추며 말했다.

"나리, 소인은 개성에서 온 심가라고 하는데, 이곳에 살던

지인을 찾아왔습니다."

공조의 수습 말단 관원인 사내는 선배 관원과 함께 욕탕의 장부 정리를 하러 왔다가 난데없이 불려 나왔는데, 여기서 살던 사람을 찾아왔다는 심도원의 말을 듣곤 어이가 없어서 혀를 찼다.

"예전에 이 터에 살던 이라면 분명 보상금을 받고 다른 데로 이사 갔을 걸세. 그리고 그것까진 내가 알 수 없는 노릇이지. 목욕하러 온 것이 아니라면 그만 물러가게나."

"송구합니다."

"막동아, 저 사람을 안내해 주어라. 그리고 다신 이런 일로 날 부르지 말거라."

"죄송합니다요. 어르신, 절 따라오시지요."

"여긴 뭐 하는 곳인가?"

"여긴 나라에서 만든 목욕탕입니다요. 따로 돈을 받거나 하진 않으니 생각 있으시면 어르신도 목욕하고 가세요."

"아닐세. 밖에서 날 기다리는 일행도 있고, 해가 지기 전에 머물 곳도 찾아야 해. 자네 마음 씀씀이는 고맙지만 다음에 오도록 하지."

"어르신, 여긴 숙박이나 식사도 가능합니다. 물론 값을 치르셔야 하지만요."

"그래? 쌀 됫박이면 되겠는가? 아니면 면포를 잘라서 줄 수도 있네."

"어르신, 여긴 나라에서 직접 운영하기에 저화나 통보만 받습니다요. 그리고 요즘 도성에선 거추장스럽게 미포를 들고 다니는 사람들 거의 없어요."

"지금 가진 것이 그것뿐인데, 어떻게 안 되겠나?"

"어전 쪽에 환전소가 있습니다. 거기서 저화나 통보로 교환하신 다음에 오시면 될 겁니다."

"그런가? 내 얼른 다녀옴세. 밖에 같이 온 일행이 있는데, 안에서 기다리게 해줄 수 있겠는가?"

"그러지요."

심도원은 그렇게 아까 지나친 어전으로 돌아가 환전소에서 면포를 제하고 가진 쌀을 전부 통보와 저화로 교환한 다음 다시 욕탕으로 발걸음 했다.

"자, 여기 가져왔네. 어느 정도면 되겠는가?"

"두 푼이면 됩니다. 지불은 나중에 다른 분께 하세요."

"그럼, 처소로 안내해 주겠는가?"

"그 전에 목욕부터 하시죠."

"우리가 먼 길을 와서 눕고 싶네만."

"숙소를 이용하시려면, 먼저 욕탕에서 몸을 씻고 머리를 감으셔야 합니다."

"대체 왜 그래야 하는가?"

"여기 드나드는 분들이 이나 진드기를 옮기지 않게 내의원 나리들이 세운 방침입니다."

심도원은 그의 상식으론 도저히 이해가 가진 않았지만, 이 시간에 다른 잠자리를 구할 수도 없으니 어쩔 수 없이 막동의 말을 따라야 했다.

그렇게 욕탕 건물로 들어가자 수많은 사람이 나체로 머리를 길게 풀어헤친 채로 뭔가를 먹고 있거나 빗질을 하고 있었고, 한구석에선 어떤 이들이 엎드려 누운 채로 지압을 받고 있었다.

평생 이런 광경을 본 적 없었던 심도원과 박을동은 다른 세상에 온 듯한 느낌을 받았다.

"여기서 옷을 벗어 바구니에 담아 저기 계신 아재에게 건네시면 되고요. 그다음엔 목판을 줄 텐데 절대 잃어버리시면 안 됩니다. 어르신은 묵고 가신다고 했으니 맡기신 옷은 세탁해서 드릴 거예요. 그사이 입을 옷은 저희가 빌려 드릴 겁니다."

"하루만 묵고 갈 건데 그사이 옷이 바로 마르겠는가? 그럴 필요 없네."

"욕탕 물을 데우는 가마에 대고 말리면 금방 마르니 염려 마세요. 그럼 전 일이 많아서 가보겠습니다."

그렇게 옷을 벗고 욕탕에 입장한 심도원과 박을동은 당부대로 머리부터 감아야 했다. 그다음엔 머리를 틀어 올리곤 생전 처음 보는 거대한 온탕에 몸을 담그자 그간 쌓였던 피로가 가시는 걸 느꼈다.

"허… 억지로 오긴 했지만, 오길 잘했다는 생각이 드는군."

"온종일 추위에 시달리다 여기 들어오니, 극락에 온 거 같습니다."

"그나저나 도성에 별것 없다고 한 말은 취소해야겠어. 몇 년 사이에 뭐가 이리도 달라진 게 많은지 원……."

"어휴, 말도 마시죠. 저도 온종일 혼이 빠져나가는 줄 알았습니다."

그들은 온탕에서 나온 다음 눈치를 살펴 주변 사람을 따라 하면서 몸을 씻었고, 욕탕에 구비된 참빗으로 머리를 빗자 머릿니들이 수없이 떨어졌다.

"이거 은근히 중독성이 있는 거 같지 않나?"

"예, 저도 그런 거 같습니다."

그들은 평소 상투로 억눌려 있던 머리를 참빗으로 빗어내자, 두피가 자극되어 시원함마저 느꼈고 이가 나오지 않을 때까지 빗질을 계속했다.

그렇게 이를 제거하고 나와서 물기를 닦아내자 둘은 더없이 상쾌하면서도 몸이 가벼워진 것을 느꼈다.

"이리도 많은 사람이 여길 찾는 이유를 알 것 같군."

"그러게요. 대충 씻는 거랑은 비교가 안 되네요."

"이왕 온 김에 여기서 누릴 수 있는 건 한 번씩 다 해보고 가세. 값은 내가 치르지."

"정말이십니까?"

"그래, 오늘은 내가 전부 책임질 테니 원 없이 즐겨보세."

그들은 그렇게 지압부터 새로운 음식을 잔뜩 즐기고 만족한 채로, 깨끗한 잠자리에서 잠이 들었다.

*   *   *

"요즘 들어 명 쪽에서 마시(馬市)에서 거래되는 말값을 계속 내리려고 하는데 원인이 뭐라고 생각하나?"

"정확한 이유는 모르겠지만, 모피의 가격은 그대로인 것을 보아 말이 예전만큼 필요하지 않은 듯합니다."

"명은 사정이 어떻든 언제나 말을 대량으로 필요로 했어. 혹시 다른 경로로 말을 공급받고 있기라도 한 것인가."

"주르첸(여진) 놈들도 조공으로 말을 바친다고 들었습니다."

"흠… 그놈들이 키울 수 있는 말의 숫자는 보잘것없는 수준일 텐데?"

"그렇다면 다른 의도가 숨어 있는 게 아닐지요."

"명의 황제가 우리를 길들이려 하는 건가."

"그럴 수도 있다고 생각합니다."

"만약, 그런 의도라면……."

"군사를 움직이려 하십니까?"

"아직은 아니야. 우린 위대한 푸른 늑대의 후손이다. 늑대는 인내한다."

"언제까지 말입니까?

"결정적인 약점이 보일 때까지다. 누구도 대초원의 후예를 길들일 수 없어. 명의 황제의 의도가 그런 것이라면, 나의 주인이라고 착각한 그놈의 목덜미에 내 송곳니가 박히게 될 것이다."

"알겠습니다, 타이시."

제4장

교육

명국의 사법기관인 대리사의 수장, 대리시좌소경(大理寺左少卿)
우겸(于謙)이 관직을 잃고 뇌옥에 갇힌 지 열흘이 흘렀다.

그가 뇌옥에 갇히게 된 원인은 요즘 황궁에 간신들이 가득
해 금보다 비싼 조미료인 미당이 뇌물로 오고 가니, 조선과 거
래를 금하고 간신들을 내쳐 황상의 정기를 바로 세워야 한다
는 장문의 상소를 올렸기 때문이었다.

상소를 읽어본 정통제는 물정도 모르는 산서(山西)의 촌놈
을 출세시켜 주었더니 그런 은혜도 모르고 자길 비난한다고
여겨 기분이 나빠졌고, 그런 우겸의 구구절절한 명문장이 담
긴 상소는 무시되었다. 왕진은 그런 황제의 기분을 금세 읽어

내곤, 평소 눈엣가시였던 우겸에게 뇌물을 받았다는 죄를 씌워 옥에 가두었다.

우겸이 그렇게 옥에 갇혀 있던 와중, 맞은편에 새로 들어온 죄수인 대리시의 관원 설선(薛瑄)을 보곤 놀라 말을 걸었다.

"설 선생은 여기 무슨 일로 들어오셨습니까? 선생도 죄를 지으신 겁니까?"

"하하! 요즘은 왕가 놈의 눈 밖에 나면, 그게 죄가 되는 세상 아닙니까?"

"경헌(敬軒) 선생, 솔직히 말씀해 주시오. 무슨 일입니까?"

"왕가 놈이 제게 절암(節庵) 공께서 뇌물을 받았다는 중좌를 만들어 내라길래, 그놈의 얼굴에 침을 뱉고 이리 오게 되었습니다."

"그냥 그의 말을 들어주시지 그러셨습니까. 저 하나만 사라지면 될 일이었는데."

"흥, 그런 개같은 환관 놈에게 굴복하느니 그냥 죽고 말지요."

"왕 태감과 개를 비교한 건 부당한 언사가 아닙니까?"

"그런 썩어빠진 내시 놈에게 더한 말도 할 수 있습니다. 어찌 공께선 공을 모함한 간신을 두둔하시려 하십니까?"

"제 말은 그게 아니라, 개는 주인에게 절개를 지키고 충의를 보이지요. 왕 태감은 사정이 여의치 않으면 황상을 버릴 만한 간신이니, 선생의 말은 견공에게 무례를 범한 거나 다름없습니다."

"하하하! 듣고 보니 공의 말씀이 옳군요. 제 말을 물려야겠습니다. 건공보다 못한 왕가 놈이라고 해야겠어요."

우겸과 설선은 한참을 같이 웃었고, 웃음을 멈추자 우겸이 진지한 표정을 짓고 말했다.

"설 선생, 왕 태감의 뜻을 따르겠다고 하시오. 선생의 노모와 처자식을 생각하셔서야죠."

"어찌 장부가 옳은 일을 함에 있어 가족의 안위를 걱정한단 말입니까? 선친께서 살아계셨다면 제 뜻을 지지해 주었을 겁니다."

"전 상소를 올리기 전에 가족들을 모아 제 뜻에 동의를 구했고, 그들은 저와 같이 죽을 각오를 다졌소이다. 선생의 가족은 그럴 준비가 되어 있습니까?"

"그건… 아닙니다."

"전 왕진에게 뇌물을 바치지 않아 그의 미움을 샀던 몸이고, 상소가 아니더라도 머지않아 이렇게 되었을 운명이었습니다. 상소는 제가 죽기 전에 황상의 마음을 돌려 보려고 시도한 일이지요. 하지만 황상께서도 제 충언을 외면하시니, 이젠 죽는 일만 남았습니다."

"아닙니다. 조정의 많은 관리가 공의 인품과 청렴함을 흠모하고 있습니다. 그러니 그들이 나서서 공을 구명할 것입니다. 그러니 희망을 버리지 마시지요."

"제가 목숨을 구한들, 황상의 눈을 흐리는 간신들이 즐비한 암담한 현실이 달라지기라도 하겠습니까?"

"그래도 바꿔야지요! 제가 흠모하던 공께서는 이리도 나약하신 분이 아니었습니다."

"선생이 평소에 저를 어찌 보셨는지는 모르겠지만, 전 그리 대단한 사람이 아닙니다. 무엇보다 이젠… 지치는군요."

"마음을 다잡으시지요. 우리마저 눈을 돌리면 대명의 국운이 쇠퇴하게 될 것입니다."

그렇게 우겸이 뇌옥에서 희망을 잃어가고 있을 때, 우겸과 설선을 구명하기 위해 우겸이 근무했던 하남과 산서의 백성들, 그리고 산서의 번왕이 나섰다.

그리고 또 다른 황실의 거물이 정체를 드러내지 않고, 은밀히 그들에게 힘을 실어주었다.

＊   ＊   ＊

"요즘 수확도 풍족해지고, 나라의 곳간에 재물이 쌓이고 있으니, 남는 재정을 활용해 전국에 학당을 세우려 하는데 경들은 이에 대해 어찌 생각하시오?"

난 조회에서 그간 생각하던 학교에 대한 안건을 꺼냈다. 교육이야말로 나라의 미래이며 사회 발전의 원동력이지.

그러자 얼마 전 집현전의 직제학에서 이조참의로 승진한 정찬손(鄭昌孫)이 내게 답했다.

"저하, 유생들을 위한 학당을 지으시려 하십니까?"

"아닐세, 그보다 백성들을 위한 학당을 지으려고 하네."

"백성들을 위한 학당이라 하심은 어떤 학문을 가르치려 하시나이까?"

"정음과 삼강행실도(三綱行實圖)의 도리, 그리고 여러 가지 새로운 학문을 가르치려고 하네."

삼강행실도는 설순(偰循)이 아버지의 명을 받아 편찬한 도덕에 관한 책인데, 백성들을 대상으로 만들어 이해하기 쉽게 삽화가 들어 있기도 하다.

"그렇다면, 아니 되실 말씀이옵니다."

"경은 어떤 연유로 반대하는가?"

"백성들은 농사를 지어 나라를 지탱해야 하는 책무를 진 이들이옵니다. 학당을 여럿 지어도 생업으로 바쁜 백성들이 학당을 찾는 일은 드물 것이옵니다. 그러니 재화만 낭비하게 될 것이옵니다. 차라리 유생을 가르치는 학당을 열고 입학한 이들에게 재화를 받는다면, 지속해서 재정을 충당할 수 있을 것이옵니다."

생업이 바빠 배울 사람이 없으니, 효용이 없을 거란 논리가 나올 것 같긴 했다. 그건 그렇고, 유생용 학당은 잘못하면 미래의 서원처럼 변할까 봐 보류 중이긴 했다.

"지금도 지방의 향리나, 생원 같은 이들이 시간을 내 백성들에게 정음과 예를 가르치고 있네. 사정이 그렇기에 학당을 세워서 가르침을 구하는 이들에게 도움을 주려 꺼낸 안건일세."

"저하, 배움엔 긴 시간이 필요한 법입니다. 학문에 빠진 백성들이 농사를 등한시할 수도 있사옵니다."

그럼 농민으로 태어났으면, 다른 건 하지 말고 평생 농사만 짓다가 죽으란 이야기냐? 이게… 참자, 참아야지.

"농사가 중대사이긴 하나, 유생들처럼 온종일 가르칠 것도 아니고 한 주에 이틀 정도 가르치게 할 생각이네. 또한 주요 입학 대상은 어린아이들 쪽으로 잡았네. 물론 배움을 구하는 이라면 나이에 상관없이 받을 생각이네만."

"저하, 그렇다 해도 백성들에게 계속 정음과 삼강행실을 가르친들 충신, 효자, 열녀가 나오긴 어렵습니다."

성향이 이런 놈인 걸 조금 알고 있긴 했지만, 말이 좀 심한데? 사대부는 처음부터 특별하게 태어난 줄 착각하고 있나? 미래의 배신자에게 저런 말을 들으니 화가 치밀어 오른다.

"어째서 그러한가?"

"사람은 도리를 배워도 도를 행하고 행하지 않음을 가르는 판단은 사람이 타고난 본성과 자질로 구분하옵니다. 정음으로 글을 배운 백성들을 더 가르친다 한들, 그들은 달라지지 않을 것이옵니다."

뭐가 어쩌고 어째? 이놈이 선을 넘네. 넌 오늘 죽었다고 생각해라.

"그따위 언사가 관리이기 전에 선비로서 내뱉을 만한 말이

더냐?"

내 싸늘한 말에 분위기가 얼어붙었다.

"……"

"네놈이 백성, 아니, 모든 사람의 자질의 고하를 멋대로 그어 놓고 재단하다니, 유학자의 자격이 없다. 만에 하나, 네놈 말이 옳다고 치자. 그러면 거듭 교화하고 다시 교육해서 도리를 모르는 이들이 깨우침을 얻을 때까지 계속 알려줘야 할 것 아니냐! 그러는 네놈은 자질이 글러 어리석다고 무시하는 백성 중 단 한 명이라도 붙잡고 가르쳐 본 적이 있느냐?"

"……"

"없겠지! 만약 있다고 해도 일부의 사례만 보고 호도해서 모든 사람의 본성이 그럴 것이라며 착각에 빠졌을 테고. 네놈이 뭐가 대단해서 성현이라도 된 것처럼 모든 사람의 인성을 정의하고 멋대로 재단해? 네놈이 그러고도 선비냐? 넌 사대부의 자격이 없다."

"저하, 고정하시옵소서."

김종서가 당황한 표정으로 날 말리기에 잠시 쳐다보았더니, 오히려 김종서가 내 눈을 피했다.

"호판은 끼어들지 말라. 이참에 대신들에게 묻겠소. 혹여 이조참의와 같은 생각을 하는 대신들이 있는가?"

그러자 황희가 내 말에 답했다.

"어찌 유학과 성리학을 배운 이가 그런 사특한 생각을 품을 수 있겠사옵니까? 천부당만부당하신 말씀이시옵니다."

"소신 또한 그런 생각은 해본 적 없사옵니다."

"소신도 그러하옵니다."

그렇게 조회에 참석한 모든 대신이 내 질문에 부정의 의사를 밝히자, 정찬손의 얼굴이 창백하게 변했다.

"죄인 이조참의 정찬손의 고신(告身, 직첩)을 회수하고, 그를 옥에 가두어라."

"저하, 소신의 생각이 짧아 저하의 뜻을 거슬렀사옵니다. 부디 용서해 주시옵소서!"

"그저 학당의 안건에 반대해서 내가 이러는 줄 아는가? 아니야. 네놈은 조선의 이념을 뿌리부터 부정하고 사문을 욕보인 죄를 지었어. 뭐 하는가? 죄인을 데려가지 않고!"

그리고 미래에 너와 절친한 사이였던 사육신을 고발해 죽게 만들었지. 위군자(僞君子) 같은 새끼.

"명을 받들겠사옵니다."

내금위의 군관들이 들어와 정찬손을 끌어냈다.

"저하—!"

그렇게 정찬손이 끌려 나가자, 편전 안은 정적에 휩싸였다.

"지금은 때가 아닌 듯하니, 학당의 안건은 다음에 다시 논해봅시다. 다음 안건을 논해보시오."

그렇게 가라앉은 분위기로 회의를 끝내고 나자, 난 화를 가라앉힐 겸 장영실을 찾아갔다.

"새로 만들게 한 총탄은 어찌 돼가고 있는가?"

일전에 강선총을 양산하는 데 성공했기에, 난 장영실에게 미니에 탄을 만들도록 지시했다. 이 부분은 시행착오를 줄이려 사전을 보고 설계한 다음 장영실에게 건네주었다.

게다가 요즘은 종이 생산과 돼지 사육이 늘었기에, 파쇄지와 돼지의 기름을 이용해 화약을 포장하도록 만들었고, 기존의 단점을 개선할 수 있었다.

"저하께서 지시하신 대로, 신형 탄환을 대량으로 찍어낼 틀을 제작하고 있사옵니다. 다만, 신형 총탄의 단점이 있사옵니다."

"뭔가?"

"시제품으로 시험 사격을 여러 번 거쳐 보니, 간혹 강선에 납탄의 잔여물이 남는 문제가 생겼사옵니다. 한 번은 그 문제로 총열이 막혀 총이 파손된 적도 있사옵니다. 이 부분을 보완하려면 총탄의 재질을 바꿔야 할 듯하옵니다."

"경이 말한 단점은 이미 인지하고 있었네. 다만 탄환의 재질을 바꾸려면 귀중한 구리를 사용해야 하니, 지금은 감수하고 쓸 수밖에 없다네."

"그렇사옵니까? 그리고 저하께서 하교하신 대로 철판 갑옷을 표적 삼아 강선총과 신형 탄환의 위력을 시험해 보았는데, 칠십 보 이내의 거리라면 갑옷을 육 할 정도의 비율로 관통하는 성과를 보았사옵니다."

"그런가. 예상한 대로의 성능이로군. 경은 병장의 역사에 큰 발자취를 남긴 거나 다름없다네. 후세에 모든 이들은 그대를 칭송하게 될 것일세."

"이게 어찌 소신만의 업적일 수 있겠사옵니까? 어디까지나 구상은 저하께서 전부 하셨으니, 지나친 과찬이시옵니다."

"아무리 여러 구상이 있다 한들 실제로 그것을 구현해 낸 건 별개의 문제일세. 그것은 전부 가선대부의 공이니, 너무 겸양하지 않아도 좋소. 오늘은 이렇게 경의 면도 보고 병장들을 구경하니, 기분이 풀리는구려."

"성은이 망극하옵니다."

"또 그러는군. 날 자꾸 불충한 이로 만들지 마시게."

"송구하옵니다."

하나도 안 미안한 표정 짓고 그러지 마세요.

장영실 덕에 기분도 풀렸는데, 정창손은 적당한 시기에 풀어주고, 노동… 아니, 업무로 평생 속죄하도록 해야 하나? 아니면 이대로 내쳐야 하나? 어떻게 처리해야 할지 고민되네.

*   *   *

그 시각, 편전에 있었던 대신들이 업무를 마치고 황희의 집에 모였다.

"오늘은 저하께서 많이 진노하신 듯하오. 혹여나 이조참의와 같은 생각을 품고 있는 어리석은 관원들이 그를 구명하려 한다면 더 큰 일이 벌어질지도 모르오. 그러니 그런 말이 나오지 못하게 관원들의 입을 단속해야 할 것이오."

"대감의 말씀이 옳습니다."

그렇게 대신들이 황희의 뜻에 동의하자 김종서가 말했다.

"소관은 항상 온화하시던 성정을 지닌 저하께서 진노하신 모습을 처음 보았는데, 저도 모르게 눈을 피하게 되더군요. 타고난 기세라면 영의정부사 대감께도 밀리지 않는다 여겼는데, 착각이었나 봅니다."

황희는 그런 김종서의 말을 듣고 잠시 웃은 다음 김종서에게 말했다.

"호판 대감은 북방에 오래 있어서, 그 사건을 겪지 못했으니, 그럴 법도 하겠네."

"그 사건이라니요? 대체 어떤 일을 이르십니까?"

"저하께서 죽음을 이겨내신 그날, 저하께서 죄인을 손수 징벌하신 적이 있다네. 호판 대감이 그 모습을 봤다면, 저하의 성정이 마냥 온화하시다고 생각지 못했을 걸세."

황희는 세자가 죄인 진양대군을 맨주먹으로 두들겨 팬 사건을 언급하자, 그 일을 목격한 다른 대신들도 내심 고개를 끄덕이며 동의의 의사를 표했다.

"그렇습니까? 전 모르는 이야기인데, 그날 무슨 일이 일어났습니까?"

"저하의 예체에 소렴을 하던 와중에 저하께서 깨어나신 건,

다들 잘 아는 이야기일 테지."

"예, 그 일은 북방까지 퍼져서 유명합니다. 백성들도 세자 저하는 신이한 분이라며, 칭송이 자자했지요."

"사실, 그날 저하께선 대역죄인 진양대군에게 달려들어 무 자비하게 손을 쓰셨네. 당시 그 자리에 있던 모든 이가 저하 의 살기에 압도되었어. 마치 태조 대왕 전하께서 저하의 예체 를 빌린 게 아닌가 하는 착각이 들 정도였으니."

"그런 일이 있었습니까? 그런 소문은 듣지 못해 여태 모르 고 있었습니다."

"시중에 알려져 봐야 좋은 일이 아니니, 주상 전하께서 그 날 그 자리에 있던 모든 이들에게 함구할 것을 명하셨네. 그 래서 소문이 퍼지지 않았지."

"그러고 보니, 짚이는 점이 있긴 합니다. 저하께서 타고나신 군재와 무재는 범인과는 비교할 수 없을 정도지요. 대학자이 긴 하시지만, 아무래도 태조 대왕마마처럼 무장의 기질을 타 고나셨겠지요."

"그렇지. 어찌 보면, 이조참의가 저하의 역린을 건드린 거나 마찬가지일세. 태조 대왕의 핏줄을 가장 진하게 타고나신 저 하께서, 소싯적부터 경연을 거르지 않고 힘써 학문을 수양하 시고 독자적인 연구를 거듭해 화학과 수학 같은 새로운 학문 도 만드셨네. 아직 주상 전하의 경지에 미치진 못하지만 새로 운 사문을 세워도 무방한 대학자가 되셨는데, 그런 저하께 감

히 사람의 천성이 달라지지 않는다는 막말을 했으니 저하께
서 어찌 진노하지 않으시겠나?"

세자가 김종서와 황희의 어처구니없는 해석을 들었다면 억
울해하겠지만, 대신들은 그런 황희의 의견이 옳다고 여기기 시
작했다.

"그렇군요. 소관도 북방의 야인들을 오래 겪으면서 그런 생
각을 일부 가지고 있었는데, 반성해야 할 것 같습니다."

"나도 요즘 북방의 소식을 들었는데, 정음이 퍼지고 새로운
교역품이 오가자 오도리뿐만 아니라 다른 야인 부족들도 아
조에 벼슬을 청하며 신종할 의사를 밝히고 있다고 들었네. 그
러니 사람은 처한 사정에 따라 얼마든지 변할 수 있네. 특히
나 이(利)에 민감하니 말일세. 무릇 사람이란 먹고살 만해져야
도리를 지키고 예를 갖출 여유가 생기는 법이야. 그런 걸 나보
다 어린 이들이 몰라서야 쓰겠나?"

"대감의 말씀이 옳습니다."

그러자 병조판서 황보인이 둘의 대화에 끼어들었다.

"영상 대감, 학당의 건이라도 우리가 먼저 나서서 추진해 저
하의 진노를 풀어드려야 하지 않겠습니까?"

"자네 말이 맞네. 본래 그러기 위해 모이게 한 것이니, 그 건
에 대해 논해보세."

"그건 그렇지만, 소관은 어서 전하께서 환궁하셨으면 합니
다. 간신히 일을 하나 마치면 몇 배의 일이 생기니, 이러다 제

명에 못 살 거 같습니다."

본래의 역사대로면 낙향한 다음 죽었어야 했지만, 지금은 건강하게 잘 살아 있는 집현전 대제학 최만리가 푸념하듯 말하자, 육조의 판서들이 일제히 최만리를 성토했다.

"자네는 아직 창창한 나이면서 공무가 아닌, 서적 편찬만 하고 있지 않은가? 우상 대감은 공무를 보는 와중에도 고려사를 편찬 중이건만."

그렇게 나이가 지긋한 판서들에게 돌아가면서 한마디씩 들은 최만리가 억울한 듯 항변했다.

"대리청정이 기약 없이 길어지니, 무심코 한 말이었습니다. 주상 전하께서 본래의 자리로 돌아오셔야 순리가 아닙니까. 그런 의도로 한 말이니 너무 곡해해서 듣지 마시지요."

그러자 세종의 총신이며 친구나 다름없는 정인지가 최만리에게 말을 건넸다.

"자명(子明), 자네의 타고난 성품이 강직한 것은 지기인 나도 잘 알고 있어. 그러니 내 말 오해하지 말고 듣게. 하지만 지금 주상 전하께선 태조 대왕의 선례를 따라 하시려는 듯하네."

"뭐? 그럼 주상께서 양위를 생각하시고 계신단 말인가?"

"지난번에 내가 장계를 올리러 갔다가 전하를 뵈었을 때 느꼈네. 전하의 기질이 완전히 변하셨어. 행궁에 머무시며 백성을 위해 여러 일을 하고 계시지만, 군주의 입장에서 그 일을 하고 계신 게 아닐세."

"전하의 어심이 어떠하시길래, 그런 참담한 말을 하는가?"

"양위의 의사를 직접 옥음을 내신 건 아니지만, 지고 계시던 모든 짐을 내려놓으신 듯 보였네. 용상에서 볼 수 없던 낮은 이들의 모습을 보았기에, 지금의 자리에서 할 수 있는 일을 찾았다고만 하셨네. 예전과는 많이 다른 모습이셨지."

"허어……."

둘의 이야기를 듣던 다른 대신들도 내심 짐작하고 있었던 듯 고개를 끄덕이며, 생각에 잠긴 모습을 보였다.

"본관도 어심을 이미 어느 정도 짐작하고 있었네. 하지만 주상께서 직접 하교하지 않고 계시니 모른 척했을 뿐이야. 지금은 학당의 문제에 대해 먼저 의견을 나누어보세."

황희가 나서 자칫 엉뚱하게 흐를 수 있는 분위기를 다잡고, 대신들의 의견을 정리해서 세자에게 제출할 학당의 안건을 완성했다.

*　　　　*　　　　*

대마도의 도주인 소 사다모리는 구주의 히젠국(肥前)으로 출병을 개시했다. 그 이유는 자신의 오우치와 전쟁 중인 종주 쇼니 요시노리(少弐教頼)를 구원하기 위해서였다.

본래 오우치와 쇼니, 두 세력 간의 총력전이 돼야 했을 전쟁은 난데없는 오토모의 참전으로 쇼니에게 지극히 불리하게 전개되었는데, 오토모가 참전한 명분은 예전에 대마도의 왜구들이 침공해 백성들을 죽인 일의 배후에 히젠이 있다는 이유였다.

그러나 그것은 그저 명분일 뿐이고, 오우치가 만든 판에 끼어 쇼니의 영토를 획득하려는 속셈이었을 뿐이다. 분고(豊後)의 국주 오토모 치카시게(大友親繁)는 습격자의 정체가 대마도 쪽이란 걸 밝혀내자 기뻐하며 참전을 결정하였다.

졸지에 전쟁의 명분을 제공하게 된 사다모리는, 지극히 위험한 상황에서도 이천의 병력을 이끌고 출정을 강행해야 했다.

이 사태를 초래한 왜구 두목 지로는 조선 수군에게 토벌당한 이웃의 소문을 듣곤, 배를 전부 버리고 조선군의 눈을 피해 산속으로 숨었으며, 그가 도망치며 버리고 간 유황 사천 근은 조선군에게 회수되어 조선 수군의 화약으로 변했다.

"슈고(守護, 관직명), 이번 일은 저와 무관합니다. 제 충성을 의심하지 마시옵소서."

1441년에 오우치를 피해 대마도로 피신하던 중에 죽은 요시요리의 뒤를 이어 히젠의 슈고다이묘(영주)가 된 노리요리가 그런 사다모리의 말을 싸늘하게 받았다.

"이제 와서 그렇게 말한들 뭐가 달라지겠는가? 오우치와 오토모가 연합하여 진격 중이고, 아국의 멸망이 눈앞에 다가왔건만."

만약 노리요리가 죽는다 한들 히젠국의 주인만 바뀔 뿐이다. 그러나 그는 진심으로 나라가 망할 거라 믿고 있었다.

"아닙니다. 제가 준비한 비장의 수가 있습니다."

"그런 게 있었나? 나 모르게 다른 국에게 지원을 약속받기라도 한 건가?"

"그건 아닙니다만. 제가 출병하며 쓰시마에 주둔 중인 조선군에게 구원을 요청했습니다. 중앙 조정에 허락을 받아야 한다니, 같이 오진 못했지만, 명령이 떨어지는 대로 출병한다는 약조를 받았습니다."

"뭐? 그대가 제정신인가? 형님께서 일전에 그대가 조선에 신종한 것을 어쩔 수 없는 사정이기에 넘어가 주었다. 나 또한 피치 못할 사정으로 쓰시마에 조선군의 주둔을 뒤늦게나마 허락했지만, 본토에 외세를 끌어들이겠다니, 정녕 생각이 있긴 한 건가!"

"슈고, 이참에 절 따라 조선을 섬기시지요."

"뭐? 네놈이 정녕 미친 것이냐? 어디서 감히 그런 권유를 해! 내 나이가 어리다고 얕보는 게냐? 아니면 이참에 조선을 등에 업고 주종의 관계를 뒤집으려는 것인가!"

격분한 요리노리는 칼을 뽑아 들고 당장에라도 사다모리를 죽일 듯이 노려보았다.

"슈고, 제가 만약 그런 불측한 마음을 품었다면 저들을 피해 제 영토에 거하실 때, 진작 두 분을 오우치에게 넘기고 새로운 주인을 찾았을 겁니다."

요리노리는 예전에 자신과 형을 극진히 모시던 사다모리를 떠올리곤, 칼을 내리고 다시 물었다.

"조선을 섬기라고 말한 의도가 무엇이냐?"

"조선은 본국 히젠보다 훨씬 거대하며 강대한 나라입니다. 또한 조공을 올리면 몇 배의 답례품을 내려주는 관대함마저 갖추고 있습니다."

"형님이 돌아가시기 전에 형님께 조선의 조공 이야기는 얼핏 들은 것 같기도 하다. 대체 얼마나 주길래 그러는가?"

"저 개인이 조선에 신종한 대가로 매년 하사받는 백미와 콩만 해도 이백 석입니다."

"그게 정말인가? 그럼 조공을 바치면 주는 쌀은 얼마나 되고?"

"조선의 사정에 맞추어 해마다 달라지긴 하지만, 최소 만 석 이상은 들어옵니다. 조선에 입조하는 사신을 접대하는 비용도 우리와는 비교할 수 없을 정도입니다."

"조선이 그렇게 부유한 나라였나?"

"예, 그리고 조선군은 강합니다. 이십여 년 전엔 직접 싸워보기도 했지만, 그사이에 제가 상상도 못 할 정도로 변했습니다."

일전에 자신을 나락으로 빠뜨린 왜구 두목 지로를 토벌하기 위해, 조선군과 같이 출정했던 사다모리는 나포하고 남겨진 해적선을 순식간에 침몰시키는 조선군의 화포 사격을 직접 보곤, 조선군에 맞선다는 선택지가 완전히 사라졌다.

"어쩌면 그들이 대국인 명나라보다 강할지도 모릅니다."

"그 정도인가? 그럼 조선군은 언제 온다고 하던가?"

어느새 화를 냈던 것도 잊고, 사다모리의 말에 정신이 넘어간 요리노리가 사다모리를 재촉했다.

"지금 즉답할 수는 없으나, 전령의 속도를 감안해 한 달만 버티면 그 안에 올 것입니다."

사다모리도 사실 조선군이 언제 도착할지는 몰랐지만, 자신도 전쟁 경험이 있기에 이런 경우 희망을 주는 것이 좋다고 생각해 구체적인 기간을 정해 거짓말을 하고 말았다.

"그렇단 말이지? 한 달이라… 수성에만 전념하면 그 정돈 너끈히 버틸 수 있을 거다."

"그리고 제가 준비한 비장의 수도 있습니다."

"그래? 뭘 준비했는가?"

"무기입니다."

"새로운 무기라도 준비한 것인가?"

"새로운 무기는 아니지만, 이전의 것과 질이 다른 무기입니다. 슈고께서 허락하신다면 직접 보여 드리겠습니다."

"그래, 허락하지."

사다모리가 요리노리의 허락을 얻어 들여온 무기는 일전에 조선에서 들여온 조선제 철검과 장창, 그리고 자신의 애검이었다.

"바로 이것입니다."

"호, 한눈에 보기엔 색다른 풍취가 있어서 눈요깃감은 되는데… 아국의 무기보다 딱히 나아 보이진 않구나."

"그러실 것 같아, 시참(試斬)을 준비했습니다."

"그래? 어디 한번 보여주게."

"준비한 것을 들여라."

사다모리의 수하들이 미리 준비한 짚단과 사슴의 사체, 그리고 철 투구, 그리고 일본도를 하나씩 가지고 영주 관저의 마당에 늘어놓았다.

"이것들을 베어 검의 성능을 보여주겠다는 것인가? 시참을 맡을 무사는 누구인가?"

"제가 직접 보여 드리지요, 슈고."

"자네가?"

"예, 그렇습니다."

자신의 애검을 다루기 위해 남항에 주둔 중인 조선의 무관과 친해져 기술을 전수받았고, 조선식 검술에 어느 정도 손이 익은 사다모리는 그런 자신의 기량을 요리노리에게 보여주었다.

"합!"

첫 시험 대상인 짚단 뭉치를 힘들이지 않고 둘로 조각내자 요리노리가 감탄했다.

"생소한 검술인데, 자네의 가전 검술인 건가?"

"조선에서 배운 검술입니다."

"그래? 우리완 몸 쓰는 방식이 다르군."

'그렇지, 근력이 받쳐주지 못하면 사용하기 힘드니.'

조선의 무관에게 검술을 배우다가 하체와 등의 근육을 단련해야 한다며, 졸지에 생소한 운동을 해야 했던 사다모리는 그 끔찍한 기억을 떠올리다 고개를 흔들었다.

"다음은 도검을 상대로 가겠습니다."

"어서 보여주게."

요리노리와 쇼니의 가신들은 어느새, 사다모리와 조선에 대한 반감과 전쟁 중이라는 현실도 전부 잊고, 그의 시범에 눈이 팔리고 말았다.

― 챙!

일검에 일본도가 부서졌고, 조선제 창을 한번 휘두르니 히젠군의 무사들이 쓰는 단단한 철제 투구가 단번에 쪼개졌다.

게다가 마지막으로 커다란 사슴의 몸을 거의 절반 이상 갈라 버리는 걸 보고, 쇼니가의 일원들은 경탄해 그들도 모르게 박수를 쳤다.

"허어, 그대의 검이 천하제일의 명검이로구나."

"조선의 세자 저하께서 조선 제일의 장인이 만든 것을 하사해 주셨습니다."

그 말을 들은 순간 요리노리의 눈이 탐욕으로 물들었고, 사다모리는 그런 요리노리에게 세견선을 통해 들어온 조선제 철로 만든 일본도를 바쳤다.

"이것이 조선제 강철로 우치카타나(打刀)입니다. 허락하신다면 이것을 슈고께 바치겠습니다."

"호오, 나를 위해 준비한 물건이 있었단 말인가? 고맙게 받지."

"당연한 처사입니다. 또한 이백여 자루의 조선제 칼과 창을 따로 준비했으니, 그걸 슈고의 수하들에게 나눠주시지요."

"정말인가? 이런 무기로 정예를 무장한다면, 우리의 힘으로 저들을 몰아낼 수도 있지 않겠는가?"

"히젠 연합군은 오천인 데 비해 저들의 군세는 총합 일만을 넘어 이만에 가까우니, 그건 힘들 듯합니다."

"아니야, 본가의 정예군에게 저 무기들을 들려주고 야습한다면 승산은 있을 거야."

"슈고, 제가 검을 이리 다룰 수 있게 된 것은 조선군의 검술과 단련법을 조금이나마 흉내 낼 수 있었기 때문입니다. 그 방법은 하루아침에 이루어질 게 아닙니다."

"그런가? 그래도 잘만 하면 될 거 같기도 한데……."

사다모리는 철모르는 소리를 하는 열아홉 살의 어린 영주를 보곤, 그의 돌출 행동을 말리는 것도 큰일이겠다는 생각이 들어 절로 고개가 숙여졌다.

*   *   *

"저하, 소신이 신료들의 뜻을 모아 정리한 학당 설립에 대한 안건이옵니다."

난 평소처럼 첨사원에서 업무를 보던 중, 황희가 날 찾아왔기에 맞이했는데 난데없이 빈틈없이 정리된 학교 설립의 계획이 적힌 서류를 받았다.

"지난번에 정창손 때문에 제대로 이야기를 꺼내보지도 못했는데, 이건 언제 준비했습니까?"

"소신들이 따로 논의를 한 다음, 육조와 집현전이 합작한 결과물이옵니다."

대신들에게 이런 선물을 받을 수 있을 거란 생각도 못해봤는데, 너무 갑작스러워서 얼떨떨하기도 하다.

"여러 신료의 노고가 컸겠습니다. 이 일에 참여한 이들에게 상이라도 내려야겠어요."

"저하의 은혜가 망극할 따름이옵니다."

"대감께서 이 일을 계획하고 지휘하셨습니까?"

"아뢰옵기 송구하오나, 그렇사옵니다."

역시 황희가 일은 제일 잘하는군. 그런데 갑자기 미래의 지식이 하나 떠오른다. 누런 소는 뭐고 검은 소는 뭐야? 미래에 전해진 야사라고?

"영상 대감의 공도 잊지 않겠소. 모두에게 내릴 은상에 더해 대감에겐 따로 미당을 하사할 테니 상미원에 이걸 보이고 받아가시오."

"망극하옵니다, 저하!"

그렇게 황희를 보내고 나자, 나 홀로 준비하던 학교 설립에 대한 시간을 아낄 수 있어서 간만에 취미 활동을 즐길 수 있었다.

유럽을 배경으로 한 전쟁영화를 감상하고 나니, 백병전 장면에서 나온 바요넷, 일명 총검이라고 불리는 무기를 도입할 수 있겠다 싶어 계산을 해보았다.

일전에도 무기에 대해 검색하다 총검의 존재를 보긴 했지만, 청동으로 만든 초기의 화승총이 상할까 봐 미뤄두었었다.

하지만 지금은 강철로 만든 강선총을 생산하게 되었으니, 자연스럽게 도입을 해봐도 된다는 결론이 나와 총검의 설계도를 그린 다음 장영실에게 공문으로 보냈다.

물론 총검을 도입하긴 해도 어디까지나 최후의 보루용이고 당장 창병을 없애긴 못할 거다. 다수의 기병이 돌격하는 와중에 총검을 이용해 기병을 저지하는 건 무모한 일이지.

기병이라고 하니, 지금 조선의 마군에 추가로 도입할 만한 건 없을지 천천히 고민해 봐야겠군.

그렇게 기병의 무장에 대해 고민하고 있을 때 성삼문이 내게 말했다.

"저하, 대마도에서 장계가 올라왔사옵니다."

"알겠네. 거기에 두게."

성삼문이 건네준 장계를 읽어보니, 조금은 어처구니없으면서도 내가 내심 기대하던 내용이 적혀 있었다.

대마태수 종정성이 비전국으로 출정하며 조선군의 책임자인 최숙손에게 지원을 요청했는데, 그 대상은 종정성이 아니라 대마도의 실질적 종주 소이가를 도와달라는 거였다.

자세한 내용을 보니 비전주(肥前州)의 정당한 주인인 소이씨를 시기하던 이웃의 대내씨와 대우씨가 출병하여 풍전등화의 위기에 처했으니, 조선군의 도움이 절실히 필요하다고 적혀 있었다.

또한 조선에서 소이가를 돕는다면, 소이가 역시 자신을 따라 조선에 신종하며 조공을 바치겠다고 하는데 이 부분의 내용이 조금 이상한 거 같다.

대마도는 사정상 조선에 의존할 수밖에 없어 이중 봉신 체제를 따르고 있지만, 왜국의 영주가 자신의 수하를 따라서 조선에 신종하겠다니? 그것도 소이씨의 명의로 온 것도 아니고 종정성의 명의로 온 편지에 이런 내용이 적힌 게 말이 되는 건가?

최숙손이 정리한 내용을 보니 종정성은 소이씨의 출병 요청을 받자마자 바로 준비해서 나갔다고 했다. 그러면 소이씨의 사신이 조선에 직접 요청해야 하는 일인데, 종정성이 우리에게, 그것도 최숙손에게 부탁한다는 것은 뭔가 이상하다.

아무래도 수상한데… 그래도 명분상 저들이 먼저 우릴 청했으니 왜국에 당당히 출병할 명분은 만들어줬군.

종정성 너의 속셈이 뭐든, 너야말로 조선의 진정한 충신이로구나.

*　　　　*　　　　*

대마주제찰사 최숙손은 조정의 명을 받아 왜국 구주로 출병이 결정되었다.

최숙손은 세자가 작성한 별도의 서신을 읽어보니, 적극적으로 저들의 싸움에 개입할 필요는 없고, 적당히 싸우는 척만 해도 된다고 적혀 있었다.

다만, 상황이 여의치 않으면 전투를 허용한다고 하니, 이 부분은 최숙손의 재량에 달린 셈이었다.

또한 대마도에 파견 중이던 총통위 소속의 세 개 중대와 겸사복 소속의 철갑기병 이백을 데려가도 좋다는 지시를 받고 배에 태웠다.

그렇게 출병한 조선군은 대마주 태수의 동생 종성국(宗盛國)을 안내인 삼아 비전국의 북쪽 항구인 송포(松浦, 마쓰우라)에 도착했다.

"여기서 목적지인 미봉성(梶峰城)까지 얼마나 걸리는지 묻게나."

최숙손이 역관을 통해 종성국에게 묻자, 잠시 후 대답이 돌아왔다.

"쉬지 않고 걸으면, 대략 칠 일에서 열흘 정도 걸릴 것 같다고 합니다."

"그러면 적진이나 다름없는 외지에서 굳이 무리할 필요는 없겠지. 척후가 행군 경로부터 안전하게 확보한 다음 진군해야겠어."

　그렇게 방침을 정한 조선군은 천천히 병력을 움직이기 시작
했다.

　　　　　*　　　　　　*　　　　　　*

　그 무렵 쇼니 노리요리는 니시노하루 근방에 있는 카지미네
성(梶峰城)에서 오우치군과 공성전을 벌이고 있었다.

　"오늘로 자네가 약속했던 한 달은 이미 다 지나갔군. 정말
구원군이 오긴 하는 것인가?"

　히젠의 지배자인 쇼니 노리요리(少弐教頼)가 사다모리에게
묻자, 사다모리가 고개를 숙였다.

　"주군, 그들은 반드시 올 것입니다. 지금 남아 있는 오우치
의 병력만으론 성을 함락시킬 수 없으니, 슈고께선 마음을 편
히 가지시지요."

　"전전대 슈고께서도 아키즈키성(秋月城)에서 오우치에 패해
돌아가셨다. 나 또한 그런 운명을 따를 거란 생각은 안 드나?
요즘은 그대가 나를 속여 전례를 되풀이하게 만들려는 속셈
일 수도 있다는 생각이 든다."

　본격적인 실전을 처음 겪는 노리요리는 의욕적이던 공성전
초기와는 다르게, 실전의 참혹함을 눈으로 보게 되자 겁을 잔
뜩 집어먹고 불안중에 시달리고 있었다.

며칠 전엔 자신을 깨우려던 시동을 칼로 베어 죽일 뻔하기도 했고, 식사도 제대로 하지 못해 나날이 피폐해져만 갔다.

"슈고, 제가 말씀드린 한 달이란 기한은 어디까지나, 대략적인 기한입니다. 만약 제가 슈고를 기만해 해를 끼칠 목적이었다면, 진작 성문을 열어 저들에게 투항했을 것입니다. 부디 식사부터 하시고 기운을 차리소서."

"홍, 지금은 뭘 먹어도 돌멩이를 씹는 기분이 드니, 어쩔 수 없다."

"그렇다면, 이것만이라도 드셔보시지요."

노리요리는 사다모리가 건네준 종이로 감싼 둥근 물체들을 보고 고개를 저었다.

"이건 환약 같은 건가? 필요 없으니 도로 가져가게. 내가 지금 뭘 믿고 자네가 주는 걸 받아먹으란 건가?"

"슈고, 그것은 약이 아니고, 하물며 독도 아닙니다. 믿어주시옵소서."

"그럼 이게 뭔가?"

"조선에서 들여온 당고(団子)의 일종이옵니다. 정 의심되신다면 먼저 검사를 해보시지요."

사다모리가 내민 것은 세견선을 통해 조선에서 들여온 사탕이었다. 일본에는 비슷한 음식이 없어 경단의 일종인 당고와 비슷하게 취급되었고, 대마도의 상류층에게 유행하고 있었다.

"거기 두고 물러가라. 지금은 그런 걸 먹을 기분이 아니야."

그렇게 물러난 사다모리는 생각했다.

'이런 꼴을 보려고 내가 출병한 게 아닌데… 매일 이렇게 비위 맞추는 것도 신물이 날 지경이로군. 그래도 여기까지 와서 주인을 바꿀 수도 없으니… 어쩔 수 없군.'

이제 와서 오우치에게 항복한다 해도 안위를 보장받을 수 없는 데다 조선에 원군을 처한 상황이라, 노리요리를 버릴 수 없는 사정이 된 사다모리는 다음 날, 재개된 공격을 막기 위해 마음을 다잡고 직접 산성의 외곽에 나섰다.

"모두 죽을 각오를 하고 목책을 사수하라! 나도 너희와 함께하겠다."

그렇게 지휘를 포기하고 틀어박힌 노리요리를 대신해 나선 사다모리는 가신들을 이끌고 사다리를 타고 산성 외곽의 목책을 넘어 들어온 오우치의 선봉대를 직접 베어 전멸시켰다.

"우오오오!"

그 광경을 전부 지켜본 히젠과 쓰시마 연합군의 사기가 치솟았다.

"히젠과 쓰시마의 장정들이여. 앞으로 열흘이다! 그때까지만 버티면 저들의 식량도 바닥이 날 것이다. 버틸 수 있겠느냐?"

"할 수 있습니다!"

"그렇다면 너희의 의기를 적들에게 보여라. 반드시 사수해야 한다!"

"알겠습니다!"

"하루씩 버틸 때마다, 내가 너희에게 따로 특별한 상을 내려주겠다. 할 수 있겠느냐?"

"우와아!"

그렇게 사다모리가 지휘를 맡아 산성에서 일진일퇴의 공방전이 벌어지고 있을 때, 본대보다 한발 앞서 카지미네 산성을 향해 이동하던 조선군의 척후대는 히젠의 촌락을 약탈하던 오토모의 병력을 발견했다.

＊　　　　＊　　　　＊

"천호 나리, 깃발의 문양을 보니 저들은 대우씨(大友氏)의 병사들인 듯합니다. 어찌하시겠습니까?"

"일단 이대로 지켜보자꾸나."

그렇게 후방의 아군에게 소식을 전할 전령을 보낸 척후대는 숲에 숨어 적들의 행동을 관찰했다.

"촌민과 식량을 한데 모아놓은 것을 보니, 저들을 잡아가려는 듯한데……."

몸을 숨긴 채 망원경으로 관찰하던 와중에 병력의 수와 무장상태를 파악하니, 창과 검으로 무장한 오십여 명에 불과한 것을 보고 척후대의 지휘관인 대마 천호 김적이 말했다.

"아무래도 저놈들이 저 많은 촌민과 짐을 나르면서 이동하다 보면, 행군 중인 아군을 발견하게 될 수도 있다. 그러기 전에 우리가 나서야겠어. 모두 궁을 꺼내라."

"명을 따르겠습니다."

그렇게 각자 궁을 꺼내 든 이십 명의 척후들이 말을 몰고 오토모의 병사들에게 달려들었다.

"어! 대장, 저쪽을 보십쇼."

난데없이 뛰어오는 기마병들을 본 병졸이 소리를 지르자, 그들의 지휘관 역시 놀랐지만 금세 평정심을 되찾곤 지시를 내렸다.

"다들 모여서 진형을 갖춰라!"

기마한 조선군을 발견한 오토모의 병사들이 급하게 밀집 대형을 갖추고 창을 앞으로 내밀었다.

"적은 소수다. 침착하고 진열을 유지해라!"

왜국의 상식으론 기병이란, 말을 타고 움직이다가 적과 마주치면, 말에서 내려서 싸우는 무사들이었다.

그런 인식을 가지고 있던 오토모군의 지휘관은 진형만 잘 갖추고 있으면, 병력이 많은 아군이 지극히 유리할 거라 믿었다.

그렇게 달려들던 조선군의 병력이 오토모군의 진형 이십여 보 앞에서 갑작스레 방향을 틀자, 자신의 판단이 옳았음을 느끼고 부하들을 독려했다.

"저것 봐라! 적군은 우리에게 겁을 먹었ㅡ"

ㅡ 슈욱.

그 말을 하기가 무섭게 조선군은 말 위에서 화살을 날렸고,

부하들을 독려하던 지휘관의 양 볼을 뚫고 화살이 박혀서 하던 말을 마칠 수 없었다.

그렇게 사각형의 방진을 구성한 오토모군은 정체불명의 군과 교전을 벌이게 되자, 말의 기동력을 따라갈 수 없는 보병들만 일방적으로 하나둘씩 쓰러져 갔다.

오토모군의 병사 중 몇 명은 가지고 있던 장궁을 꺼내 반격해 보았지만, 전혀 맞히지 못해 화살을 허무하게 낭비하고 말았다.

그렇게 척후병들이 일각 정도 방진을 돌며 일방적인 기사를 퍼붓자, 지휘관을 비롯한 다수가 목숨을 잃었고, 살아남은 다섯 명의 병력은 무기를 버리고 항복의 뜻을 밝혔다.

"혹여 다친 이가 있는가?"

"아군의 피해는 전무합니다."

"다행이군. 항복한 놈들은 끌고 가서 심문하도록 하지. 자네는 촌민들을 진정시키고, 피신하라 이르게."

김적의 명을 받은 척후병이 대마도에 주둔하며 배운 서툰 왜어로 촌민들에게 말했다.

"여기 위험, 너희들 빨리 피신."

그러자, 구원받은 촌장이 척후병에게 절을 올리며 감사를 표했고, 자신들에게 말을 건넨 척후병에게 물었다.

"나리. 저희가 어디로 가야 합니까?"

"몰라, 도망가라."

촌장의 말을 잘 알아듣지 못한 척후병이 재차 자신의 할 말만 하고 사라지자 촌장은 빼앗겼던 식량들을 모아 인근의 산속으로 피난했다.

"촌장님, 방금 저들은 어디서 온 군대일까요?"

"모르겠군. 생전 처음 보는 복식의 군대였는데, 다른 쿠니에서 온 군대가 아니겠나. 말투를 듣자 하니, 이 근방 사람은 아닌 듯하고, 물 건너 동쪽 출신이 아니겠는가?"

"아아. 그렇겠군요. 그건 그렇고 참 신기하네요. 어떻게 말을 타고 저렇게 활을 능숙하게 쏠 수 있을까요? 히젠의 고명한 무사 중 누구도 저런 재주는 흉내 낼 수 없을 거 같습니다."

"그러게 말일세. 슈고를 구원하러 온 선봉대 같던데, 큰일일세. 전쟁이 더 길어지겠군."

"그러게요. 누가 이기든 간에 빨리 전쟁이 끝났으면 좋겠습니다."

*　　　*　　　*

히젠에 출진해 출병한 목적을 충실하게 달성하고 있던 오토모 치카시게는 좋지 못한 소식을 접했다.

"약탈하러 출진했던 부대 몇의 행방이 묘연하다고?"

"예, 그렇다고 합니다."

"쇼니 쪽에서 이런 상황도 염두에 두고 별동군을 운영 중인

가 보군. 쇼니가 애송이의 심계가 예상보다 깊구나. 아니면 그
놈의 부하들이 우수한 것인가."

오토모의 군은 공을 양보한다는 핑계로 공성전을 오우치에
게 전부 떠넘기면서 성에서 철군했고, 히젠의 백성들을 납치
하고 식량을 비롯한 물자를 약탈하는 데 힘썼다.

그렇게 한 달가량 약탈과 납치 작전을 시행하다 보니, 예전
에 강탈당한 유황의 손해를 만회하고 몇 배의 이득을 더 볼
수 있었다.

일부의 마을에선, 히젠국보다 잘사는 분고국의 소문을 듣
곤 오히려 오토모군을 환영하기도 했다.

"그래도 이득을 봤으니, 적당히 물러날 때가 온 건가?"

"속하도 주군의 말씀이 옳다고 생각하옵니다. 슬슬 발을 뺄
시기가 된 듯합니다."

"그래, 철군할 채비를 갖추고 촌민들부터 호위해서 먼저 본
국으로 보내거라. 우린 성을 공격하는 시늉만 하고, 적당한 명
분만 갖추고 철군하는 게 좋겠어."

"명을 따르겠습니다."

그렇게 이마리(伊万里) 부근에서 진을 치고 있던 오토모의
군이 수송대와 히젠의 백성들을 먼저 보내고 나서, 본국을 향
해 이동하던 중 전혀 예상하지 못했던 일이 일어났다.

*　　　　*　　　　*

대마절제사 최숙손은 행군 칠 일째에 큰 숲을 우회하다가 최소 오천은 될 법한 왜군을 정면에서 마주치곤, 급작스럽게 태세를 정비하고 포진을 해야 했다.

"척후의 기별도 없이 왜군과 마주치다니, 이게 대체 무슨 변고인가."

최숙손이 황당한 심정으로 말을 하자, 그의 부관이 참담한 표정으로 대답했다.

"아무래도 척후들이 타국의 지리에 밝지 못해, 실수를 한 듯합니다. 송구합니다."

"지금 비전국을 침략한 대우씨와 대내씨의 병력은 전부 미봉성을 공격 중이라고 하지 않았던가? 군의 규모와 깃발의 문양을 보아하니, 저들은 대우씨의 본대인 듯한데… 여기서 마주치다니 이상하군."

그러자 조선군을 따라 길 안내를 하던 종성국이 당황한 기색으로 역관을 통해 말했다.

"종씨가 말하길, 자신이 일전에 받았던 소식엔 분명 그랬었다고 합니다. 이 일은 종씨도 예상하지 못했다고 합니다."

"설마 성이 함락이라도 된 것인가… 이러면 곤란한데."

"영감, 어찌하시겠습니까?"

"적군을 눈앞에 두고 어찌 이대로 물러날 수 있겠는가? 낌새를 보니 저들도 우릴 보낼 생각 따윈 없는 듯하네. 화포를 준비하라."

그렇게 서로 남의 싸움판에 끼어들어 이득을 보려던 양측의 군대가 예상치 못한 상황에서 격돌하게 되었다.

*   *   *

분고국의 영주 오토모 치카시게는 남의 싸움에 끼어들어 막대한 전리품을 거두고 공성전이 벌어지는 산성으로 행군하던 중, 근처에 커다란 마을이 있다는 보고를 받고 그곳의 재화와 사람도 마저 거두기 위해 즉흥적으로 귀환 경로를 변경했다.

하지만 그들과 마주친 건, 마을이 아니라 소속과 정체를 알 수 없는 군대였다.

"저들은 누구지? 설마 저들이 쇼니 별동군의 주력인 건가?"

"주군, 병졸들이 보고하길, 소츠(帥)라고 적힌 깃발 말곤 쇼니의 문장이 보이지 않는다고 합니다. 어쩌면 우리가 잘 모르는 바다 건너 쿠니(國, 나라)에서 온 군대일지도 모릅니다."

"그래? 그 꼬맹이가 다른 영주들 무서운 줄도 모르고, 다른 쿠니에서 군을 빌려온 것인가. 내가 그 녀석을 너무 과대평가한 듯하구나."

"어떻게 하시겠습니까?"

"마침 잘되었어. 저들의 군세도 우리보다 한참 적으니, 철군하기 전에 건방진 꼬맹이의 헛된 희망을 꺾어주고 가야겠지.

이참에 오우치 놈들에게 적당한 핑계도 댈 수 있겠어."

"주군, 저를 선봉으로 내보내 주시옵소서."

"아닙니다, 여기선 제가!"

오토모의 무사들은 그간 별다른 공적을 세울 기회도 없이 민간 약탈 작전에 치중했고, 적당한 규모의 군대와 싸워 공적을 세울 기회가 오니 너 나 할 것 없이 달려들었다.

"그만! 여기선 후루타가 나서는 걸로 정하겠다."

"감사합니다, 주군! 제가 반드시 적장의 목을 베어 주군께 바치겠나이다."

그렇게 선봉에 나선 후루타 마사노리(古田雅規)는 보병 이천을 이끌고 그들의 관습대로 말을 타고 적군에게 접근해 나노리(名乗り, 자기소개)를 시작했다.

"적도들의 수장은 들거라! 본인은 분고의 정당한 국주이신 오모토공의 수하이며, 그분의 가신이자 명문인 후루타 가문의⋯ 어?!"

그러나 그의 말은 끝까지 이어지지 못했다. 들어본 적 없는 굉음이 연달아 울렸고, 뒤를 이어 정체불명의 구체들이 수십 발가량 아군을 향해 날아가고 있는 광경이 보였기 때문이었다.

— 쾅! 쾅! 쾅!

"이 치졸하고 순리도 모르는 적도의 수괴여! 이름을 밝혀라—!"

폭음이 울린 직후 아군의 방향에서 뭔가 변고가 일어났고, 후루타는 어깨 부분에 통증을 느꼈다. 자세히 살펴보니 무언가 갑옷을 뚫고 어깨에 스치고 지나가 피가 흘러내리고 있음을 알 수 있었다.

"이… 이건 대체 뭐야?"

그러나 후루타는 아군과 자신에게 무슨 일이 일어났는지 알아보려 했다. 하지만 그의 의문을 풀 시간도 없이 후속 공격이 이어져 후루타는 온몸에 구멍이 뚫린 채로 생을 마감했다.

*   *   *

"방금 그놈은 차려입은 걸 보니 장수인 듯싶은데, 무모하게 앞으로 나선 걸 후회하며 죽었겠구나."

장졸들에게 화포와 화승총으로 공격을 지시한 최숙손이 망원경으로 그 광경을 지켜보다 부관에게 말을 걸었다.

"죽기 전에 뭐라고 외친 걸 보면, 전령이나 사신 같은 이가 아니었을까요?"

"양군이 포진을 하고 전투를 개시했는데, 중무장한 사신을 보내는 관습이 있겠나? 무용을 믿고 군공을 탐내 단기결전이라도 청하러 나온 장수였겠지."

그런 그들의 대화를 통역을 통해 건네 들은 대마도주의 동생인 종정국은 내심 답답했는지, 통역을 통해 최숙손에게 말했다.

"영감. 종씨가 말하길, 그런 의도가 아니라 저 장수는 선봉장이며, 나노리라고 부르는 왜의 관습을 시행하러 나선 것이라고 합니다."

"음? 그게 뭐냐고 물어보거라."

그러자 종정국에게 자세한 설명을 들은 역관이 다시 말했다.

"왜국의 전쟁 풍습이라 하며, 관직과 가문을 소개하고 이름을 밝힌 뒤, 전쟁의 개시를 알리는 관례의 일종이랍니다."

"그래? 별 쓰잘데기없는 짓을 다 하는군. 급박한 전쟁에서 저런 짓을 할 여유가 어디 있다고."

"그래도 왜장들에겐 중요한 일이라고 합니다."

"혹여 그렇다고 해도 굳이 우리가 그들에게 맞춰줄 필요는 없지. 이봐, 전열의 총통위병과 보군을 전진하라고 명을 전달하고, 화포 공격은 내가 그만하라고 할 때까지 하라 일러라."

최숙손의 명이 부관을 통해 전달되자, 조선의 최고 정예 부대인 총통위의 세 중대가 조선군의 선두에 서서 팽배수를 비롯한 보군들과 같이 적군을 향해 움직였고, 이에 대응해 대우 가문의 창병들과 보병들이 대열을 갖춘 채 이동했다.

대우가의 창병들은 이어지는 조선군의 비격진천뢰 공격에 다수의 병력이 다치거나 사망했고, 어떤 부대는 전투 능력을 완전히 상실해 퇴각하기도 했다.

살아남은 부대들도 혼란에 빠진 와중에 지휘관들이 본보기용 즉결 처형을 통해 사기를 다잡고 억지로나마 진군을 계속하게 만들었다.

그렇게 대우군의 선봉이 약 백여 보(180미터)가량 접근했을 무렵, 선두에 위치한 총통위가 먼저 이동을 멈추고 사격할 준비를 갖추기 시작했고, 나머지 보군들도 차례대로 진형을 전개하기 시작했다.

사격 준비를 마친 사이 적들이 육십 보에서 칠십 보가량 접근하자, 총통위의 지휘관이 지시를 내렸다.

"방포."

*　　　　*　　　　*

오토모군은 진군하면서 알 수 없는 공격에 수많은 아군들이 죽어나가는 것을 보았고, 지휘관들도 겁을 먹은 와중에도 자신의 책무를 지키려 필사적으로 군을 진군시켰다.

그리고 마침내 살아남은 아시가루 부대가 정체불명의 적군과 거리가 가까워지자, 그들의 지휘관이자 오토모의 가신인 히비키(響)는 자신과 부하들을 격려할 겸 크게 소리를 질렀다.

"봐라! 저들의 공격이 멈췄다! 어떻게든 접근만 하면 우리가 이길 수 있다. 가자!"

그런 말을 한 본인도 자신의 말에 확신을 가지진 못했지만, 대장인 그가 불안한 기색을 보이면 끝장이란 생각에 아무렇지도 않은 척하며 부하들을 독려했다.

'멘구(面具, 투구의 가면) 덕에 표정이 드러나지 않아 다행이군.'

그렇게 적의 선두와 칠십 보 정도로 거리가 가까워지자, 적
군의 편성을 볼 수 있었다.

자신들과 비슷한 길이의 장창을 든 병사들이 질서 정연하
게 방진을 갖춘 채로 서 있었고, 그 사이로 창이 아닌 병기를
들고 있는 병사들이 그들을 기다리고 있었다.

바로 그때 생소한 소리와 함께 수없이 많은 연기들이 뿜어
져 나왔다.

"대체 저게 뭐지?"

그의 의문은 선두에 선 부하들의 반응으로 해결되었다.

"으아악! 으아아아!"

"커허억… 쿨럭."

"살려줘!"

그들의 입장에선 정체 모를 단 한 번의 일제사격으로 가장
앞에서 전진하던 부대의 병력 중 백여 명이 넘게 죽었으며, 살
아남은 이들도 그 자리에 주저앉거나 누운 채로 피를 흘리면
서 비명을 지르고 있었다.

'대체 무슨 일이 일어난 거지? 뭐가 날아온 건가?'

히비키는 오토모군이 앞서 당한 공격은 머리 위로 구체들이
날아오는 것이 눈에 보였기에, 그것들이 조화를 부린 것이라고
어림짐작할 수 있었지만, 지금은 눈에 보이지도 않는 공격에 당
했기에 병사들이 왜 쓰러진 것인지 도저히 알 수 없었다.

"전진해라! 전진! 여기까지 와서 후퇴는 없다."

오토모군은 아직 온전한 병력이 많았기에 근접하면 병력의 수로 압도할 수 있다는 일말의 희망을 품고 전진을 계속했다.

선봉을 이끄는 지휘관들은 이제 와서 병력을 후퇴하면 더 큰 피해를 볼 것이라는 판단을 했고, 오토모군의 수장인 오토모 치가시게 역시 후방에서 전황을 지켜보며 전진을 종용했기 때문이었다.

적과 근접하자 조선군이 진형을 정비하며 사격을 잠시 멈췄고, 창병과 총병의 혼성진을 전개 중인 조선군과 대면한 오토모의 선봉군이 공격을 개시했다.

"창을 세워라!"

지휘관의 명령에 맞춰 창을 세운 아시가루들이 명령을 기다렸고.

"내려쳐라!"

― 타타타타탕!

오토모의 아시가루들이 장창을 내려쳐 조선군을 공격하는 사이, 화승총의 근접사격으로 앞 열의 병력의 다수가 사망했고, 총통위의 창병들이 창대를 세워 방어에 나섰다.

이어진 오토모군의 장창 공격은 조선군에게 별다른 피해를 주지 못했다. 어쩌다 투구 위로 창을 맞아 기절하거나 어깨에 창을 맞아 다친 총통위 병사들이 나오긴 했으나, 그들 중 사망한 이는 아직 없었다.

오히려 오토모 군이 총을 맞고 죽은 병사들의 공백을 메우려 후열의 병사들을 전진시키는 순간, 재장전을 마친 총병들의 근접사격에 고스란히 노출되어 더 큰 피해를 입어야 했으며, 뒤이어 탄환을 재장전하는 사이엔 창병들이 총병을 방어하면서 창으로 아시가루들을 공격했다.

오토모군의 예상과 다르게 조선군이 전혀 밀리지 않는 모습을 보이자, 병사들이 절망에 빠지기 시작했다.

"어떻게 저럴 수가 있지? 저놈들은 대체 뭐야?"

무표정한 얼굴로 오토모군의 공격을 받아 쓰러진 동료들에겐 눈길 한 번 주지 않은 채, 숙달된 움직임으로 반복적인 공격을 수행하는 총통위병들을 본 오토모의 병사들은 이해할 수 없는 공포에 질렸고, 그 결과는 곧바로 패주로 이어졌다.

"모두 도망가, 여기 있다가 전부 죽을 거다!"

일부 병사들이 고함을 치면서 제멋대로 진을 이탈하자 지휘관들이 고함을 질렀다.

"이놈들! 가긴 어딜 간단 말이냐. 당장 자리를 지켜!"

하지만 어떻게든 진형을 유지하려던 지휘관들 역시 조선군의 총에 맞아 명을 달리했다. 살아남은 오토모군의 선봉대는 제멋대로 도망치기 시작했고 그중엔 히비키를 비롯해 간신히 살아남은 지휘관들도 있었다.

"저놈들은 어디서 온 군대인 거냐? 전방에선 대체 무슨 일이 벌어지고 있는 거야!"

오토모 치가시게는 후방에서 전황을 살피다가 분통을 터뜨

리며 소리를 질렀고, 그의 가신 중 한 명이 물음에 답했다.

"저희도 도저히 알 수가 없습니다. 다만 추측건대, 대륙 쪽에서나 사용한다는 화약병기들을 사용한 것 같습니다."

그러자 오토모는 전투를 하기 전에 품었던 안이한 생각도 전부 잊고, 부하들의 탓을 하며 고함을 질렀다.

"저런 군대가 쇼니를 도우러 왔고, 우린 완벽하게 허를 찔려 당하고 있는데, 그 전까지 아무도 저들을 알아채지 못한 게 말이 되나? 대체 그동안 네놈들은 뭘 했어!"

그러자 오토모 가문의 가신 중 가장 신임을 받는 나가노가 나섰다.

"저희의 잘못으로 주군께 누를 끼쳤으니, 제가 대표로 배를 갈라서 사죄하겠습니다."

오토모는 할복으로 사죄하겠다는 나가노의 말을 듣고 정신을 차렸고, 약간은 진정한 말투로 명령을 하달했다.

"자네가 할복할 필요는 없다. 그래도 귀환하면 이 일에 대해 모두의 책임을 물을 테니, 각오하거라."

"주군의 자비에 감사드립니다."

"모든 병력에게 후퇴 명령을 내리고, 추격을 저지할 부대를 편성해 저들의 발을 묶어두어라."

"주군, 속하가 나서겠습니다."

나가노가 자청해서 후위를 맡겠다고 하자, 모두가 그를 만류했다.

"나가노 공, 제가 대신 나서겠습니다. 공께서 여기서 잘못되시면, 누가 주군을 보필한단 말입니까?"

"그렇습니다. 차라리 저희가 제비를 뽑아 결정할 테니, 공은 주군을 안전하게 모시고 퇴각하시지요."

그렇게 제비로 조선군의 추격을 저지할 장수가 뽑혔고, 오토모군은 단 한 번의 교전으로 총 오천의 병력 중에서 천 명가량의 병력 손실을 보고 퇴각하기 시작했다.

이는 쇼니의 영지에서 약탈로 거둔 이득을 모두 합쳐도 만회하지 못할 만한 손실이었다.

＊　　　＊　　　＊

"절제사 영감, 저들이 퇴각 중이라고 합니다. 어찌하시겠습니까?"

"지리도 잘 모르는 적지나 다름없는 이곳에서, 무리하게 추격할 필요는 없지. 척후를 보내 적군의 행방을 파악하라, 그리고 아군의 병력 상황을 확인하고 다친 병졸들을 돌보라 이르게."

"명을 따르겠습니다."

조선군은 그렇게 아군의 피해를 파악하면서, 방금 사용한 화약과 포탄, 그리고 탄환의 양을 확인했다.

"예상치 못한 지점에서 승전했으니, 쓰려던 전략을 바꿔야겠구나. 제장들을 소집하라."

최숙손은 가용한 병력도 적고 원정 중인 조선군의 사정을 고려해 산성에서 공성 중인 적의 후방을 점령한 다음, 그들을 위협하면서 천천히 포위를 풀게 할 전략을 짜고 군을 움직이고 있었다.

하지만 예상치 못한 서전에서 거둔 승리로 인해 다른 전략을 구사하는 것도 가능해진 것을 깨닫게 되자, 단기간에 전쟁을 끝낼 새로운 전략과 계획을 휘하의 장수들과 논의하기 시작했다.

제5장

미봉성 전투

　농성 중인 미봉성을 정찰하고 온 척후병의 보고를 들은 최
숙손은 전황이 소씨 쪽에 불리하게 돌아가고 있다는 걸 듣곤
급속행군을 지시했다.

　그렇게 이틀 만에 미봉성에 도착한 조선군은 곧바로 교전
을 준비했다.

　"다들 들었겠지만, 우리의 임무는 지친 아군이 휴식하면서
전투준비를 마칠 때까지 시간을 벌어주는 것이다. 가자!"

　겸사복 휘하 철갑기병의 지휘관이자 겸직 대마부사(大馬府使)
인 정상현이 기병대원들과 기마에 능한 척후병들까지 전부 소집
해서 중무장을 시키고 적의 후방을 향해 돌진했다.

정상현은 대기마전이 아닌 왜국의 보병을 상대로 한 긴 싸움을 염두에 두었기에, 기병대에게 기병창과 보조 무기 말고도 예비무기로 철퇴를 비롯한 여러 장비를 준비시켰다.

정상현이 지휘하는 기병대가 천천히 달리다가 속도를 올리기 시작하자, 포위진을 구성하고 있던 오우치의 군사들이 모여 고함을 지르면서 그들을 저지하려 나섰고, 곧장 궁수들이 활을 쏘아 그들을 공격했다.

정상현이 포위선을 따라 길게 늘여져 있는 병력의 배치 상태를 보고 생각했다.

'저들의 포진과 대처를 보니, 마군(馬軍, 기병)을 어찌 상대해야 할지 잘 모르는 것 같군. 어쩌면 북쪽의 야인들보다 손쉬운 상대일 수도 있겠어.'

정상현이 지난 북방의 난 종군 경험을 떠올리곤, 그대로 말의 속도를 올리면서 신호를 보내 소대 단위로 분산해서 뭉치게 한 봉둔진(蜂屯陣)의 진형을 기다란 일자진으로 바꾸었다.

"거창하라!"

정상현이 선두에서 선창하자, 그의 말을 받아 철갑기병 대원들이 외쳤다.

"거창—!"

이백의 철갑기병이 선두에 섰고, 뒤편엔 경번갑으로 무장한 척후병들이 그 뒤를 따랐다. 철갑기병대가 오우치군의 화살 공격을 전부 몸으로 받아내면서 왜인의 진형으로 들이닥쳤다.

철갑기병대의 기병창이 적들의 몸을 관통하면서 공격이 시작되었고, 그들이 탄 말의 발굽이 공격을 받고 쓰러진 이들을 짓밟았다. 그 뒤를 따라 편곤을 든 척후병들이 살아남은 이들의 머리를 투구째로 박살 내면서 지나갔다.

첫 돌격으로 한 줄로 길게 늘어서 있는 오우치군의 일자진을 문자 그대로 지워 버린 기병대는 곧바로 선회하면서 추행진으로 변경해 그들의 진의 옆면을 공격하면서 이동해 선을 지우기 시작했다.

*   *   *

미봉성의 외성 관문과 목책을 돌파하고, 산꼭대기에 있는 내성의 마지막 보루인 내수문(內守門)과 내성을 둘러싼 목책을 공격하고 있던 오우치군에겐 청천벽력과도 같은 소식이 전해졌다.

오우치가의 가주이자 부젠(豊前)의 국주인 오우치 노리히로(大內教弘)는 소식을 들고 온 당사자에게 물었다.

"쇼니의 구원군이 왔다고? 적의 규모는 어느 정도였느냐?"

조선의 선봉대와 싸우다가 간신히 목숨을 건진 오우치의 가신 사이조가 차마 말을 제대로 잇지 못하고 고개를 숙였다.

"그… 그것이……."

"대체 적의 규모가 어느 정도길래 그러느냐."

"제가 본 것은 기마 무자(武者) 사백여 명이었습니다."

"겨우 그 정도로 호들갑을 떤 거냐? 이제 곧 성이 함락될 텐데, 그 정도 병력으론 대세에 영향을 주지 못한다."

"주군, 그들에게 제가 지휘하던 부대가 궤멸당했습니다. 죽여주소서!"

"뭐가 어쩌고 어째? 사백의 적에게 천 명의 군사가 궤멸이라니! 그게 대체 말이 되냐? 넌 대체 뭘 했어!"

"그들은 사람이 아니었습니다. 어찌 사람이 그런……."

사이조는 말에 탄 채로 아군을 학살한 것도 모자라, 낙마하고도 몸을 구른 뒤 다시 일어나, 들고 있던 철퇴로 자신을 호위 중이던 부하들을 때려죽이면서 전진하던 철거인들을 떠올리곤 공포심에 몸을 떨었다.

"지금 그딴 말을 할 때인가? 먼저 적에 대해 파악된 걸 자세히 이야기하라."

그때 전령이 뛰어 들어와 오우치에게 고했다.

"슈고, 적습입니다! 이천가량의 적군이 아군의 후방을 향해 진군하기 시작했습니다."

"뭐? 사백의 기마 부대는 그들의 선봉이었던 건가? 어디서 온 군대인지는 알아냈느냐?"

"발견한 이들도 그들의 소속을 알 수 없었다고 합니다."

보급대를 제외하고 육천의 군병을 출정시킨 오우치는 산성 주위를 길게 포위하는 진형을 짜고 있었고, 공성 중 전사한 병졸이 칠백이 넘은 데다 부상자의 수도 오백이 넘었다.

게다가 방금 후방에 위치하던 천 명의 부대가 전투 불능이 되었다고 하니, 오우치의 마음이 급해졌다.

"이렇게 된 이상 어쩔 수 없군. 쉬고 있던 교대 병력을 전부 내수문 방면에 투입해라. 이렇게 된 이상, 빠르게 쇼니의 애송이를 산 채로 붙잡아야겠군."

마음이 급해진 오우치는 휴식 중이던 병력마저 전부 공성에 투입하면서, 자신은 친위대와 산성을 포위 중이던 병력을 한곳으로 집결해 점령한 외성의 목책을 보강하면서 수성할 준비를 시작했다.

*　　　　*　　　　*

그 시각 내성에 있던 소 사다모리는 휴식 중이던 히젠과 쓰시마의 병졸들을 모아 흰쌀밥을 배불리 먹였고, 일전에 그들에게 약속한 포상으로 가져온 설탕을 한 줌씩 나누어 주었다.

"나리, 죽기 전에 이런 귀한 것을 맛보게 해주셔서 감사합니다."

"잘 먹고 싸워서 이기라고 주는 것이니, 살아남을 생각부터 해라."

"예, 예. 그래야지요."

짧다면 짧고, 길다면 길 수 있는 보름 남짓한 시간 동안 병졸들과 같이 먹고 자면서, 그들을 지휘해 수성전을 치르고 있는 사다모리는 연합군 병사들과 격의 없이 지낼 수 있었고, 가끔은 농담을 주고받을 정도로 가까워졌다.

"나리, 적들이 내수문 인근에서 총공세를 펼치고 있다고 합니다. 아무래도 직접 보셔야 할 것 같습니다."

"그래? 저들도 마침내 한계가 온 것이로구나. 너희도 들었느냐? 적의 마지막 공격이 시작되었다고 한다. 그러니 이번만 버텨내면 우리의 승리인 것이다!"

"오우!"

"가자! 싸워서 적도들을 몰아내자!"

하루 동안 쉬면서 배를 채우고, 설탕으로 당분을 보충한 병사들의 사기가 하늘을 찔렀고, 사다모리는 그들을 이끌고 수성전에 나섰다.

"적들은 우리가 파둔 우네보리(畝堀, 해자) 때문에 일렬로 올라올 수밖에 없으니, 정면의 적만 공격해라! 오늘의 목표는 한 사람당 적군을 세 놈씩만 죽이는 거다. 더도 덜도 말고 딱 세 놈이다. 알겠나?"

"알겠습니다!"

산꼭대기의 본성을 지키는 내수문과 주변을 둘러싸고 있는 목책 아래엔 가로가 아닌 세로로 여러 개의 해자가 파여 있고, 그것은 적의 이동 경로를 일직선으로 제한하기 위해 만들어둔 것이었다. 직각이 아닌 삼각형의 경사면으로 해자를 파두었기 때문에, 해자를 무시하고 이동하려다간 경사면에 미끄러지기 십상이었다.

연합군이 그렇게 일렬로 접근한 적에겐 목책 뒤에서 장창으로 공격하고, 후열의 적에겐 화살을 퍼부어가며 치열한 전투를 벌이고 있을 때, 사다모리에게 잊을 수 없는 반가운 소리를 들려왔다.

적의 입장이었을 땐 무서운 소리였지만, 입장이 바뀌고 보니 감미롭게 느껴지기까지 했다.

짧게 울리는 마른천둥과도 같은 소리가 연달아서 울리자, 사다모리는 확신했다. 기다리고 있던 구원군이 드디어 왔음을.

*　　　　*　　　　*

"여기서 가져온 화약을 다 쓰는 한이 있어도 속전속결로 적군을 처리한다. 계속 쏴라!"

최숙손의 지시에 따라 조선군의 공격이 시작되었다.

― 쾅! 쾅!

조선군은 가져온 화포를 총동원해 비격진천뢰 공격으로 전투의 포문을 열었고, 오우치군의 진영으로 날아간 비격진천뢰가 터지면서, 사방으로 흩날리는 파편들이 수성을 위해 외성 안에 밀집해 있던 오우치군에게 치명적인 타격을 주었다.

생전 처음 보는 화포 공격에 당황한 오우치군의 초동 대응이 미흡하여 수성을 위해 모여 있던 병력 이천 중 2할가량이 한 번의 일제사격으로 순식간에 전투 불능 상태가 되었다.

오우치가 간신히 정신을 차리고 병력을 외성에 있는 건물 안에 대피시켰을 때, 병력의 절반가량이 죽거나 심각한 상처를 입었으며 지휘관들도 예외는 아니었다.

이각 정도 이어진 비격진천뢰 공격은 조선군이 가져온 비축량의 8할 정도를 소모한 채 끝이 났고, 그 뒤를 이어 총통위의 혼성 부대와 대마군영 소속 팽배수, 그리고 겸사복 무관들이 외성을 향해 진격하기 시작했다.

뒤늦게나마 화포 공격이 멈춘 것을 인지한 오우치군이 화살을 쏘아 조선군에게 반격을 시작했지만, 이미 사기가 떨어질 대로 떨어진 오우치군의 화살 공격은 팽배수들의 강철방패에 막혀 피해를 주지 못했다.

그때 팽배수들의 뒤에서 방패로 보호받고 있던 총통위의 총병들이 기다란 선형진으로 진형을 변경하고 앉은 자세로 일제히 사격을 개시했다.

그들이 발사한 탄환은 순식간에 수십 명의 목숨을 거두어 갔고, 영문 모를 공격에 당한 오우치군은 목책 뒤로 몸을 숨겼다.

몇 차례 이어지는 조선군의 사격으로 공포에 질려 오우치의 군사들이 반격할 엄두를 내지 못하자, 팽배수들과 겸사복 무관들이 외성에 진입했다.

대마부사 정상현은 겸사복 무관들과 총통위 소속 창수들을 지휘해 적군을 소탕하며 외성의 출입문을 점령하고 본대의 진입로를 확보했다.

"부사 영감, 무관들이 적도인 대내씨의 수장을 사로잡았다고 합니다."

"그래? 절제사 영감께서 기뻐하시겠구나. 비록 지금 사정상 적군이긴 하나 왜국의 영주이니, 역관이 올 때까진 내가 그를 감시하고 있어야겠구나. 이곳으로 그를 데려오거라."

그렇게 무장이 해제된 채로 외성의 문으로 끌려온 오우치가의 수장 오우치 노리히로는 수하들과 함께 조선군의 포로가 되었다.

*   *   *

"슈고, 우리가 승리했습니다! 조선군이 도착해 전투를 벌였고, 오우치의 가주를 사로잡았다고 합니다."

"뭐? 그게 정말이냐? 진짜 우리가 이겼어?"

"예! 그렇습니다. 내수문을 공격하던 오우치군이 물러났고, 조선군의 전령이 도착해 있사옵니다."

"하… 하하… 으하하하! 정녕 우리가 이겼단 말이지? 신님께서 정녕 우리를 버리지 않으셨구나!"

자신도 전전대 가주처럼 죽을 거란 공포심에 사로잡힌 채 내성에 틀어박혀 식사도 거르던 쇼니 노리요리는 시동이 가져온 갑작스러운 승전 소식에 살았다는 실감이 들었고, 그러자 그가 잊고 있던 식욕이 돌아와 갑작스러운 허기가 밀려왔다.

"허. 배가 고픈 걸 보니, 꿈이 아니라 실제가 맞구나. 아하하!"

"슈고. 송구합니다만, 식사를 준비하려면 시간이 좀 걸릴 것 같습니다."

"아니다. 먼저 조선에서 온 전령부터 만나보지. 내가 비록 추태를 부리긴 했지만, 이런 일마저 사다모리 공에게 맡길 수 없지 않겠느냐."

어느새 사다모리는 제정신을 차린 노리요리에게 놈에서 공으로 명칭이 승격되었고, 노리요리는 전령을 맞이하기 전에 깨끗한 옷으로 갈아입던 와중에 품속에 있던 조선제 사탕을 발견하였다.

'그러고 보니 전에 사다모리 공이 이걸 진상하면서 귀한 당고라고 했었지. 어디 한번 먹어볼까?'

종이로 포장된 사탕을 벗겨내고 사탕을 입안에 넣은 노리요리는 이제껏 살면서, 알고 있었던 단맛이라는 개념은 전부 잘못돼 있었다는 것을 실감하며 눈을 감고 몸에 스며드는 단맛에 취했다.

"주군! 혹여 제가 무례를 범했다면, 부디 한 번만 용서해 주시옵소서."

옷을 갈아입는 걸 돕던 시종이 엎드려 죄를 청하자, 노리요리가 눈을 떴다.

"갑자기 왜 그러느냐? 일어나거라."

"주군께서 일각가량 미동도 하지 않고 계시기에, 혹여나 속하가 무례를 범한 줄 알았사옵니다."

"그래? 잠깐 여운에 취해 있던 것뿐이다. 일각 정도만 혼자 있게 해다오. 조선의 전령에겐 잠시만 기다려 달라고 전하고."

혼자 남은 노리요리는 사탕을 하나 더 까서 입에 넣었다.

'이게 바로 조선의 맛… 아니, 승리의 맛인가. 앞으로 계속 느껴보고 싶군.'

그렇게 온갖 추태를 부리고도 사다모리와 조선군 덕에 살아남은 쇼니 노리요리는 진심으로 조선에 신종할 마음을 먹었다.

*　　　　　*　　　　　*

조선군의 포로가 된 오우치 오리히로는 최숙손과 대면한 자리에서 통역을 통해 말했다.

"귀국과 본국의 관계는 대대로 나쁘지 않았고, 지속적인 교류를 이어나가던 차에 아무런 기별도 없이 전쟁을 벌이게 되어 유감입니다."

정중한 말투긴 하지만, 비난의 의도가 담긴 오우치의 말을 들은 최숙손이 답했다.

"이 일은 어디까지나, 아국의 신하인 대마 태수 종정성을 구원하러 출병한 것이니, 그대들에게 양해나 허락을 구할 필요는 없소이다. 아조와 그대들이 교류하던 사이긴 하지만 군신 관계는 아니지 않소?"

"그렇다 해도 이곳은 일본국입니다. 세이이타이쇼군(征夷大將軍, 정이대장군)께서 다스리는 아국에 침범한 것을 바쿠후(幕府, 막부)에서 알게 되면 큰 문제가 될 수도 있습니다."

"그러는 그대들은 소이씨와 종씨를 공격할 때 그대들의 국왕에게 허락을 구했소이까?"

"그건……"

"내 자세한 사정은 모르지만, 그대의 가문이 장군이라고 부르는 일본 국왕에게 맞서 반란을 일으켰던 거로 아는데… 내가 알고 있는 게 맞소?"

협상전에 미리 종정국에게 대략적인 옛일 등을 들어 알고 있던 최숙손이 오에이(応永)의 난을 언급하자, 오우치가 당황한 기색을 보였다.

"그것은 어디까지나, 오해가 쌓여 일어난 선대의 일로 지금의 쇼군과는 군신 관계를 회복하고 잘 지내고 있습니다."

"그래요? 오해로 주군에게 반기를 들었던 이들이 아국의 신하를 구원하러 출병한 우릴 비난하다니… 왜국의 법도가 우리와 많이 다르긴 한가 보오."

"……."

조선군의 참전을 외교적 문제로 만들어보려다가 본전도 못 찾고 일방적으로 두들겨 맞은 오우치는 주제를 돌려야 했다.

"쓰시마의 소씨 가문이 조선의 신하이긴 하지만, 이 전쟁은 어디까지나 쇼니가와 오우치가의 일입니다. 우리 쪽에게 아무런 통보 없이 일방적인 공격을 가한 일은 지나친 처사가 아닐지요?"

"소이씨도 일전에 아조에게 신종의 의사를 밝혔으니, 남의 일이라고 할 수 없소. 그대야말로 아국의 신하들을 무단으로 공격한 셈이오."

"그게 정말입니까? 쇼니 가문이 조선의 신하가 되었다고요?"

"그렇소. 전쟁 덕에 인신을 하사받는 정식 절차를 거치지 못했지만 소이씨가 아조에 청해 귀부할 의사를 보였고, 우린 이곳에 정당한 명분을 가지고 출병한 거요. 이걸 받으시오."

최숙손이 역관을 통해 서신을 오우치에게 전달했다.

"이건 제게 온 서신입니까?"

"그렇소. 그건 아국의 예조에서 그대에게 보낸 서신이오."

오우치가 양해를 구하고 서신을 읽어보니, 조선국 예조판서 민의생의 명의로 조선의 신하인 종씨 가문과 소이 가문을 대내전(大內殿)이 멋대로 공격한 일에 대해 좌시하지 않겠다는 내용이 담겨 있었다.

"……"

'이거 큰일이군. 쇼니가의 애송이라면 분명 저들을 등에 업고 보복에 나서려 할 것인데… 잘못하면 내 대에 가문이 사라질 수도 있다.'

전투에서 지고 포로가 된 것도 모자라 명분 싸움에서도 완벽하게 패한 오우치는 이 상황을 타개할 최후의 수를 꺼낼 수밖에 없었다.

"최 공. 오해로 인해 일이 이렇게 되었지만, 제 가문의 뿌리는 옛 백제의 혈통입니다."

"그렇습니까? 제가 고사나 왜의 사정을 몰라 그런 줄은 몰랐군요."

"조선국의 선왕 전하께서도 저희가 옛 백제 땅에 농사짓는 일을 청했을 때, 긍정적인 비답(批答)을 내려 주신 적도 있고, 그전에 조선을 침탈했던 쓰시마의 해적들을 저희가 소탕한 적도 있습니다."

"그래서요?"

"본가의 시조는 백제의 임성태자(琳聖太子)시며, 쇼토쿠 태자께 영지를 하사받아 이 땅에 정착하셨습니다. 그분의 후손인 우리 가문이 이곳 큐슈 땅에 살고 있지만, 선조의 핏줄을 어찌 잊을 수 있겠습니까? 그러니 저도 조선 국왕 전하께 충성을 맹세하겠습니다."

"그게 정말이오?"

"예, 허락해 주신다면, 본인이 직접 입조하여 충심을 입증하지요."

"그 일은 본관이 바로 결정할 수 있는 게 아니오. 먼저 조정에 청해보고 답을 기다려야 하오."

"그럼 앞으로 잘 부탁드립니다, 최 공. 우리가 어디 남입니까?"

*   *   *

난 최숙손이 구주에서 올린 승전 장계를 받았다. 내용을 보니 미봉성으로 이동하던 중 대우씨의 군대를 만나 승전했고, 미봉성에 도착해 대내씨의 수장인 대내교홍(大內教弘)을 사로잡아 전쟁에 승리했다고 한다. 화포가 큰 역할을 했다고 하니, 그 광경을 상상하는 것만으로도 절로 흐뭇해지는군.

"저하, 승전을 경하드리옵니다."

조회에 참석한 대신들이 내게 축하의 말을 건넸다. 일전에 출정에 반대한 이들도 많았지만, 오늘은 다들 기분이 좋아 보이네?

"아국의 군사들이 타국에서 용맹을 떨쳤으니, 이는 주상 전하와 열성조께서 보우하셨음이요. 주상 전하께 장계를 올리고 종묘를 찾아 제사를 지내야겠소."

"저하의 뜻대로 하소서."

"그건 그렇고, 왜국의 영주인 소이씨와 대내전이 아국에 신종할 의사를 밝혔는데, 대내전의 수장인 대내교홍이 아국에 직접 입조할 의사를 보였다고 하오. 대신들은 이에 대해 어찌 생각하시오?"

출정 전에 전쟁에 반대했던 황희가 내 말에 답했다.

"저하, 왜국의 영주가 신종의 절차를 받들고자 입조하는 건 전례가 없던 일이오나, 받아들여도 좋다고 사료되옵니다."

"일전에 대마 태수도 입조한 일이 있는데, 전례가 없던 건 아니지 않소?"

"대마 태수는 주상 전하께 인신을 받아 귀부한 다음 입조했지만, 타국의 영주가 인신을 받고자 입조하는 일은 아직 전례가 없었사옵니다."

그건 황희 말이 맞긴 하군. 그러자 예조판서 민의생이 말을 꺼냈다.

"저하, 왜국의 영주가 오면 접대하기 위해 예조의 예산이 많이 들 것이옵니다. 지난번 대마 태수 종정성이 입조했을 때도 일만 석 정도의 비용이 들었는데, 그보다 격이 높은 대내전을 접대하려면 그보다 많은 재정이 들어갈 듯하옵니다."

"그건 예판의 말이 타당하오. 그러면 대내전에게 사신을 보내라고 하는 게 적절할 듯하겠소."

그러자 호조판서 김종서가 내 말에 답했다.

"저하, 예조의 재정이 부족하면 호조에서 도울 수 있사옵니다. 그러니, 대내전의 입조를 허하셔도 좋을 듯합니다."

요즘 호조에 비축된 예산이 예전과는 비교할 수 없을 정도로 풍족하긴 하다. 백화상을 통해 파는 상품 수입과 조선과 대마도에서 채굴 중인 은이 호조에 쌓이고 있으니 적당히 예산을 소비하려 김종서가 자진해서 일을 만들어내는 실정이었다.

"일단은 이 건은 주상 전하께 먼저 윤허를 청한 다음, 호조와 예조에서 논의하는 거로 하지요."

그러자 병조판서 황보인이 내게 말했다.

"저하, 구주에 출병했던 원정군이 가져갔던 화약을 거의 다 소모했다고 하옵니다. 유황의 비축분이 넉넉하지만, 염초가 모자라옵니다."

"조만간 내수소에서 관할 중인 염초전에서 대량의 염초를 거둘 것이니, 그 부분은 염려하지 않아도 좋소."

그렇게 한참 동안 전후 처리를 논의하고 조회를 마쳤다.

"오늘은 승전을 기념해 조촐하게나마 잔치를 벌이려 하니, 모두 참여하시오."

"망극하옵니다."

그렇게 열린 잔치에서 술이 한 순배 돌고 나서, 음식을 먹는 와중에 작은 소란이 일어났다.

병조판서 황보인과 호조판서 김종서가 언쟁을 벌이고 있기에, 내가 다가가 둘 사이를 중재했다.

"이 좋은 날에 대감들은 어째서 서로 얼굴을 붉히려 하시오? 연유라도 들어봅시다."

"송구하옵니다. 절재가 무도한 짓을 하기에 소신이 잠시 이성을 잃은 듯하옵니다."

"무도한 짓이라니요? 호판 대감, 이게 무슨 이야기입니까?"

"소신은 그저 탕수육에 양념장을 부은 것 말곤, 별다른 행동을 하지 않았습니다. 지봉이 그것을 보고 소신을 비난하기에 대응한 것뿐이옵니다."

그러니까 지긋하게 나이 먹은 할배 둘이 지금 음식 먹는 법 가지고 싸운 거라고? 어이구야.

그러자 갑자기 미래의 지식이 하나 떠오른다. 부먹은 뭐고, 찍먹은 또 뭐야? 미래에선 중요한 이념이라고? 난 그냥 조리법 보고 만들게 한 건데 어처구니가 없네.

"지봉 대감, 각상에 올려 따로 먹던 음식이 아니오? 다른 이가 어찌 먹던지 무슨 상관이오."

"송구하옵니다. 하오나 저하, 음식을 먹는 데도 지켜야 할 예법이 있고, 다른 이를 존중해야 하는 법이옵니다. 만약 욕탕에서 누군가 여럿이 나눠 먹어야 할 탕수육에 절재처럼 생각 없이 양념장을 붓는 행위를 한다면, 그 또한 잘못된 일이라 할 수 있사옵니다. 그렇기에 소신이 절재의 행위를 지적한 것이옵니다."

"지봉, 호조의 관원들은 전부 이렇게 먹길래, 따라 한 거라고 말하지 않았나? 그만 좀 하게나."

그동안 둘이 많이 친해지긴 했나 보네. 이런 쓸데없는 거로 싸우기나 하고 말이야.

"그만, 거기까지 하시오. 이 음식을 처음 만들게 한 게 나였으니, 탕수육에 대해 알려주겠소."

"그렇사옵니까?"

그러자 어느새 잔치에 참여한 모든 대신이 내게 주목하기 시작했다. 분위기를 보니 저들도 먹는 방법을 두고 논쟁한 적이 있나 보군.

"본래 이 음식은 한 번 튀긴 돈육에 양념장을 부어 볶아서 만들던 음식이라네. 다만 그러려면 균등한 양의 양념이 음식의 겉면에 배게 할 숙련된 기술이 필요하고, 욕탕에서 음식을 만드는 이들에겐 그것이 어려울 듯하여 각자 따로 내오게 한 것이오."

방금 탕수육에 대해 전자사전으로 검색한 자세한 정보를 적당히 포장해서 들려주었다. 미래엔 배달 때문에 저렇게 되었다는데, 그게 취향 차이로 갈라졌다고 한다.

"그러니 앞으론 각자의 대접을 준비해서 먹고 싶은 대로 들게나. 그리고 모든 이의 취향이 다름을 인정하는 것부터 시작하시오. 자신과 다르다고 배척한다면 그 또한 자신이 편협함을 드러내는 일밖에 되지 않소."

"명심하겠사옵니다."

자칫 잘못했으면 탕수육 논쟁으로 실록에 남을 뻔한 사건을 방지하고 침소로 거동하는데, 내 후궁인 승휘 홍씨와 마주쳤다.

"오늘은 혼자 잘 것이오."

홍씨와 합궁하고 나면 내 기가 전부 빨리는 느낌이라, 나도 모르게 저 말이 나왔다. 그런데 금방이라도 울 것 같은 홍씨의 표정을 보니, 아무래도 내가 잘못짚은 듯하여 물었다.

"무슨 일이라도 있는 건가? 자네 안색이 좋지 않군."

"저… 저하, 현주(縣主, 세자의 서녀)가 위독하다고 하옵니다."

"뭐? 그게 참말인가?"

작년에 홍씨는 내 딸을 출산했다. 그런데 그 아이가 위독하다고?

"그 아이가… 아아… 흐윽―"

갑자기 홍씨가 호흡곤란 증상을 보이며 주저앉았다.

"임자, 진정하고 천천히 숨을 고르게."

"허억, 허… 흐윽."

하지만 홍씨의 증세는 더 심해지면서 손발이 뻣뻣이 굳어가기 시작했다. 어떻게 하지?

"저하, 소신이 어의를 불러오겠습니다."

날 시종하던 김처선이 급하게 내의원 쪽으로 달려갔다.

난 그사이 사전으로 급하게 응급처치할 방법을 찾았는데,

종이로 만든 봉투로 자신이 뱉어낸 숨을 다시 들이마시게 하면 효과가 있다고 적혀 있었다.

이 급박한 상황에 그런 게 있을 리가 없잖아. 어쩔 수 없지.

"흡?!"

"후 우우― 후우, 후―"

내가 선택한 방법은 입을 맞춰 내가 홍씨의 호흡을 받아 다시 돌려주는 방법이었다. 한참 동안 그렇게 호흡을 주고받으니, 홍씨의 호흡이 안정되는 것을 느꼈다.

내가 응급조치에 성공하고 나서 일어나자 주변을 지키던 내관들과 궁인들이 일제히 다른 곳을 쳐다보며 딴청을 피웠다.

"승휘를 침소로 데려가 안정하도록 하라."

"저하, 제발 현주를 살려주시옵소서."

"아이는 내가 어의들과 함께 살펴볼 테니, 그대는 몸부터 추스르게나."

"소첩이 명을 따르겠사옵니다."

홍씨를 보내고 딸이 머무는 거처로 행차하자, 어의 배상문이 아기를 돌보고 있었다.

"현주의 병명이 뭔지 알아냈는가?"

"저하, 그것이……."

"무슨 병이길래 그런가? 말해보게."

"아뢰옵기 송구하오나, 아무래도 아기씨께선 이질(痢疾)에 걸린 듯하옵니다."

이질이면, 전염병이잖아? 그럼 누군가 내 딸아이에게 병을 옮긴 거란 말인데.

"설마 아이가 토를 하고, 물 같은 변이 멈추지 않는가?"

"그러하옵니다. 거기에 아기씨는 탈수 증상의 기미가 있고, 또한 약간의 경련 증세를 보이고 있사옵니다."

나도 모르게 손이 조금씩 떨린다.

"허어……."

진정하자. 경혜가 태어나기 전에도 아이들을 병으로 잃어본 적이 있었지만, 의학이나 미래의 지식을 모르던 때라 그저 슬퍼하기만 했다.

하지만 이젠 아니지. 내가 정신을 놓으면 내 아이, 그리고 더 많은 사람이 죽을 수 있다.

심호흡하고 마음을 진정시키니, 내가 할 일이 명확하게 정리되었다.

"내의원정 영감, 당장 이 장소를 격리하고 내의원의 모든 인원을 동원해, 오늘 여기 드나든 모든 이들과 그리고 최근 아이와 접촉한 모든 궁인과 상궁을 불러들여 진맥과 검사를 해주어야겠네."

"저하의 명을 받들겠사옵니다. 아기씨의 증세를 진정시키는 것이 더 급한 듯하니, 소신은 여기 남아 있겠사옵니다."

"아이에게 내릴 처방은 정했는가?"

"설사 증세를 진정시키기 위해, 이간단하탕(易簡斷下湯)을 달이게 하고 있었사옵니다."

이간단하탕엔 앵속각(罌粟殼, 아편 열매) 이 들어갈 텐데? 당
장 통증을 줄이고 설사를 멈추는 데 도움이 될 순 있지만, 자
칫 잘못되면 더 큰 부작용이 남는다.

"자네의 판단을 무시하는 건 아니네만 그 방법은 잠시 보류
하고, 내가 고안한 처방을 사용해 보겠네. 괜찮겠는가?"

"저하, 어떠한 약재를 사용하려 하시나이까?"

"사당과 자염, 그리고 물일세."

"저하, 사당이 배앓이에 어느 정도 효과가 있긴 하오나, 변
을 멈추는 데는 도움이 되진 않사옵니다."

"지금 한시가 급하니, 설명은 나중에 하겠네. 자네는 당장
여기 있는 모든 인원의 소독부터 하고 아이의 변을 통에 모아
석회로 덮게. 그리고 절대 변을 맨손으로 만지게 하지 말게."

"명을 따르겠사옵니다."

"자네들은 이 처소에 금줄을 둘러 출입을 막고, 내 허락 없
인 그 누구도 드나들지 못하게 하라."

내 명을 받은 시위들이 출입 통제를 하고 있을 때, 홍씨를
돌볼 어의를 부르러 갔던 김처선이 왔다가 들여보내 달라고
소리를 지르는 것이 들렸기에 내가 나갔다.

"김 내관, 자넨 여기 들어오면 안 되네. 그대는 이제부터 내
명을 따라 수행해야 할 중책을 맡아주어야겠어."

"하명하시옵소서. 소신이 경청하겠나이다."

"일단 끓였다 식힌 물이 대량으로 필요하니, 소주방의 인원들을 동원하거라. 그리고 사당과 자염, 물을 담을 대나무 통이 여러 개가 필요하니, 가져오라 이르거라."

"저하의 명을 받들겠사옵니다."

난 그렇게 김처선을 보내고 나서, 궁인들에게 지시했다.

"자네들은 당장 입과 코를 가릴 깨끗한 천을 준비하게나. 그 전에 반드시 손을 소독하고."

그렇게 나를 포함한 격리된 모든 인원이 배상문이 가져온 과산화수소액으로 손과 얼굴을 씻고 천으로 입과 코를 가렸다.

그사이 아이가 다시 설사하기에, 변을 치우고 전신을 깨끗이 소독하면서 닦아주라 일렀다.

"저하, 김 내관이 보낸 이들이 저하께서 준비하란 물건을 가져왔다고 하옵니다."

시위 무관이 내게 고하던 중, 어떤 발상이 떠올랐다.

"그래? 그럼 그것들을 들이라 하고, 자넨 검을 좀 빌려주게."

"예? 저하, 소신의 검이 어찌 필요하십니까?"

"아이를 눕혀둘 침상을 만들려고 하네."

"그렇다면 소신을 부리시옵소서."

"아니야, 자네도 외부를 통제해야 할 중요한 업무가 있으니, 내가 하겠네."

그렇게 억지로 검을 건네받은 난 경상(坐式 책상)에 검으로 구멍을 내기 시작했다.

판자를 부수지 않고 적당한 크기의 구멍을 내려고 하니, 생각보다 힘 조절이 까다로워 작업을 마치고 나자 온몸이 땀에 절었다.

"여기에 아이를 눕히고, 이 아래에 통을 대서 변을 받아내게 하여라."

난 그렇게 임시로 병구완용 침상을 만들고 나서 궁인들을 모아 지시를 내렸다.

"자네들은 한 됫박 정도의 물에 자염 반 숟가락, 그리고 사당은 그 여섯 배 정도의 양을 넣고 녹여 죽통에 담아 흔들어 주게."

"저하, 어느 정도 만들면 되겠사옵니까?"

"재료가 들어오는 대로 계속 만들게."

내가 만들게 한 건 미래에서 이온 음료 혹은 스포츠 드링크라고 부르는 수분보충용 음료수의 일종이자 경구 수액이라고도 부르는 것이다. 나도 단련을 마치고 갈증이 심할 때 가끔 만들어 먹었던 적이 있었다.

전자사전에선 저 방법이 국제보건기구라는 곳에서 권장하는 표준 제조법이며, 미래에 설사병으로 인해 탈수로 사망하던 이들을 살린 처방이라고 적혀 있다.

"이걸 아이에게 먹이되, 아이와 접촉했던 이에게 시키라. 먹이기 전에 반드시 손을 한 번 더 소독하라 이르고."

"저하, 본래 아기씨를 돌보던 궁인 두 명이 주저앉아 수변을 하는 걸 보니, 이질에 걸린 듯하옵니다."

배상문의 보고를 듣고 올 것이 왔다는 느낌이 들었다.

"그들을 각자 다른 방에 격리하고, 방금 만든 수액을 계속 먹이도록 조치하게. 그들이 변을 쏟아낸 자리엔 석회를 뿌리게."

"저하, 만들게 하신 수액이 무슨 효과를 보는지 소신이 알 수 있겠사옵니까?"

"내가 공부한 바론, 이질이란 병에 걸리면 몸속에 침투한 독기와 싸우면서 대변으로 사람의 몸을 지탱하던 수기(수분)와 염기(염분)가 빠져나가게 되네. 설사 자체는 신체가 독기와 싸우다 생기는 자연스러운 기제고, 사망 원인은 수기가 고갈되어 버려서 그런 것이지. 이질로 사망한 환자들이 비쩍 말라 피부가 나무껍질처럼 변했다는 기록을 보고 연구한 다음 알게 된 것이네. 또한 적정한 양의 소금과 사당이 포함된 물은 그냥 맹물보다 빠르게 신체에 흡수되네. 이는 내가 만든 양생법을 행하며 만들어 마셔보고, 효과를 보았도다."

"그렇사옵니까?. 소신은 이제껏 이질 병자에게 무작정 설사를 멈추려고만 했사옵니다. 하지만, 저하의 말씀을 듣고 나니, 여태껏 살릴 수 있던 환자들을 잘못된 처방으로 죽게 만든 것 같아 부끄럽기 그지없사옵니다."

"아닐세. 설사병을 이질로 통칭하긴 하나, 이질도 그 증세와 종류가 여럿 아니던가. 이건 묽은 설사를 하는 역병성 이질에 먹히는 방법이니, 자네의 방법도 전부 잘못됐다고는 할 수 없네."

"그러하옵니까…… 혹여 그렇다 해도, 소신이 먼저 연구하고 공부해서 깨달았어야 하옵니다. 그랬다면 그들은……."

나도 운동하다가 전자사전에서 알아낸 거니까, 너무 죄책감 느끼지 마세요. 아재는 이미 죽었어야 할 인물들 여럿을 살려냈어.

"그런 생각하기 전에 몸을 움직이게. 자네가 이러면 지금 돌봐야 할 병자들은 어쩌려고 이러는가?"

"송구하옵니다. 소신이 의원의 본분을 망각하고, 저하와 다른 이들에게 누를 끼쳤나이다."

배상문은 금세 표정을 바꾸고 의원들과 의녀, 그리고 궁인들을 지휘해 새로 증상을 보인 궁인들을 격려하고 치료하기 시작했다.

그럼 나도 궁에서 대피시킬 사람들을 지정해 내보내야겠어.

그렇게 발병 첫날이 지나고, 초동 조치를 마친 나도 새벽에 간신히 잠이 들었다.

*　　　　*　　　　*

"대감! 소식 들으셨습니까? 간밤에 궁에 역병이 생겼다고 합니다."

"뭐요? 그게 참말인가? 저하께선 무사하신가?"

황희는 휘하의 관원이 들려준 난데없는 역병 소식에 정신을 차릴 수가 없었다.

"그것이… 저하께선 역병에 걸린 셋째 아기씨의 거처에 머무시면서, 그 장소를 금지로 지정하셨다고 합니다."

"이거 큰일이로군. 어서 저하와 원손을 출궁하시도록 조처해야 하네."

"이미 저하께서 전부 조치하셨다고 합니다. 빈궁 저하와 원손께선 금성대군의 사저로 떠나셨습니다."

"그럼 어째서 저하는 왜 출궁하지 않으시고, 역병이 발생한 장소에 머무시는가?"

"그 연유까진 아직 듣지 못했습니다."

"안 되겠군. 내가 저하를 알현하러 가겠네."

그렇게 황희가 현주의 거처에 도착하자, 천으로 입과 코를 가린 시위들이 그런 황희를 가로막으며 말했다.

"영의정부사 대감. 이 앞으로 접근은 저하의 명으로 금지되어 있습니다. 물러나시지요."

"지금 네놈들이 제정신이냐? 역병이 발생했으면, 저하부터 모시고 궁 밖으로 나갔어야지. 네놈이 그러고도 저하를 지키는 금군이자 호위라고 할 수 있느냐? 당장 저하를 모시고 나오지 못할까!"

"저흰 오직 저하의 명을 받들 뿐입니다. 대감께서 그런 말씀을 하셔도 따를 수 없습니다."

"이노옴! 저하께서 명하신다고 무작정 따르는 게 신하의 도리더냐. 군주의 안위를 위해 충언을 하고 모실 이가 아무도 없느냐? 당장 저하를 모시고 나와라!"

그렇게 무작정 세자를 피신시키려는 황희와 시위들의 다툼이 거세지자, 안에서 소란을 듣고 의원 한 명을 통해 세자의 기별이 전해졌다.

"대감, 저하께서 하교하시길 닷새 후 발병의 기미가 없으면 나가실 거라 하셨사옵니다."

"어째서 오 일인가?"

"저도 자세한 것은 모르나, 저하께서 이르시길 이 병에 걸린 사람은 늦어도 닷새 안에 증상이 나타난다고 합니다."

"하아. 그럼 저하께선 무탈하신가?"

"예, 아직까진 별다른 증상이 보이지 않습니다. 또한 저하께선 철저히 소독된 거처에서 도성과 궁의 지도를 보고 역병의 경로를 추적 중이시며, 병자들을 격리해 역병이 퍼지는 것을 막고 계십니다. 또한 그 일이 매우 중하다고 이르셨습니다."

"알겠네. 오늘은 이만 물러나지. 만약 저하의 안위에 무슨 일이라도 생긴다면, 제대로 보필하지 못한 그대들, 무사하지 못할 거야."

황희가 시위들과 소식을 전달하러 온 의원을 한 명씩 돌아가면 천천히 노려보자, 그들도 모르게 움츠러들며 겁을 먹었다.

"예, 명심하겠습니다."

*　　　　　*　　　　　*

내 셋째 딸이 발병하고 나서 약 삼 일이 지나자, 경구수액법이 효과를 봤는지 설사의 양이 조금씩 줄어들기 시작했다.

하지만 이질이 잠복해 있던 궁녀들이 일곱 명이 더 발병하면서, 더 많은 경구수액이 필요하게 되어 더 많이 만들도록 지시하고 이곳에 드나든 모든 이들의 이동 경로를 추적했다.

그 결과 두 번째로 발병한 두 명의 궁인 중 하나가 최근 양주(楊州)에 위치한 사가에 다녀왔음을 알아냈다.

"내의원정, 혜민국의 의원들을 동원해서, 양주와 이동 경로에 있는 성저(城底)의 마을에 발병한 자들이 있는지 조사하고 병자들이 있다면, 마을을 격리하고 병자들을 돌보게 하라."

"명을 받들겠습니다."

"아직 의원이나 시위 무관 중엔 발병한 자들은 없겠지?"

"저하의 조치 덕에 외부에서 들어온 이들은 발병자가 없사옵니다. 저하, 사흘이 지났고, 발병의 기미가 없으시니 그만 나가시지요. 조정의 모든 신료와 관원들이 저하의 안위를 걱정하고 있사옵니다."

"아닐세, 혹시 모르니 이틀은 더 두고 봐야겠지. 만에 하나라도 내가 병에 걸렸다면 큰일이 벌어질 수도 있어."

"그리고 바깥소식을 듣자 하니, 도성에 뜬소문이나 혼란이 번지진 않은 모양입니다."

"그래야지. 대신들에게 일러둔 게 있으니 다들 잘해주고 있나 보군. 병자들의 대변은 잘 처리하고 있는가?"

"저하께서 분부하신 대로 통에 모아 석회 가루를 뿌려 소독을 하고 있습니다."

"그런가. 다시 한번 강조하지만, 절대 병자의 변이나 토한 것을 맨손으로 만지게 하면 안 되네. 통을 나를 때도 기름 먹인 종이나 천으로 손을 감싸서 들게 하고 사용한 것은 전부 태워 버리게. 그 후 다시 한번 손을 씻고 소독해야 하네."

"예, 명심하겠사옵니다."

"그럼 내의원정도 식사하고 잠시 쉬게. 영감의 안색을 보니 병자들보다 자네가 더 중병에 걸린 듯 보이네."

병에 걸려 설사하면서도 경구수액으로 수분을 계속 보충받은 병자들보다, 사흘간 잠도 거의 안 자고 그들을 돌본 배상문의 안색이 더 좋지 못했다.

"소신이 잠든 사이 죽는 이가 나올까, 그것이 염려되옵니다."

"자네도 이미 봤겠지만, 발병 초기부터 수액을 이용해 수기(水氣)를 계속 공급하면 설사는 할지언정 위독한 상황까진 가지 않는 것이 증명되지 않았는가. 병자들보다 자네의 초상을 먼저 치르고 싶진 않네. 그러니 쉬게. 이건 명일세."

"그럼, 소신이 염치 불고하고 삼가 저하의 명을 받들겠나이다."

그리고 이틀 뒤, 나는 감염의 기미가 없는 것을 보고 딸아이의 거처에서 나왔다.

                    *   *   *

내가 딸아이의 거처 밖으로 나오자, 날 기다리고 있던 대신들이 일제히 몰려와 내 안부를 물었다.

"저하, 무탈하시옵니까?"

"저하—"

"저하!"

그래, 나 멀쩡하니까 그만 찾아. 그 와중에 황희와 몇몇 대신들이 우는 모습을 보였다. 바늘로 찔러도 피 한 방울 안 나올 거 같던 철혈의 재상인 황희가 남들 앞에서 눈물을 보이다니, 천지가 개벽할 노릇이네.

"본인은 무탈하고, 아무렇지도 않네. 너무 염려 말게나. 내가 자릴 비운 사이 별다른 일은 없던가?"

그러자, 예조판서가 내 질문에 답했다.

"대마절제사 최숙손이 장계를 올렸는데, 원정군이 구주에서 철군했고 소이씨의 사신단과 대내전의 대내교홍의 수행원들과 동행하고 있다 합니다."

"그런가? 역병이 완전히 가라앉을 때까진 왜관에서 머물라 이르게."

"명을 받들겠사옵니다."

"또한 역병이 더 퍼지기 전에 방지해야 하니, 공조와 호조 그리고 병조와 이조가 협력해 임시기관과 병자를 수용할 장소를 하나 만들어주게."

그러자 호조판서 김종서가 내 말을 받았다.

"기관의 명은 저하께서 정해주시옵소서."

"아무래도 임시기구니, 역병관리부(疫病管理部) 정도로 하면 직관적이고 바로 알기 쉽겠군."

"명을 따르겠사옵니다. 혹여 다른 명은 없으시옵니까?"

"병자들의 변을 처리할 대량의 석회가 필요하니, 공조에서 힘을 써줘야겠소. 또한 호조에선 필요한 재화를, 이조에선 전의감과 혜민국, 내의원 그리고 제생원에서 의원들을 차출하고, 병조는 관군을 동원해 역병이 처음 발생한 양주 방면의 출입을 통제해 줘야겠네."

그러자 사관들이 내 말을 한자라도 놓칠까 빠르게 받아 적는 모습이 보였고, 조금은 안쓰럽다는 생각이 들었다. 나중에 고생하는 사관들에게도 도움이 될 만한 물건을 챙겨줘야겠어.

"소신들이 삼가 저하의 명을 받들겠사옵니다."

"그래요. 내 이 일은 경들만 믿겠소."

　　　　*　　　　　*　　　　　*

"저하께서 이르셨듯이, 이번 일은 정말 신중하면서도 신속하게 처리해야 하오."

황희가 정승들과 육조의 판서들을 소집했고 그런 황희의 말을 우의정인 신개가 받았다.

"영상 대감의 말이 옳소이다. 본래 우리가 나서서 해야 했던 일을 저하께선 병마와 싸우며 손수 처리하셨고, 대사의 방향마저 전부 잡아두셨네. 어찌 신하로서 군주 되실 분에게 무거운 짐을 전부 지게 할 수 있겠는가?"

그러자 좌의정 김맹성이 말을 꺼냈다.

"본관은 예전에 의원들을 이끌고 우두 접종을 해봤으니, 이 일을 맡을 적임자라고 생각하오. 대감들의 생각은 어떠시오?"

"아무래도 좌상 대감이 경험이 있으시니, 우리 중 제일 나을 듯합니다."

"그렇군요. 지봉의 말대로 좌상 대감이 역병관리부의 장에 적임자 같습니다."

김종서와 황보인이 김맹성을 지지하자, 박안신을 비롯한 다른 판서들도 반대 없이 김맹성을 밀어주었다.

"그럼, 양주의 관군을 소집하고 인근 고을의 군을 모아 양주부터 봉쇄하는 게 좋겠소. 본관이 직접 양주로 가겠소이다."

역병관리부의 책임자가 된 김맹성이 관원들을 모아 양주로 출발했다.

"병자의 옷을 모아 태우고, 집마다 석회를 뿌려라!"

양주에 도착한 김맹성이 군관들과 관원들을 부려 강제로나마 병자들을 천막을 친 격리시설에 수용했다.

그 와중에 오염이 심각하지 않은 집은 석회를 뿌려 소독했지만, 도저히 석회만으론 해결되지 못할 집엔 불을 질렀다.

그렇게 불타 버린 스무 채의 집은 호조와 공조에서 지원해서 다시 지어주기로 주인들에게 약조했다.

그 와중에 장인청에서 지원받아 완성된 구멍이 뚫린 환자용 침상이 도착했고, 격리된 환자들은 그곳에 누워 준비된 통에 변을 쏟아내면서 수액을 끊임없이 마셔야 했다.

*　　　　　*　　　　　*

정승들과 판서들이 합작해 설립된 역병관리부는 한 달하고 보름이란 시간에 걸쳐, 양주와 도성 일부에 퍼진 역병을 성공적으로 진정시켰다.

그래도 모두를 구할 수 없었는지, 병에 걸린 지 오래된 이들 중 스무 명 정도가 명을 달리했다고 한다.

씁쓸하군. 내심 아무도 죽지 않길 바랐는데, 그건 단지 바람이었나 보다. 난 김맹성의 보고가 담긴 서신을 접어서 내려놓았다.

"저하, 너무 상심하지 마옵소서."

금성대군의 사저에서 머물다가 어제 환궁한 아내가 내 오른손을 살며시 잡았다. 그러자, 그에 질세라 홍씨가 왼손을 잡으면서 말했다.

"저하께서 살린 백성들이 수백이 넘고, 또한 앞으로도 이질로 죽어갈 백성들을 모두 구원하신 거나 다름없사옵니다. 그리고… 아이를 살려주셔서 정말 감읍하옵니다."

"그냥 죽어간 백성들이 가여워서 그런 것뿐이네. 그리고 내 자식을 살리는 건, 아비로서 당연히 해야 할 일 아닌가. 그대가 내게 고마워할 필요는 없네."

그러자 아내가 환한 표정으로 내게 말했다.

"소첩도 그 아이가 무탈해서, 한시름 덜었사옵니다. 저하의 지혜와 은혜에 감읍할 따름이옵니다."

아내도 후궁 시절에 첫째 아이의 돌을 채우지도 못하고, 병으로 죽는 걸 지켜봐야 했었다. 말하면서 그 아이가 생각났는지 조금은 처연해 보이기도 했다.

"아무튼 그대들이 무탈해서 다행일세. 빈궁, 원손은 요즘 어떻소?"

"저하를 닮아 강건한 아이로 크고 있사옵니다. 금성대군의 사저에선 서책에 관심이 가는 듯, 소첩에게 책을 읽어달라고 조르기도 했사옵니다."

"그렇소? 내년쯤엔 글 스승을 붙여줘야겠구려."

"저하, 오늘 밤은 소첩이 저하를 모시게 해주시옵소서."

아내가 손바닥으로 내 오른손을 부드럽게 쓰다듬으면서 말하자, 홍씨가 한 손가락으로 내 왼쪽 손등을 살짝 건드리면서 말했다.

"빈궁 저하, 오늘은 소첩이 세자 저하를 모시고 싶사온데, 부디 윤허하여 주시옵소서."

으, 방금 홍씨가 대체 뭘 했길래 건드린 것만으로 살짝 소름이 돋냐. 그건 그렇고 이 두 여자 서로 눈길을 주고받는 걸 보니, 내가 모르는 수많은 대화가 오고 가는 듯했다.

여심에 대해 워낙 모르고 살았던 나지만, 요즘은 어느 정도 눈치가 생기긴 한 건가. 어쩔 수 없지. 오늘은 누굴 선택해도 삐지…….

아니, 서운해할 거다.

"오늘은 그럴 기분이 아니오. 차라리 둘 다 나와 손만 잡고 잡시다."

아, 이것도 오답이었냐. 그 말을 듣자마자 둘 다 실망한 기색, 아니, 어쩌면 조금은 화가 난 듯 보이기도 하네.

"저하의 뜻이 그러시다면, 오늘은 소첩이 승휘에게 양보하겠나이다."

"아니옵니다. 소첩이 물러나겠사옵니다. 부디 빈궁 저하께서 머무시지요."

그렇게 서로 양보하는 척하다가 결국 둘 다 자리에서 물러났고, 난 침소에 혼자 남았다.

후, 여자들 마음을 아는 게 국정보다 더 어렵네. 아버지는 그렇게 수많은 후궁을 두고도 어머니와 금실이 좋으신데……. 난 아직 지아비이자 집안의 가장으로도 아버지를 따라가려면 한참 멀었군.

*　　　*　　　*

그 무렵 조정에서 입조가 허락된 쇼니의 사신단과 오우치가의 사신단이 도성을 향해 출발했고, 여정 도중에 경상도를 지나 충청도에 진입하자, 그의 담당 역관이 오우치 오리히로에게 이 지방이 옛 백제의 땅이라고 귀띔해 주었다.

"오오, 여기가 바로 조상님의 옛 영지란 말인가. 산세가 비범하고 정기가 가득해 보이는군."

그러자 역관이 웃음을 참으며 오우치에게 다시 말을 건넸다.

"그렇습니까? 조만간 천안이란 고을에 도착하게 되면 좀 더 편하게 이동하실 수 있을 겁니다."

"그런가? 그대가 여태껏 내 말동무를 잘해줘서 고맙게 생각하네. 이건 내가 그대에게 내리는 성의로 보고 받아주게."

오우치가 작은 은덩이를 꺼내 내밀자, 역관은 사양하지 않고 그것을 받았다.

"감사합니다."

그렇게 사신단 일행이 천안에 도착하자, 오우치는 자신의 영지와는 비교도 안 되는 많은 사람이 가마나 인력거에 타고 바삐 오가는 것을 보고 충격을 받았다.

"이곳은 뭐 하는 마을이기에 사람이 이리 많은가?"

"작년에 도성과 연결된 도로가 개통되어, 물류 이동의 중간 지점이 된 마을입니다. 또한 이 옆에는 온수가 나오는 고을이 있어서 북쪽에서 내려온 이들이 요양하러 이동할 때 거쳐야 하기도 하니, 사람이 많아진 듯하군요."

"조선에도 온센(온천)이 있었나? 나중에 한번 꼭 들러보고 싶군."

"귀경하실 때 들러보시면 될 듯합니다. 그곳엔 주상 전하께서 머무르시던 행궁도 있습니다."

천안이 발전한 이유는 그것뿐만이 아니고, 인근에서 조정 소속의 야철장 장인들이 사금을 캐고 있었기 때문이었다.

그러자 알게 모르게 금에 대한 소문이 번져서 몰래 그 부스러기를 건져볼까 하는 이들이 잔뜩 몰렸기에, 감영(監營, 도청)이 있는 청주에 이어서 천안에 시전이 생기기도 했다.

"수호(守護, 관직) 나리. 오늘은 이곳의 관아에서 주무시고, 내일부턴 준비된 마차를 타고 이동할 예정입니다."

"마차? 말로 끄는 가마인 건가?"

"예, 비슷합니다."

다음 날 사신단은 일두마차 여러 대에 나누어 탔고, 그들 중 영주인 오우치만이 특별대우를 받아 이두마차에 올랐다.

"허, 세상에 이런 탈것이 다 있었나. 정말 귀한 대접을 받는 군. 우리에게도 소로 끄는 우차(牛車)가 있긴 하지만, 이 마차 에 비하면 작아서 외관도 볼품없고, 승차감은 비교하기가 무 색하군."

"그렇습니까? 조선의 대신 중에서도, 정승 이상의 신료들만 이두마차에 탈 수 있습니다. 흔한 탈 것은 아니지요."

"그래? 정승이란 게 어떤 관직인가?"

"일본국의 관직과 비교하자면, 태정대신과 좌우대신의 관위 와 비슷할 겁니다."

"그게 정말인가? 국주이긴 하지만, 관직은 겨우 수호직인 내 게 이런 과분한 대접을 해주시다니……."

"저도 사정을 들어보니, 세자 저하께서 지시하신 일이라 하 셨습니다."

"그래? 조선의 세자 저하에 대해 아는 대로 일러주시게. 그 분을 알현하기 전에 조금이라도 미리 알아두는 게 좋지 않겠 는가."

"음… 저하께선 신인(神人)이십니다."

"신인? 신인이란 건 무슨 뜻인가?"

"저하께선 사 년 전에 한 번 졸하셨다가, 사흘 만에 다시 깨어나신 분이시지요. 또한 그분께서 겪으신바 사후 세계가 없다고 밝히셨고요. 그만큼 신이(神異)하신 분입니다."

"뭐? 그게 대체 무슨 이야기인가? 졸했다는 게 한번 죽었다는 뜻인가?"

"수호 나리. 말을 가려주시지요. 조선에서 그런 말은 불경죄에 해당합니다."

"아아… 그런가. 미안하네. 내가 조선의 예법을 잘 몰라서 그랬네."

"아무튼 나리께서 짐작하신 게 맞습니다. 조선의 백성들이라면 다들 알고 있는 이야기지요."

"허, 정말 믿기 어렵군. 어찌 사람이 사흘 만에……."

"또한 저하께선 수많은 공을 세우셨지요. 손수 무기를 고안하시어 난을 일으킨 북방의 야인들을 정벌하게 하고, 굶주린 백성들의 배를 채우게 해주신 분이옵니다. 게다가 관직의 정원을 대폭 늘려 저같이 별 재주 없던 한량도 이렇게나마 관직에 오를 수 있게 해주신 분입니다."

"그래? 정말 대단하신 분이네. 짐작건대, 자네는 역관이 된 지 얼마 안 됐었나 보군?"

"예, 두 달이 넘지 않았습니다."

"그런 것치곤 우리말이 능숙한데?"

"소관은 유학의 경전을 배우는 것보다 잡학이나 이런 쪽에 재능이 있던 듯합니다. 그 전엔 번번이 낙방만 했었습니다."

"그런가. 아무튼 내가 볼 땐 그대는 역관만으론 끝날 인재가 아니야. 말에 은근한 현기가 담겨 있어. 필시 주인만 잘 만나면 승천할 잠룡처럼 보이네."

"과찬이십니다. 그저 하찮은 역관인 소인을 빈말로나마 잘 봐주시니, 감사드립니다."

"나도 명색이 쿠슈에선 한 나라를 다스리는 국주일세. 내 안목을 의심하지 말게."

"칠삭둥이로 태어나 천대받고 자라던 소인에게 그런 말씀을 해주신 분은 수호 나리가 처음입니다."

"그러고 보니, 여태 자네 이름도 모르고 있었군. 자네의 성명을 알려주겠나?"

"소인은 한(韓)가의 명회(明澮)라고 합니다. 압구(狎鷗)라고 불러주시지요."

제6장

한류

　난 역병을 한차례 겪고 뒤처리에 힘쓰면서, 위생뿐만 아니라 전반적인 의술을 발전시켜 보려, 사전에서 본 여러 가지 의학을 시험해 보고 지금 실행 가능한 것들을 골라 의학 서적을 정음으로 편찬하고 있었다.

　그리고 일전에 내 딸과 동료들에게 병을 옮긴 궁녀는 목숨은 건졌지만, 궁에서 나가야 했다.

　대신들은 감히 나와 내 딸의 목숨을 위험하게 했으니, 참형에 처해야 한다고 간언했지만, 난 태형 스무대 후 궁에서 추방하는 것으로 그 일을 마무리 지었다.

　김처선에게 듣자 하니 본인도 죽을 각오를 하고 있었는데,

살아난 것에 대해 그저 감사하고 있단다. 결국 그녀는 백성들을 돌보는 의녀가 되겠다며, 제생원에 들어갔다고 한다.

이질 사태로 궁에선 모든 궁인들이 위생에 철저하게 신경 쓰게 되었고, 궁중 욕탕을 이용하는 이들이 대폭 늘었다고 한다.

그런 김에 나도 궁인들을 일부 동원해 몇 년간 틈틈이 모아 둔 조개껍데기 가루와 돼지기름으로 비누의 시제품을 만들어 보라고 일렀다.

당장은 비누 제작에 성공해도 품질이나 생산성이 너무 낮아 시중에 팔아먹는 건 무리겠지. 요즘 욕탕에서 비누 대용품으로 쓰는 비조과 열매의 유통량이 상당하고, 단가로 따져도 값싼 비조과 쪽이 우위에 있으니 어쩔 수 없다.

그러니 당분간 비누의 시제품은 궁에서 내관들이나 궁인들이 시험적으로 사용하게 하고 개선점을 찾아보게 해야겠다. 앞으로 개선을 거쳐 비누에 향료를 넣는 데 성공하면 사치품으로 팔 순 있게 될 거다.

그렇게 여러 일로 바쁘게 지내고 있을 때, 구주에서 온 사신단이 도성에 도착해 그들을 만나러 가야 했다.

"대내전(大內殿, 오우치)의 가주이자, 구주 육국(六國) 수호대명(守護大名, 영주)인 대내교홍이 저하를 알현하게 된 것은 삼생에 길이 남을 영광이며, 이는 백제의 핏줄인 자신이 본래 있어야 할 자리에 돌아온 듯한 기분이라고 합니다."

그런데 역관이 왜 저리 부담스러운 눈빛으로 날 바라보는 거지. 일전에 잠깐 봤던 미래의 가수들 영상에 나온 관중들 같아 보이네.

"그런가. 근자에 불미스러운 일도 있었지만, 대내전은 선대 왕 전하의 치세 시절부터 서신을 주고받으며 본국과 교류했고, 또한 선조를 잊지 않고 챙기는 마음이 가상하다고 생각한다. 게다가 이젠 조선의 신하가 되기 위해 먼 길을 찾아왔으니, 어찌 경사가 아니겠는가?"

내 말을 받아 대내교홍에게 통역한 역관이 그의 말을 내게 전달해 주었다.

"저하께서 대내전을 깊이 생각해 주시니 그저 감읍할 뿐이라고 하옵니다. 또한 저하께서 허락하신다면 머무는 동안 대내전의 선조인 임성 태자의 기록을 찾아보고 싶다는 의사를 밝혔사옵니다."

"어떠한 기록을 보고 싶은 것인지, 또한 그 요청의 진의가 무엇인지 묻거라."

그러자 저 둘 사이에 꽤 긴 대화가 오갔고, 한참 후 역관이 입을 뗐다.

"대내전이 그 연유를 삼가 말하길, 다다량씨(多多良氏)가 일본국에 들어간 것은 사특한 대련(大連)의 군사가 불법을 멸하려 하였기 때문이었고, 다다량은 임성 태자를 이르는 말이라고 합니다. 그래서 당시 백제의 국왕이 임성 태자에게 명해 대

련을 공격하게 했다고 하옵니다. 그 공으로 일본의 성덕태자
께서 선조 다다량에게 영지를 내리셨고, 그 후 대대로 본가의
영지명을 대내공조선(大內公朝鮮)으로 통칭한다고 합니다. 또
한 긴 시간이 흘러 여러 피가 섞여 혼탁해지고 전란으로 인해
대내공의 본기(本記)를 망실했지만, 구술을 정리한 책이 대대
로 전해지고 있다고 하옵니다. 그러나 분명 누락된 부분이 있
으며, 본국 조선에 남아 있는 기록과 비교해 확인하고 조상을
잊지 않으려 함이라고 하옵니다."

"조상을 생각하는 마음이 실로 지극하구나. 나중에 그를
도울 관리들을 보내주겠다고 전하라."

그렇게 대내교흥과 인사를 주고받고 나자, 동행한 소이전의
사신들이 내게 예를 표했다.

"저하, 소이전의 사신이 삼가 아뢰길, 그들의 주군인 소이
교뢰도 조선에 오고 싶어 했지만, 전쟁을 치르는 와중에 몸이
쇠약해졌고, 가신들이 만류하여 오지 못했다고 하옵니다."

"그런가. 소이전의 영주가 어서 쾌차하길 빈다고 전하거라."

"그 대신 저하께 바칠 선물과 조공품을 여럿 준비했다고 하
옵니다."

"고맙게 받지. 나중에 예조에 전해 답례품을 내리겠다고 전
하거라."

그 후로도 소이전의 사신이 구원군을 보내준 내게 거듭 감
사의 인사를 표했고, 당분간 그들의 영지를 지켜줄 주둔군을

보내달라고 하기에 그 부분에 대해선 생각해 보겠다고 하며 보류의 의사를 밝혔다.

그러자 대내전의 영주 쪽에서 내게 말을 걸었다.

"대내씨가 전쟁을 치르는 중에 갑작스레 입조하게 되어, 저하께 바칠 공물을 준비하지 못해 송구하다고 하옵니다."

"왜국의 영주 신분으로 직접 조선에 온 것만으로 그의 마음과 성의가 전해졌다고 전하거라."

그 후 좀 더 많은 실무적인 대화가 오갔고, 더 자세한 이야기는 이후의 일정에서 예조의 관원들과 나누도록 지시했다.

그렇게 사신단의 접견을 끝내고 퇴청하려는데, 대내의홍을 담당했던 역관이 은근슬쩍 티 안 나게 날 바라보는 게 느껴졌다.

대화 도중에도 단순히 통역만 하는 게 아니라, 자기가 들었던 구주의 사정을 알기 쉽게 설명하면서 내 관심을 끌려 노력하던데. 내 눈에 띄어서 출세라도 하고 싶은 건가?

대부분의 하급 관원들이 내 눈길을 받는 걸 부담스러워하던 것에 반해 저치는 꽤 적극적인 성격인가 보군. 나름 기특한 면이 있네.

이후 사신단이 일정을 소화하다 다시 만나게 되면 이름이라도 물어봐야겠군.

*   *   *

"대내전이 아조에 신종한 것은 이번 전쟁에서 병력을 잃고 소이전에게 보복을 당할까 봐 한 어쩔 수 없는 선택이라 생각하오. 선조의 핏줄은 그저 적당한 명분일 테지."

"소신도 그리 생각하옵니다. 그러니 이참에 허울뿐인 명분이 아니라 진심으로 아조에 감복하게 만든 다음, 아국이 대내전의 영지에서 이득을 취할 거리를 찾아내야 한다고 사료되옵니다."

예조판서 민의생이 내 말에 동의하며 그의 의견을 밝히자, 내심 그가 기특하다는 생각이 들었다.

물론 나보다 배는 오래 살았고 국정 경험도 많은 이에게 그런 생각을 품는 건 조금 부적절하지만, 그가 실리적인 외교 전문가로 변하는 모습을 몇 년 동안 걸쳐서 보아왔기에 그런 것이다.

"대내전에 관한 기록을 찾아보니, 대내전의 영토엔 현재 왜국에서도 손꼽힐 만한 규모의 동광이 있다고 하더군. 구주에서 나오는 동은 대부분 그곳이 출처라고 하오. 그러니 반드시 동을 확보해야 할 것이오."

"그렇사옵니까? 그렇다면 소신이 대마도의 선례대로 일을 처리해 보겠사옵니다."

그러고 보니 민의생이 지난번에 우의정 신개하고 짝을 지어 대마도의 은광 채굴권을 뜯어냈었지? 그럼 따로 언질을 주지 않아도 알아서 잘해내겠군.

"대감만 믿겠소."

기록에 적힌 역사에선 66세의 나이로 지난 5월에 이미 사망했어야 할 민의생이 건강하게 살아남은 것도 모자라 얼마 전 후처에게 늦둥이 아들도 보았다. 일을 잘하고 있는 것을 보니 나도 감개가 무량하네.

"비록 그동안 말은 안 했지만, 태조 대왕 시절부터 묵묵히 선대왕 전하들과 주상 전하를 부족함 없이 섬기고, 지금도 조정에 헌신하고 있는 대감의 공을 잘 알고 있소. 그런 대감에게 언제나 고마울 뿐이오."

내 말을 들은 민의생이 감격했는지 고개를 조아리면서 말했다.

"망극하옵니다. 저하, 소신은 그저 나라에 누를 끼치지 않고, 쇠락한 가문을 다시 세우기 위해 노력했을 뿐이옵니다."

그러고 보니, 이 할배의 가문은 내 조모 원경왕후의 친정인 여흥 민씨였지?

"내, 그런 대감의 공을 기려, 대감에게 바라던 것을 주려 하오."

"저하, 혹여 소신의 사……."

민의생이 내 뜻을 착각하는 거 같아 그의 말을 빠르게 끊었다.

"요전의 승전연에서 대감이 몇 년 전 어금니를 잃어 음식을 씹기 힘들다는 이야기를 얼핏 들었네."

사직이라니 절대 그럴 순 없지. 아직 일흔도 안 됐는데 어림없다. 민의생은 최대한 티 안 내고 실망한 눈치를 보이긴 했지만, 금세 표정을 다잡고 대답했다.

"그러하옵니다. 소신이 몇 년 전 식사 중에 돌을 씹어 구치(臼齒, 어금니) 하나를 잃은 적이 있사옵니다. 혹여 저하께서 소신에게 새로 고안하신 기물이라도 내리려 하시옵니까?"

"그렇네. 요즘 역병의 뒤처리를 하면서, 새로운 의서를 편찬 중이네. 그 와중에 이가 성치 않은 노신들에게 도움이 될 기물이 떠올라 만들어보았네."

"그것이 무엇이옵니까?"

"상아를 연마해 만든 의치(義齒)일세."

"아뢰옵기 송구하오나, 의치라 하심은 가짜 이빨이란 의미인 듯하온데, 그것을 소신의 잇몸에 어찌 고정하려 하시옵니까? 소신이 의학은 잘 모르오나, 한번 빠진 이빨은 대체할 수있는 게 없음을 알고 있사옵니다."

"안심하게. 이미 내의원과 안경원이 합작해서 의치를 만들었고 의원들을 시켜 이빨이 없는 이들의 몸으로 몇 번 시험을 거쳤는데, 다소 이질감이 들긴 해도 익숙해지면 차차 나아진다고 하더군. 그러니 나중에 내의원에 들러서 치아의 본부터 뜨게나."

"저하의 은혜가 망극하옵니다."

내가 만들게 한 건, 얇은 금판으로 만든 지지대에 상아로 만든 의치를 달아 빠진 이빨 양쪽에 고정하는 치아 브리지의 일종이다. 철사로 해도 되긴 하지만, 시술 난이도나 안정성, 그리고 인체에 미칠 유해를 고려하면 성능은 금 쪽이 제일 낫더라.

돈 많은 사대부가 사서 쓰기엔 이쪽이 낫지. 재정에도 도움이 될 테고.

가난한 이들은 이걸 응용해서 소뿔이나 동물의 이빨을 갈아 튼튼한 실로 감아서 사용해도 되겠던데.

그리고 백화상에서 얼마 전부터 내 지시로 돼지털과 버드나무로 만든 칫솔, 그리고 영생(英生, 박하)과 소금을 섞어 만든 치약을 판매하기 시작했지만 맨 소금과 손가락으로 이를 닦는 습관이 주류인지라 아직은 잘 팔리지 않는다고 하더라.

*   *   *

최근 명나라의 조정에선 조선 사신행을 자처하는 이들이 부쩍 늘고 있었다. 그 이유는 다름 아닌 미당을 구하기 위해서였다.

미당에 대한 소문이 명나라에 널리 퍼지기 전엔 명의 관료들이 조선에 사신으로 가면 조선에서 선물로 소량의 미당을 받아오기도 했었다.

조공무역을 통해 들어오는 대부분의 미당은 황제가 쥐고 있었지만, 선물 정도는 눈감아주었기에 별문제가 되지 않았다.

하지만 작년부턴 최고 권력자가 된 왕진의 지시로 사신단으로 가서 사적인 재물을 받는 것을 단속하며 조선 조정에 통보했기에, 조선 측에서도 사적인 선물이나 뇌물 같은 것을 주지 않았다.

그래서 그 조처가 내려지고 처음으로 사신단으로 온 일행들은 정당한 값을 지불하고 사면 문제가 되지 않을 거란 발상을 떠올렸고, 그들은 막대한 양의 은과 금을 조선에 주고 미당을 사 가기 시작했다.

그렇게 그들이 사 온 미당의 일부는 열 배가 넘는 가격으로 명나라의 시중에 풀려, 그들의 본전을 챙기고도 막대한 이득을 보게 해주었고, 그 후로 소문이 퍼져 너 나 할 것 없이 조선행 사신을 자처하게 된 것이었다.

"왕 태감, 소관을 다음 조선행 사신단의 말석에 넣어주신다는 일은 어찌 되었습니까?"

"이미 황상께 상신한 사신행 명단에 전 선생의 이름이 들어갔으니, 염려하지 말게."

"그게 정말이십니까? 소관은 왕 태감의 은덕에 그저 감사할 따름입니다."

"그대의 인품이 훌륭하고 학식이 높기에 추천한 것이니, 딱히 은덕이랄 것까지 있겠는가?"

"아닙니다. 태감께 받은 은혜는 소관이 잊지 않고 반드시 보은하겠습니다."

왕진은 사신단의 인사권을 미끼로 명의 신료들을 좌지우지하고 있었고, 그 와중에 은밀하게 뇌물이 오가기도 했다.

왕진과 권력을 다투던 상대인 황엄은 이미 뒷방 늙은이가되어 죽는 날만 기다리는 신세가 되었고, 내심 왕진을 내시라고 경멸하고 얕보던 대신들도 요즘은 앞다투어 그에게 잘 보이려 하는 판국이었다.

'그래, 진작 이렇게 되었어야지. 언제나 조선은 내게 좋은 일만 생기게 해주는군. 정말 세자 저하의 은혜가 크구나. 그건 그렇고 호부상서(戶部尙書, 명의 호조판서)가 긴히 부탁한 건이 있었지. 이참에 황상께 아뢰어봐야겠군.'

왕진은 황제가 만선(晩膳, 저녁 식사)을 마치자 그 자리에서 조심스럽게 말을 꺼냈다.

"폐하, 소신이 근자에 호부상서의 도움을 받아 나라의 재정을 살펴보니, 제후국인 조선 말고 다른 번국(蕃國, 오랑캐의 나라)에서 거두는 조공과 여러 교역은 전부 아국이 극심한 손해만 보고 있사옵니다."

"그래? 대체 얼마나 중한 일이기에 지금 짐에게 고할 정도더냐?"

"자세한 수치를 제하고, 대략적으로만 고하자면 적게는 두 배에서 많게는 열 배가 넘는 손실을 보고 있사옵니다."

왕진은 자잘한 숫자를 따지는 것을 싫어하는 정통제에게 쉬운 설명을 했고, 그런 그의 말을 들은 정통제는 표정을 일그러뜨렸다.

"대체 열 배의 손해를 보는 곳이 어디인가."

"몽고의 야인들과 실시하고 있는 마시(馬市) 교역이옵니다. 장릉(長陵, 영락제) 폐하께서 마시를 허락하신 이래로, 해마다 말 값이 감당할 수 없을 정도로 치솟고 있다고 하옵니다."

"좀 더 자세히 고해보거라."

"소신이 듣기론, 달자(韃子)들뿐만 아니라 회회(回回) 쪽의 야인들도 마시에 끼어들었고, 그들이 합심하여 말의 머릿수를 속이고 폭리를 취하는 일이 비일비재하다고 하옵니다. 그것도 모자라 말을 보여줄 땐 양마를 보여주고 나중에 병든 말로 바꿔치기도 한다니, 그들의 패악질과 횡포가 나날이 심해지고 있다고 하옵니다."

"역시 오랑캐 놈들이란 어쩔 수 없군. 빈틈을 보여선 안 될 놈들이야. 조공도 받아주면 안 되겠어."

"조공마저 끊어버리는 것은 지나치게 가혹하고, 식량을 얻기 위해 난을 일으킬 위험이 있사옵니다. 차라리 조공 이외의 사사로운 교역을 금하시는 게 좋을 듯하옵니다."

"그런가? 그런 건 왕 태감이 알아서 조치하게나. 그건 그렇고 일전에 먹었던 빙수라는 게 갑자기 생각나는데, 그거나 대령시키게."

"황상의 명을 받들겠사옵니다."

*   *   *

일과를 마친 자선당의 나인(內人)들이 욕탕에 모여 씻을 준
비를 하고 있을 때, 나인 양씨가 약간 거무튀튀한 색을 띤 사
각형의 물건을 손에 들고 냄새를 맡아보면서 그녀의 동기에게
말했다.

"킁킁, 이거 냄새가 조금 이상해. 저하께서 정말 이걸로 몸
을 씻으라 하셨어?"

그러자 그들 중 가장 나이가 많은 선임 나인 김씨가 그녀의
말을 받았다.

"그래. 이것아, 그게 내가 저하의 지시로 팔이 빠지도록 휘
저어가며 만든 비누란 거다. 그런 내 앞에서 감히 냄새 타령
을 해?"

"아이~ 항아(姮娥, 나인의 경칭)님. 제가 그런 사정은 몰랐죠~
그럼 이걸 어떻게 쓰면 되는데요?"

"덩치도 큰 년이 어디서 소름 끼치게 아양질이야? 거기에
물을 묻혀서 문지르면 비조과처럼 거품이 나. 그걸로 몸을 닦
아라. 그리고 나중에 사용해 본 소감을 정음으로 적어서 내게
제출해."

"알겠어요. 그럼 한번 해보죠."

그렇게 궁녀들이 비누에 거품을 내 몸에 문질렀고, 양씨는 일전에 사용하던 비조과보다 많은 양의 거품이 일어나는 것을 보고 말했다.

"와~ 이거 굉장히 신기하다. 어떻게 이렇게엣… 흐앙!"

양씨가 몸에 비누를 문질러 거품을 내고 있던 와중에 누군가 그녀의 등을 슬쩍 문질렀고 예기치 못한 접촉에 그녀는 커다란 비음을 내질렀다. 그러자 김씨가 큰소리를 질렀다.

"방금 이상한 소리 낸 거 누구야? 요즘 궁에서 대식질(對食, 동성 간의 성행위) 하다 적발되면, 큰일 나는 거 몰라?"

전임 세자빈인 순빈 봉씨가 궁녀를 상대로 대식을 한 초유의 사건으로 퇴출당하고 난 후, 궁에선 대식 행위를 엄금하며 단속하고 있었다.

그러자 양씨 근처에 있던 모든 나인의 눈길이 양씨에게 쏠렸고, 양씨는 억울한 마음에 항변했다.

"제가 그런 거 아녜요. 전 그냥 가만히 있었는데……."

양씨의 동기이자 친구이며, 범인인 나인 박씨가 조심스럽게 사과했다.

"송구합니다, 항아님. 제가 살짝 장난을 쳤어요. 결코 불순한 의도는 아니었어요."

"너희들, 앞으로 조심해. 내가 지켜볼 거야."

"예, 명심할게요."

그렇게 김씨에게 경고를 듣고 본래의 자리로 돌아간 양씨가 박씨에게 작은 소리로 말했다.

"야! 이 미친년아. 왜 갑자기 그딴 짓을 해서 이 사달을 만들어? 저 여자 일전에 상궁 진급에 떨어져서 신경질적인 거 몰라?"

"슬쩍 건드리기만 했는데, 이상한 소리를 낸 건 너잖아. 살짝 건드렸다고 교성을 지른 네년이 더 이상해……."

"에이, 몰라. 당분간 눈칫밥 좀 먹게 생겼네. 진짜 대식질 하는 년들은 저쪽에 따로 있는데 애먼 사람만 잡고 난리야. 너 그거 알아?"

"뭘?"

"저기 구석에 있는 저년들. 지난번에 입 맞추다 이 상궁님께 걸렸는데, 세자 저하가 승휘님에게 한 것처럼 짝지가 숨을 못 쉬길래 도와준 거라고 핑계를 대고 무사히 넘어갔대. 기가 막혀서 원."

"그게 진짜야? 와, 저년들 완전 가증스럽다."

"그러게 말이야. 난 그냥 멀리서 저하만 봐도 가슴이 떨리더라. 내가 우리 저하를 두고 어떻게 여자에게 한눈을 팔 수 있겠어? 나도 언젠간 저하의 안전에서 한 번만이라도 숨이 넘어갔으면 좋겠다. 그럼 저하께서 그 의술을 친히 행해주시지 않을까?"

"꿈 깨, 이년아. 어디서 되지도 않을 헛꿈을 꾸고 있어? 그런 일이 생겨도 넌 내관한테 받게 될 거다."

"그냥 바람이 그렇다는 거지. 내관이라니 너무해. 사람이 살면서 조그만 꿈 정돈 꿀 수도 있잖아?"

"세자 저하께서 무식하게 키랑 가슴만 큰 네게 관심을 보이시겠니? 거기에 눈도 겹꺼풀인 데다 머리카락 색도 반갈색이니 세자 저하께서 그리 총애하시는 빈궁 저하하고 정반대인데. 그러고 보니 피부 뽀얀 거 하나만 닮았네."

위구르 계통의 피가 섞인 양씨는 웬만한 남자들보다 큰 키를 지녔고, 작고 가냘픈 데다 전통적인 미인상의 세자빈 권씨와는 외모의 대척점에 서 있었다.

"야! 이렇게 태어난 게 내 탓이야? 그리고 우리 집안에선 내가 제일 예뻐! 흥. 그건 그렇고 이 비누란 거 참 신통하네. 냄새는 좀 그렇지만 씻는 느낌이 굉장히 좋은데?"

"그러게. 난 오늘 원손 아기씨 수발을 들다 손에 먹물이 잔뜩 묻어서 며칠은 안 빠질 거라고 생각했는데. 벌써 색이 거의 다 빠지고 있어."

"먹물은 어쩌다가 묻었는데?"

"아, 그게 말이야. 요즘 아기씨께서 서책에 관심을 보이셔서 지필묵을 구비해 놓았더니, 안 보는 사이에 방바닥에 마구 낙서 같은 걸 하셔서 그걸 전부 지우다가 그리됐어."

"듣고 보니, 너도 참 고생이 많구나."

"그러고 보니 이 비누란 거에서 동백 냄새도 희미하게 나는

데, 이걸로 머리나 감아보자."

"그래."

그렇게 사이좋게 머리를 감고 목욕을 마친 두 나인은 잠시 후 비누에서 용해가 덜된 기름 덩어리가 머리카락에 엉겨 붙은 걸 발견하곤 비명을 질렀다.

*　　　*　　　*

궁녀들과 내관들이 시험작 비누를 사용해 보고 적은 소감문이 내게 도착했다. 대부분 비조과 열매보다 성능이 좋다고 적긴 했지만, 일부는 이상한 냄새나 색이 꺼림칙하다고 적기도 했다.

거기다 일부는 덩어리가 잘 녹지 않아 들러붙기도 했단다. 돼지기름에 동백기름을 대량으로 섞은 게 실수였나? 아니면 제조 도중에 실수가 벌어진 건가. 숙성단계에서 보관을 잘못했나?

나도 시험 삼아 목욕하면서 써봤지만, 덩어리 문제 빼곤 저들의 소감과 딱히 다르지 않은 걸 보아 좀 더 개선이 필요할 듯하다.

일단 거부감을 일으키는 냄새부터 어떻게 해결해 봐야겠군. 용연(龍涎)이나 사향(麝香)은 지나치게 비싼 데다 희귀하니, 일단 넘기고 과실 종류의 향을 넣어야 할까? 사전에서 좀 더 찾아봐야겠군.

어디 보자……. 돼지기름에 버터를 조금 넣으면 비누색이 하얗게 변하고 희미하게 유향이 난다고? 이전엔 보지 못했던 수제 비누에 대한 자료가 다른 키워드로 검색된 걸 보니, 미래엔 비누 제조법도 무궁무진하게 많은가 보다.

그럼 일단 당장 구할 수 있는 과일 혹은 채소류와 우유 쪽부터 시험해 보면서 개선을 해봐야겠다.

내가 나랏일로 바빠서 지시만 내리고, 직접 감독하지 못한 게 제일 큰 실책 같네. 비누 제조를 전담할 만한 사람을 붙여야겠어. 그러고 보니 지금 적임자가 한 명 있었군.

"김 내관. 거기 있는가?"

그러자 내 처소 밖에서 대기 중이던 김처선이 들어왔다.

"저하, 소신을 찾으셨사옵니까?"

"자네 요즘 염초전의 일은 내수소의 관원에게 완전히 일임했다고 했었지?"

"예, 그러하옵니다만……."

"그럼 자네가 당분간 일 하나만 맡아주어야겠네."

"저하, 우둔한 소신이 대사를 망칠까 염려되옵니다."

난 아직 무슨 일인지 이야기도 안 했다.

"처선아."

"예, 저하."

"겸양이 너무 지나치구나."

내 주위의 내관 중에서 너만큼 일 잘하는 사람 거의 없다. 너의 미래는 내 상선으로 정해져 있으니, 운명을 거스를 생각 마라.

"아니옵니다. 소신은 그저 미천한 내관……."

"그저 미천한 내관이 나랏일에 쓰이는 책의 저자가 될 수 있었겠느냐."

김처선은 일전에 염초전 제작법에 관해 정리한 책인 전취염초서(田取焰硝書)를 완성하고 내게 휴가도 받은 데다가, 그 공을 아버지께 따로 인정받아 품계가 한 단계 오르기도 했다.

김처선이 쓴 책은 작년부터 팔도의 절제사들에게 배포되어 염초밭이 여럿 만들어지는 데 큰 도움을 주었다. 결국 김처선도 내심 체념했는지 슬쩍 눈을 감고 고개를 숙이며 답했다.

"소신이 어떤 일을 하면 되겠사옵니까?"

"자네도 며칠 전 비누란 기물을 써보았겠지?"

"예, 그러하옵니다. 소신이 비누를 만드는 일을 맡아서 진행하면 되겠사옵니까?"

역시 저놈의 눈치가 빨라서 그런지, 길게 설명할 수고를 덜었네.

"그래, 만드는 법은 담당 나인들에게 이미 일러두었으니, 자네는 그걸 관찰하면서 결과물을 보고 개선할 점을 찾아 보완하면 되네. 그리고 만들기 전엔 재료의 배합량을 전부 적어서 정리하고, 나인들이 계량에 실수하지 않게 챙겨주게. 또한 다음 비누 제작이 성공하면 내가 따로 적어주는 재료들도 넣어서 시험해 보고, 만약 잘 안 되면 화학청의 관원에게 도움을 청해라."

"소신이 삼가 저하의 명을 받들겠습니다."

난 그렇게 비누 쪽의 일은 김처선에게 일임해 두고, 국정으로 눈을 돌렸다.

＊　　　＊　　　＊

그렇게 시간이 흘러 1445년의 가을이 끝나갈 무렵, 구주에서 온 사신단이 일정을 마치고 귀국하게 되었고, 그들이 도성을 떠나기 전에 작별 인사차 만나 이야기를 나누던 중 슬며시 운을 떼었다.

"내 듣자 하니, 왜국의 풍습상 윗사람을 만나기 전에 몸을 씻지 않으면 결례라고 들었는데 내가 아는 게 맞는가?"

"대내씨가 고하길, 저하의 말씀이 사실이라 하옵니다. 왜국의 기후가 덥고 습해 자주 씻지 않으면 냄새가 고약하여 사족(士族)들은 예법을 위해 자주 몸을 씻는다 하옵니다."

일전에 내 눈에 들려 노력하던 역관은 다른 일을 하고 있는지 보이지 않는다. 지난번에 관상을 보니 아주 일 잘하게 생겼던데, 나중에 시간 나면 찾아서 불러봐야겠군.

"그런가. 그럼 저들에게 내가 준비한 하사품이 있다고 전하거라."

내 지시를 받은 내관들이 얼마 전에 성공적으로 제조한 향 비누를 가져와 사신들에게 나눠 주었고, 그들은 내게 감사를 표했다.

"사신들에게 나눠 준 것은 비누란 물건이고, 몸을 씻는 데 도움이 되는 기물이라고 전하거라."

내가 사신단에게 나눠 준 비누는 신분에 맞춰 귤껍질 가루를 첨가한 귤 비누와 우유 향이 나는 비누를 비롯한 여러 가지의 향 비누들을 종이에 포장해서 주었고, 오이씨 기름을 섞어 만든 오이 향 비누는 동행한 수행원들에게 나눠 주라고 일렀다.

"저하의 은혜가 망극하옵니다."

사신단이 조선에 몇 달간 머물며 간단한 조선말을 배웠는지. 조금은 어설픈 발음의 조선말로 내게 답했다.

저들에게 비누를 나눠 준 이유는 당장 백성들에게 판매할 무향 비누 말고, 소량의 향 비누를 비싸게 팔아먹기 좋은 상대가 왜국이라서 그런 거다.

조선의 주 교역 상대인 중국은 예로부터 전통적인 비누 생산 강국이라 여러 가지 종류의 천연 비누가 시중에 유통되고 있다.

일전에 알아보니 명나라의 북부 지방 쪽은 만성적으로 물이 부족해 거의 못 씻기에 민간 쪽은 비누의 수요가 거의 없고, 장강 이남 지방은 물이 풍부해서 목욕이 발달했는데, 이미 송나라 때 만든 비조단(肥皂團)이라고 부르는 비누나, 우리도 쓰는 조두(澡豆) 같은 세정제들이 대량으로 유통되고 있다고 한다.

거기에 우리가 끼어 들어봐야 수익을 내긴커녕, 금세 유사품만 잔뜩 퍼져 명나라 상인들만 좋은 일 시켜주겠지. 애초에 생산의 규모 차이가 비교할 수도 없을 정도니, 어쩔 수 없다.

아무튼 난 구주에서 신종한 이들을 미래에 얼리어답터라고 부르는 이들로 만들어, 장차 다른 영주들에게 조선의 문물과 상품을 퍼뜨릴 호객꾼으로 만들 셈이다.

지금 명나라에선 아직도 고려의 문화가 유행해서 복식도 따라 하고, 그걸 고려양이라고 부른다던데. 그런 문화 유행을 미래엔 한류라고 한다지? 이젠 구주, 어쩌면 먼 미래의 왜국엔 조선양이 유행하게 될 것이다.

*　　　　*　　　　*

구주의 사신단이 돌아가고 난 후, 난 일전에 인상 깊이 남은 역관을 한번 만나 보려고 했다.

"내 일전에 대내전의 통변을 담당했던 역관을 만나보고 싶은데, 그를 찾아 첨사원으로 데려오너라."

내 지시를 들은 내관이 다시 물었다.

"저하, 어느 역관을 아뢰시는지요?"

"이름은 모르겠고, 대내전 일행의 통변을 전담했던 역관인 것만 안다. 예조나 사역원(司譯院, 외국어 교육기관)에 문의하면 누군지 알 수 있을 것이다."

"저하의 명을 받들겠사옵니다."

내 지시를 수행하러 간 내관은 다음 날 첨사원으로 그를 데려왔다.

"저하, 사역원의 역관 참봉 한명회 대령했사옵니다."

뭐? 이름이 뭐라고?

난 너무 놀라 잠시 말을 잊었고, 내가 말을 듣지 못했다고 생각한 내관은 재차 다시 고했다.

"저하, 역관 한명회 대령했사옵니다."

"그래, 들라 하라."

그러자 나와 비슷한 또래로 보이는 호탕한 인상을 지닌 남자가 내 앞에 부복하며 말했다.

"미천한 역관 한가가 저하를 뵙사옵니다. 이는 소신의 가문에 길이 남을 영광이며, 또한……."

난 그의 말을 끊고 확인차 다시 물었다.

"자네 이름이 뭐라고 했지?"

"소신은 청주(淸州) 한가의 명회라고 하옵니다."

"별호는 뭔가."

"압구(狎鷗)라고 불러주시옵소서."

정말 그놈이 맞구나. 이것 참 어이가 없네. 예전에 김처선을 통해 저놈의 소식을 알아봤을 땐, 한량 짓을 하며 저자의 왈패들과 어울린다고 하길래 내버려 두었었는데 역관이 되었다고?

"그래, 그만 일어서 앉게. 자네는 언제 역관이 되었는가?"

"올해 초에 원시(院試, 사역원의 시험)를 통하고 바로 역과(譯科)에 응시해 합격했사옵니다."

"그럼 사역원 입학은 누구의 추천을 받아서 했는가."

"작년 시월쯤에 친우의 지인인 역관을 통해 들어갔사옵니다."

아무래도 그가 말한 친우는 권람을 말하는 것 같다. 사역원은 철저하게 추천제로 입학하고 보통 몇 년 동안 원시를 치르면서 합격한 다음에 역과에 나서게 되는데, 일 년도 안 돼서 그걸 전부 통과했다는 건가.

"그대의 재지가 놀랍구나. 사역원에 입학한 지 얼마 되지 않아 바로 역과에 합격하다니. 예전부터 왜어를 따로 익히기라도 했느냐?"

"아니옵니다. 왜어는 사역원에 들어가서 배운 것이고, 본래는 대국 말을 알음알음 익혔사옵니다. 아무래도 소신이 말을 빨리 배운 것은 정음 덕분이라고 생각하옵니다."

허, 이놈 정말 머리가 좋긴 하네. 사역원에서 하는 모든 교육은 전혀 조선말을 쓰지 않고 철저하게 외국어로만 이루어진다.

아버지가 정음에서 탈락한 글자를 모아 외국어를 표기할 발음기호를 만들어 사역원에서 사용하도록 배포하셨지만, 그것만으론 누구나 저렇게 빨리 배우진 못한다.

"你真聪明.(정말 영리하구나.)"

"过奖了.(과찬이시옵니다.)"

명국어로 한마디씩 주고받아 보니 짧은 대화만으로도 발음이 꽤 매끄러움을 알 수 있었다.

"그런 재지를 지녔으면 역관 말고 과거를 보고 문관이 되었으면 좋았을 텐데, 아쉽지 않은가. 내가 알기론 자네의 가문인 청주 한가는 전조 고려의 개국공신 출신 명문으로 알고 있는데 집안의 반대는 없었는가?"

"저하, 아뢰옵기 송구하오나 소신은 공자의 도나 주자의 도를 익히는 데 별 소질이 없는 듯하옵니다. 가문의 이름을 더럽히지 않으려 여러 번 과거를 치렀으나 전부 낙방만 했사옵니다. 또한, 본래대로라면 원시에 통과한 것만으론 역과에 도전하는 것이 불가능했지만 작년부턴 모든 관원의 정원이 늘어 소신의 부족한 경력과 실력으로도 간신히 합격할 수 있었사옵니다."

아무래도 한명회가 빠르게 역관이 된 것은 내가 역관을 비롯해 관원들의 정원을 대폭 늘린 것이 주요 원인이었나 보다.

"그것 말곤 역관이 된 이유가 따로 없느냐?"

기록을 보면 권력욕이 대단했던 한명회다. 역관이 된 건 분명 다른 이유가 있겠지. 아무래도 역관이 되면 재물을 얻기 쉬우니, 그런 듯한데?

"소신은 그저 나랏일에 도움이 되고자 했을 뿐이옵니다."

그래? 과연 그럴지 두고 보자고. 아직 첫 만남인데, 바로 속내를 전부 떠보긴 힘들군. 그럼 내 곁에 두고 천천히 관찰을 해봐야지.

"그런가. 사실 내가 오늘 그대를 여기로 부른 것은 다름이 아니라, 일전에 눈여겨보니 그대의 재지가 범상치 않음을 느껴 따로 일을 맡겨보고 싶어서 부른 것이다."

"망극하옵니다. 소신은 저하께서 섶을 지고 불 속에 뛰어들라고 해도 바로 따를 자신이 있사옵니다. 어떤 일이라도 맡겨주시면 최선을 다해 행하겠사옵니다."

이놈이 미래에 한 짓을 생각하면 저놈 말대로 불 속에 밀어 넣어보고 싶기도 하지만, 일단은 일부터 시켜보자. 지금 당장 시킬 만한 힘든 일이 뭐가 있을까?

"자네, 정음으로 외국의 말을 익혔으면 그만큼 정음에 능통하다는 말이겠지?"

"그렇사옵니다. 소신은 일전에 저잣거리의 사람들에게 정음을 가르쳐 본 경험도 있사옵니다."

"그러면 잘됐군. 자네가 해줄 일은 바로 이걸 정음으로 정리해서 편찬하는 거라네. 시간이 얼마나 걸리든, 어떤 수를 쓰든 상관없으니 해보게나."

난 첨사원 한편에 가득 쌓여 있던 역사서 자치통감(資治通鑑)의 원본을 한명회에게 보여주었다. 저게 아마 300권 조금 안 되는 분량이었지?

*   *   *

그때 명나라에선 몽골 오이라트부와 산서성 북쪽 경계에 자리한 무역 시장인 마시(馬市)에 관리들을 투입해 사무역이나 밀무역의 단속을 시작했다.

단속이 시작되자 대부분의 명국 밀무역상은 뇌물을 먹인 관리들에게 미리 소식을 듣고 단속을 피해 몸을 숨겼고, 몽골이나 회회족의 상인들만이 명의 단속 관원에게 적발되고 있었다.

이전에도 명목상 단속을 하며 뇌물을 챙긴 관리들이 많았기에, 적발된 상인들은 적당히 챙겨주면 넘어갈 수 있을 거라고 생각했지만, 이들을 단속하러 온 책임자는 그 전의 썩은 관리들과는 전혀 다른 사람이었다.

일전에 황제와 왕진에게 미움을 사서 투옥되었던 우겸은 산서(山西)의 감찰관 격인 안찰사(按察使)로 좌천되었고, 칙명으로 마시 단속에 직접 나선 것이었다.

"우 대인, 소인은 정말 집안 대대로 내려온 이 칙서가 정말 진품인 줄 알고 있었습니다."

"네놈은 가짜 칙서를 소지한 것도 모자라, 마시에서 소지가 금지된 병장기를 이곳에 가져오지 않았느냐."

"그건 어디까지나 이동 중 도적의 습격에 대비하기 위해 준비한 병기입니다. 결코 다른 마음을 품고 가져온 게 아닙니다."

"아무리 변명을 한다 한들 넌 법을 어긴 죄인이다. 여봐라, 이 죄인을 끌고 가라."

"대인, 만약 소인의 성의가 부족한 것이라면 명마 열 마리를 바치겠습니다."

그 말을 들은 우겸은 무심한 투로 자신의 보좌관에게 지시했다.

"이보게, 저 죄인의 죄명에 관리를 매수하려 한 죄를 추가해서 적어두게나."

"알겠습니다."

"대인! 부디 한 번만 용서해 주십시오!"

"다음 죄인을 대령하라."

우겸이 그렇게 한 치의 예외도 없이 진품 칙서를 소지한 조공무역 대상자를 제외하고 모든 밀무역상과 명국의 법을 어긴 야인들을 단속하자, 마시에 몰렸던 인원 중 삼 분의 이가량이 체포되어 끌려갔다.

*　　　　*　　　　*

몽골 오이라트부의 지도자인 에센은 갑작스러운 소식을 듣고 그의 군사 참모이자 오이라트의 이인자인 알락(阿剌)에게 자문했다.

"명국의 관리가 내 사람들을 전부 잡아갔다고 한다. 어찌하면 좋겠는가."

"타이시, 당장 우리가 취할 방법은 협상뿐입니다. 저들은 마시의 질서를 어지럽히는 잠상(潛商)을 단속하고 명국의 칙서를 보유한 정당한 상인들의 권익을 보장해 준다는 명분을 가지고 행동했으니, 우리가 항의한들 들어주지 않을 겁니다."

"어째서 그렇지? 명국의 관리들에게 적당한 성의를 보이면 될 일이 아닌가."

"단속을 주도한 인물이 예전에 다른 이들처럼 뇌물을 받고 적당히 처리했으면 우리 쪽에서도 그 일을 문제 삼아 항의할 거리가 있었을 겁니다. 하지만 이번에 온 이는 어떤 트집도 잡을 수 없게 잡혀간 이들의 죄목과 추포 경위를 모두 상세하게 적어서 우리 쪽에 보냈습니다. 저도 명국에 저런 관리가 있을 거라 상상도 못 해봐서 당황스럽더군요."

"……."

한참 동안 생각에 잠겨 있던 에센은 양 주먹을 말아 쥐고 서로 부딪히며 말했다.

"명의 황제가 감히 나의 목에 목줄을 채우려 한다. 알락, 지금 명을 치는 것은 아직도 불가한가?"

"타이시, 사람들을 동원할 명분도 약하고 지금은 시기도 좋지 못합니다. 그리고 새로 모집한 바투르(용사)들의 훈련도 아직 미흡하며 그들을 무장시킬 병장도 모자랍니다."

"그런가? 그럼 당장 잡혀간 이들을 돌려받으려면 어떻게 해야겠는가."

"당분간은 저들에게 복종하고 법을 지키는 척하면서 윗선에 뇌물을 주고 우리가 죄인을 직접 처벌하겠다는 명분을 대고 데려오는 게 최선입니다. 또한, 이후로 초원의 사람들에게 가는 식량의 양을 서서히 줄이시지요."

"어째서 내 게르 코우(영민)의 먹을 것을 줄이란 말이냐?"

"그래야 그들의 분노를 명에게 돌리고 전쟁을 일으킬 명분이 차근차근 세워집니다. 게다가 이런 추세로 마시의 교역이 축소되면 정말 십 년 내로 모든 초원의 후예들이 굶주리게 될 것입니다."

"그동안 우리가 지나칠 정도로 명국에 식량을 의존했단 말이군."

"그렇습니다. 우리도 모르는 사이 저들에게 보이지 않는 목줄을 채워진 거나 마찬가지지요."

"이 간악한 놈들. 감히 어디서 위대한 초원의 늑대에게……."

그렇게 에센은 눈을 감고 한참 동안 생각에 잠겼고, 그런 에센을 바라보던 알락은 새로운 방침을 제시했다.

"타이시, 지금 당장 전쟁을 바라신다면 명국 말고 적절한 상대가 있습니다."

그러자 에센이 눈을 뜨면서 알락의 말에 답했다.

"그게 어디냐."

"후룬의 잔당 놈들입니다."

"그러고 보니 이만주에게 패해 부족원들을 버리고 남쪽으로 도망간 놈들이 있었지. 그런 비루한 놈들을 쳐봐야 뭐가 득이 되겠냐."

조선에서 홀라온(忽刺溫)이라고 부르는 후룬 여진 일파는 대부분 오이라트에 패하고 복속되어 호마하(呼馬河) 부근에서 거주하며 오이라트부의 남동쪽 방위선을 형성하고 있었고, 조선에 신종한 내요곤 일파는 남하하여 파저강 인근으로 이주해서 성저야인이 되어 살고 있었다.

"그렇지 않습니다. 제가 요즘 소식을 듣자 하니, 그놈들이 조선에 귀부해서 엄청난 부를 누리고 있답니다."

"어느 정도인지 상세히 말해라."

"일전에 후룬과 교역하러 갔던 이들에게 물어보니, 생전 처음 보는 먹을 것들을 대접받았고 철제 농기구로 강가에서 농사를 짓고 살고 있다고 합니다. 게다가 질 좋은 무기와 갑옷도 다수 가지고 있었다고 들었습니다."

"그렇다면 우리가 그놈들이 가진 것을 빼앗으면 되겠구나. 이만주 놈에게 패해 변변한 병력도 없을 테니 훈련 중인 바투르에게도 좋은 실전 연습 상대가 되겠군."

"타이시, 축제를 벌이시겠습니까?"

"그래, 축제의 시간이다. 바투르를 소집해라."

그렇게 약탈의 축제를 벌이려 오이라트의 일만 기마병이 남하를 시작했다.

*　　　　*　　　　*

난 가을이 끝나고 겨울이 시작될 무렵, 평안도 절제사인 성승에게 대규모의 야인 기병이 홀라온을 공격하고 변방을 어지럽히고 있다는 장계를 받았다.

"야인들의 정체는 아직 밝혀낸 바 없소? 대처를 어떻게 했길래, 정체도 모르는 무리에게 파저강 유역을 기습당했단 말인가?"

그러자 조회에 출석한 신임 병조판서 민신(閔伸)이 내 말에 답했다.

"저하, 북도제찰사 대감도 북방에 있으니, 지금쯤이면 자세한 정황이 담긴 장계가 내려오고 있을 것이옵니다."

황보인은 지난달 병조판서의 자리를 이조참판이던 민신에게 물려주고 겸직 중인 북도제찰사의 임무를 수행하러 국경을 순찰 중이다.

"병판이 생각하기엔, 어떤 이들이 이런 일을 벌였다고 생각하오?"

"아뢰옵기 송구하오나, 밝혀지지 않은 적도의 정체를 쉽사리 단정 짓는 것보단 드러난 정보만을 보고 대처하는 것이 옳다고 생각하옵니다."

민신은 미래의 내가 병조판서에 올린 인물답게 신중한 대답을 들려주었다.

"하옵고, 저들이 아국의 국경 안까지 침탈하려는지는 확실치는 않지만 지금까지 받은 소식으론 습격받은 것은 홀라온의 야인들뿐이옵고 아직 아국의 피해는 없사옵니다."

"그렇다 해도 홀라온은 아국의 보호를 바라며 신종한 이들이네. 이런 선례가 남으면 그 어떤 야인이 아국을 믿고 귀순하려 하겠는가? 아직 아국의 피해가 없다고 해도 이는 아국의 위신에 흠이 갈 일이네. 또한 야인들이 아국의 국경에 침입하지 않는다는 보장도 없잖은가."

"일선의 수령들도 지난 정난(靖難) 때처럼 백성들을 대피시키고 있을 테니, 너무 심려 마소서."

지금 조선에서도 미래처럼 실시간으로 자세한 소식을 보고받을 수 있으면 얼마나 좋을까.

아버지께서 봉수(烽燧, 봉화 노선) 제도를 정비하셨고 그에 따라 매일 신호를 전달받고는 있으나, 자세한 정보는 전부 장계에 의존해야 한다. 내가 사군과 육진에 연결된 봉수 1로와 3로의 역참과 도로를 정비하고 있긴 하지만, 그것만으론 부족함을 느끼고 있었다.

차라리 지금부터 전서구를 여럿 키워볼까? 솔직히 훈련 난이도에 비해 효용성은 낮지만, 장차 파발과 함께 운용하면 지금보단 사정이 나아질 것도 같은데.

그렇게 그날 조회를 마치고 식사를 한 다음 첨사원에서 업무를 보러 가던 중, 이동 중이던 나인들과 마주쳤는데 나도 모르게 한 여인에게 눈이 떨어지지 않았다.

궁에 저런 여자가 있었나?

그녀는 큰 키에 약간은 서구적으로 생긴 게, 내가 본 영화나 드라마에 나온 미래의 여배우들과 비교해도 떨어지지 않는 외모를 지녔다.

"저하, 방금 본 나인 중에서 마음에 드신 여인이 있으신지요?"

김처선이 내 속내를 눈치챘는지, 약간은 느물느물한 표정을 지으며 내게 말을 건넸다.

"그런 거 아니다. 여인치곤 키가 커서 잠시 눈길이 간 것뿐이야."

그러자 김처선은 입꼬리만 살짝 올려 티 나지 않게 웃으면서 내 말에 답했다.

"키가 크다고 하심은 저하께서 나인 양씨를 보고 계셨군요. 저하께서 원하신다면, 소신이 오늘 밤 처소에 준비하도록 이르겠습니다."

"그런 거 아니래도."

어? 잠깐, 그 나인의 성이 양씨라고? 지금 난 내 아내를 제외하고 두고 있는 후궁이 셋이다. 승휘 홍씨와 정씨, 그리고 상궁 출신인 장씨.

그리고 기록에서 보길 사칙 양씨란 후궁이 하나 더 있었다는데, 내가 미래의 지식을 알게 된 시점에선 없던 인물이라 나중에 얻는 후궁인가 보다 하고 넘기고 말았는데… 설마?

"자선당에 양씨 성을 가진 나인이 몇이나 되느냐?"

"소신이 알기론 나인 양씨 한 명뿐이옵니다."

"그러냐."

정말 인연이란 게 있긴 한가 보네. 나중에 시간 나면 불러서 이야기라도 한번 해봐야지.

"저하, 어인 연유로 그런 것을 하문하시옵니까?"

"알 거 없다. 그만 가자꾸나."

"저하, 정말 처소에 부르지 않아도 괜찮겠사옵니까?"

"북방에 야인이 준동하여 나라가 어지러운데, 그럴 생각이 들 것 같으냐? 실없는 소리 그만하거라."

그러자 김처선이 조금은 실망한 표정으로 내게 답했다.

"송구하옵니다."

대체 네가 왜 실망하는 건데?

*   *   *

오이라트의 군대에 습격을 받은 후룬 일파는 곧바로 조선 군이 주둔하고 있는 파저강의 전진기지인 올라산성으로 피신 했다.

그사이 후룬의 작은 촌락 몇 개가 습격당해 사람과 새로 수확한 농작물을 잃긴 했지만, 조선 척후의 빠른 대처로 소식 이 전달되었기에 적은 피해를 보고 피난에 성공했다.

본래 조선군의 척후병도 오이라트군이 송화강 인근에 도착 했을 때 발견하긴 했지만, 잠도 식사도 말 위에서 하고 말을 갈아타며 쉬지 않고 극한의 진군을 한 오이라트군의 기동력 때문에 소식 전파와 침공이 거의 동시에 이루어진 것이었다.

"절제사 영감께 감사드립니다. 덕분에 빠르게 피신을 마칠 수 있었습니다."

후룬 분파의 수장인 내요곤이 평안도절제사인 성승에게 감 사를 표하자, 성승이 고개를 저었다.

"아닙니다. 대처가 좀 더 빨랐다면 구한위의 영민들을 전부 피신시킬 수도 있었을 텐데, 그러지 못해 미안하게 생각하고 있어요."

"그냥 대호군이라고 불러주십시오. 명은 우리에게 아무런 관심도 없는데, 이제 와서 명에서 받은 관직 따위가 무슨 소 용이겠습니까. 그리고 저 달자 놈들의 습격에 이리도 신속하 게 대응해, 제 사람들을 무사히 피신시켜 주신 것만으로도 정말 감사한 일입니다."

"그렇습니까? 대호군은 달자들이 여기까지 온 이유가 뭔지 짐작되는 바가 있으신지요."

"자세한 것은 몰라도 저와 갈라져 나간 일족과 관련이 있지 않겠습니까. 그들은 달자 놈들에게 굴복해서 살고 있으니 우리 일족을 완전히 복속시키려는 의도일 수도 있습니다."

"현재까지 파악된 저들의 병력이 약 일만 정도라고 하는데, 혹시 대호군은 저들의 동원 능력이 어느 정도인지 아시는지요?"

"제가 예전에 저들과 충돌했을 때 보았던 병력이 기마만 따져서 사만가량 되었습니다."

"허, 사만의 마군(馬軍)이라니, 조선 북방 양도의 모든 마군을 합친 것보다 많군요."

"모르긴 해도 그보단 더 많이 동원할 수 있을 것도 같습니다."

"그렇군요."

내요곤은 산성 밖에 집결한 오이라트군을 바라보곤 성승에게 물었다,

"한데, 여기서 농성하는 것 말곤 다른 계획은 없으신 겁니까?"

온전히 개수된 올라산성엔 성승이 이끌고 온 오천의 군사와 내요곤 휘하의 천오백가량의 병사가 전부였다. 나머지 인원들은 전부 홀라온의 백성들이었다.

성승 휘하의 나머지 병력은 황보인의 지휘 아래 오이라트의 침입에 대비해, 국경과 인근의 백성들을 성으로 피신시키고 있었기에 많은 병력을 동원하지 못했다.

"지금은 농성하는 것뿐입니다. 본관은 여기서 그분이 도착할 때까지 버티는 것이 제가 맡은 임무지요."

"그분이라면, 혹시?"

"예, 함길도절제사께서 직접 오고 계시지요."

그리고 다음 날, 본격적인 공성이 시작되었다.

* * *

평안도의 군과 내요곤의 일족이 올라산성에서 농성한 지 일주일이 지났을 무렵, 함길도 절제사 이징옥은 구원군으로 기병 오천을 이끌고 올라산성 인근에 도착해 있었다.

"이보게, 중군(中軍). 이번에 쳐들어온 야인의 수가 대략 일만은 된다고 했었지?"

"예, 그렇습니다, 대감."

"그렇단 말이지……."

"대감, 혹여라도 지난번처럼 선두에 서서 무모하게 적진에 돌격하실 생각이시라면, 그 전에 제 목을 치고 가시지요."

중군직을 맡은 남빈이 이징옥의 의도를 뚫어 보고 간언하자, 이징옥은 조금은 당황한 말투로 남빈에게 답했다.

"일… 일군을 이끄는 장수가 선두에서 군을 이끄는 건 당연한 처사이네. 또한 지난번에도 군을 승리로 이끌었네만."

"예, 대감께서 그리하신 다음 적진 한복판에서 낙마하셨고, 자칫 큰일이 날 뻔했지요."

"그, 그건……."

그러자 그들의 옆에서 나란히 말을 달리던 최광손이 대화에 끼어들었다.

"남 중군, 기병이란 돌격하라고 있는 거야. 게다가 대감께선 낙마하시고도 야인 놈들을 전부 쳐 죽이시지 않으셨는가. 왜 싸우기 전부터 우리 대감마님 기를 죽이고 그래?"

남빈과 악우 사이인 최광손이 이징옥의 편을 들어주었고, 그런 최광손의 말을 들은 이징옥은 기가 살아서 말했다.

"역시, 최 첨사(僉使)야말로 본관을 잘 알아주는군. 무릇 장수란 선두에서 모범을 보여야지."

이징옥과 최광손은 같이 단련을 하다 보니 둘의 사이는 더할 나위 없이 절친하게 변했고, 오히려 그들에게 단련법을 가르친 남빈은 머릿속까지 근육으로 변해 버린 저들을 통제하는 데 애를 먹고 있었다.

"하아… 정말."

남빈이 한탄하며 머리에 손을 얹자 최광손이 이죽대며 말했다.

"어이쿠, 우리 교관님, 화나셨습니까? 올빼미는 그저 악! 하고 웁니다."

최광손이 남빈을 놀리자, 이징옥도 이때다 싶어 최광손을
따라 옛일을 꺼냈다.

"그러고 보니, 우리 남 중군이 처음엔 본관에게도 전혀 사
정 봐주지 않고 무자비하게 다뤘지. 본관이 전신회를 하다가
돌아가신 조상님을 봤었다니까?"

최광손은 남빈과 함께 그 광경을 지켜보면서 즐기던 과거의
자신은 까맣게 잊고 맞장구를 치며 남빈의 흥을 보기 시작했
다.

"그렇죠? 중군이 겉으론 멀쩡하게 보여도 결코 정상이 아닙
니다. 분명 고통스러워하는 대감을 보고 즐거워했을 겁니다."

"암, 그렇지. 세상에 어떤 신임 군관이 절제사에게 그런 짓
을 할 생각을 하겠는가?"

"말도 마시지요. 소관이 훈련받을 당시 남 중군에게 당한
걸 생각하면……."

지금은 휘하의 장졸들을 훈련하며, 자신들이 당한 고통을
내리 물려주고 있는 두 사람은 자신들의 만행은 까맣게 잊은
채로 남빈에 대한 비난을 멈추지 않았다.

"알겠으니… 그만하시지요."

남빈이 항복 의사를 표했지만 남빈의 옛 희생자였던 두 사
람은 남빈에 대한 성토를 멈추지 않았고, 그러던 와중에 남빈
에게 척후병의 소식이 전달되었다.

"절제사 대감. 척후가 올라산성을 포위 중인 야인의 무리를 발견했다고 합니다."

남빈의 말을 듣자 이징옥과 최광손은 비난 겸 놀림을 멈추고 각자의 병장을 점검했다.

"알겠네. 여기서부턴 중군에게 지휘를 일임하겠네. 최 첨사, 준비되었는가?"

"예, 명만 내려주시지요."

"자넨 우군을 맡아주게. 좌군의 선봉엔 내가 설 테니. 대기하고 있다가 상황을 보고 돌격하게나."

"명을 받들겠습니다."

시시껄렁한 농담을 주고받던 두 사람은 어느새 위압적인 분위기를 내뿜으며, 각자 맡은 철갑기병을 천 명씩 나눠서 적진을 향해 서서히 이동을 시작했다.

이징옥과 최광손에게 직접 단련 받은 조선 최강의 기병대가 움직이자 뒤늦게 조선군을 발견한 오이라트의 병력도 대응에 나섰지만, 이징옥이 이끄는 조선군의 선봉은 이미 진형을 갖추고 천천히 이동을 시작한 상황이었다.

양군의 거리가 차츰 가까워지기 시작하자 오이라트군의 화살 공격이 수차례 쏟아졌지만, 조선 기병이 입고 있는 철판으로 된 마갑과 갑옷을 뚫을 수 없었다.

결국 조선군과 적군의 거리가 오십 보 이내로 좁혀지자, 좌군 철갑 기병 1천은 판금 갑옷의 광채를 뿜어내며 조금씩 속도를 올리기 시작했다.

이에 맞춰 오이라트의 창기병들도 한 박자 늦게 속도를 올리기 시작했지만, 대응이 느려 최고 속도를 낼 시기를 놓칠 수밖에 없었다.

"좌군, 거창 준비!"

이징옥에 선창에 맞춰 모든 좌군이 합창하듯 답했다.

"준비!"

"적도를 모두 죽여라!"

"죽어라—!"

명령에 맞춰 거창한 철갑기병대가 일제히 기마를 최대 속도로 올려 오이라트의 창기병과 격돌했고, 가속도 붙은 데다가 창의 길이가 상대적으로 긴 조선군의 돌격에 오이라트군의 선두는 조선군의 창에 무참하게 뚫려 사망하거나 충격을 받아 낙마하기 시작했다.

운 좋게 창에 맞지 않은 이들은 최대로 가속한 조선군의 말에 치여 날아가기 일쑤였다.

적과 격돌한 좌군이 기병창을 버리고 각자의 무기를 꺼내들고 적진을 돌파하고 있을 때, 이징옥도 자신의 새로운 애병을 꺼냈다.

그것은 기병대가 흔히 쓰는 편곤이 아닌 기다란 봉 끝에 망치와 송곳날, 그리고 찍개가 달린 변종 무기 전곤(戰棍)이었다.

전곤은 이징옥이 지난 전란의 경험으로 날붙이보단 둔기를 선호하게 되어 장인들에게 만들게 한 무기였다.

이징옥이 마주친 적에게 전곤을 한 번 휘두르자, 적의 머리
통이 그대로 터져 나가기 시작한 걸 기점으로, 그의 주변에 접
근하는 적들은 예외 없이 같은 운명을 맞이했다.

"이 무도한 야인 놈들, 감히 여기가 어디라고 기어들어 와?
죽음으로 네놈들의 죄를 갚아라!"

그렇게 일방적인 학살을 당하던 오이라트군은 선봉에 섰던
창기병을 후퇴시켰다.

비록 오이라트의 창기병대가 패하긴 했지만, 일만의 기병
중 오백가량이 전투 불능이 되었을 뿐이다.

이들의 지휘관이자 에센의 심복인 바얀테무르(伯顔帖木兒)는
궁기병을 내세워 본격적인 기동전을 지시했고, 출전한 궁기병
들은 재정비하려 후퇴하는 조선의 좌군을 거리를 유지하면서
추격하여 교대로 화살을 쏘기 시작했다.

철갑 기병에겐 화살이 거의 통하지는 않는 것을 확인했지
만, 경장 기병의 기동력으로 철갑 기병의 기동력과 진열을 흩
뜨린 다음, 오이라트의 중갑 창기병을 재정비시키고 다시 돌진
시킬 속셈이었다.

"내가 나설 차례 같군. 나팔총(喇叭銃) 부대 앞으로. 나머지
병력은 궁을 준비해라."

중군에서 상황을 지켜보던 남빈이 오백의 나팔총을 든 기
병을 선두에 세웠다. 그들은 기병용으로 개발되어 한 손으로

쏠 수 있게 만든 단축형 총신의 산탄총에 탄환 여러 발과 기름종이로 포장된 화약을 뜯어서 재었고, 그사이 다른 중군의 기병들은 편전을 쏘기 위해 각자의 활에 통아를 끼우기 시작했다.

오이라트군이 신입 전사들의 실전 훈련차 원정을 나온 사정을 모르는 남빈은 내심 실망한 기색으로 말했다.

"말로만 듣던 달자들의 마술(馬術)이 겨우 저 정도인가? 듣던 것과는 다르구나. 저들에게 우리의 기량을 보여주거라."

"예!"

남빈의 명이 떨어지자 가벼운 흉갑과 안면 개방형 면갑으로 무장한 경기병들이 일제히 속도를 내어 좌군을 엄호하려 이동했고, 선두에선 조선군 일부가 근접전을 걸어오는 것으로 판단한 오이라트 경기병의 지휘관은 조선군에 맞서 천여 명의 기병을 밀집대형으로 진형을 개편하기 시작했다.

나팔총 부대가 적에게 대략 20보 이내로 접근하자, 남빈의 명에 따라 총을 위로 세우고 있던 조선군의 나팔총이 오관한 적군을 향해 일제히 불을 뿜었다.

기마 상태라 정조준을 하고 쏘진 못했지만, 오백 정의 총에서 발사된 산탄이 일제히 화망을 형성하며 발사되었고, 사선에 들어온 밀집한 인원들은 피를 뿌리며 낙마했다. 또한 산탄은 기수뿐만 아니라, 그들이 타고 있던 말들에게도 심각한 상처를 입혔다.

"선회하라!"

그렇게 나팔총 부대가 먼저 근접사격을 하고 우측으로 급선회하자, 그들과 간격을 두고 따라오던 궁기병들이 약 40보의 거리에서 일제히 편전을 발사했다.

소름 끼치는 소리와 함께 눈에 잘 보이지 않는 화살들이 공기를 가르며 일제히 오이라트의 경기병들을 덮쳤고, 대략 수백 명의 인원이 한 번의 일제 공격으로 낙마하거나 즉사했다.

오이라트의 기병 역시 급하게 기수를 틀어 조선군에게 반격하려 했지만 활의 사정거리 차이로 대부분 화살은 일사 후 바로 선회 이탈하는 조선군에게 닿지 못했고, 오히려 이들이 추격하던 좌군을 버리고 조선군의 궁기병을 쫓는 모양새가 되었다.

그렇게 서로 유리한 측면을 선점하려 끊임없이 양군이 기동전을 펼치는 와중에 가랑비에 옷이 젖듯 서서히 병력을 잃어가는 건 오이라트 쪽이 되었다.

결국 오이라트군이 추격을 포기하고 재정비를 하려고 집결하자 최광손이 이끌던 우군과 나팔총병이 그들을 덮쳤다.

어느새 후방으로 빠져 재장전을 마치고 온 나팔총병이 선두에 서서 돌격해 왔고, 산탄을 쏘자마자 바로 우회하여 이탈했다.

갑작스러운 나팔총 공격으로 오이라트군은 수많은 사상자를 낸 데다 상처를 입은 말들이 날뛰어 혼란에 빠지자, 최광손이 이끄는 철갑 창기병들이 그들을 공격해 완전히 분쇄해 버렸다.

그 광경을 지켜보던 오이라트의 지휘관 바얀테무르는 고개를 떨구며 어쩔 수 없이 퇴각 지시를 내렸다.

적들이 퇴각하려 한다는 걸 눈치챈 이징옥이 올라산성에 신호를 보내자, 수성 중이던 평안도군이 성문을 열고 나와 오이라트군을 압박하기 시작했다.

결국 오이라트군은 4천의 사상자를 내고 퇴각했으며, 전투는 조선군의 승리로 끝이 났다.

제7장

와신상담

"참패했다고?"

파저 강에서 오이라트로 귀환한 바얀테무르는 스스로 자신을 결박한 채로 무릎 꿇고 에센에게 죄를 청했다.

"그렇습니다. 타이시, 패장인 저를 벌해주시옵소서."

"전황 보고부터 해라. 네놈의 처벌은 그다음이다."

"적지에 침투해 후룬 놈들의 마을을 몇 군데 약탈하는 데는 성공했습니다. 하지만 그놈들이 금세 눈치채고 산성에 틀어박혀서 농성하기에 그들을 공격하던 중, 조선의 원군이 도착했습니다."

"원군의 규모는."

"그것이……."

"쉽게 대답하지 못하는 걸 보니, 아군보다 적은 수였나. 아군의 절반 정도 되었느냐?"

"그렇습니다. 저를 벌해주시지요."

"전투의 경위부터 설명해라."

"적의 성이 견고해 주변의 나무를 베어 공성 장비를 준비하던 중 후방에 원군이 도착했습니다. 그 후 적의 선봉장이 돌격을 시작해 속하도 창기병으로 대응했으나, 적절한 시의를 놓쳐 선봉끼리의 싸움은 조선군의 일방적인 승리로 끝났습니다."

"그것만으로는 설명이 되지 않는다. 어떻게 패했는지 더 자세히 말해라."

"조선의 선봉대가 생전 처음 보는 갑주와 긴 창으로 무장하였고, 아군의 화살 공격을 전부 무시하고 달려들었습니다. 거기에 충분한 가속이 더해지니 아군의 기병이 이길 수가 없었습니다."

"그것만으론 전투의 승패까지 갈리진 않았을 터, 그다음은 어찌되었느냐."

"그들이 생전 처음 보는 화기를 동원했습니다."

"화기라면, 명에서 쓰는 화포 같은 것이냐?"

"아닙니다. 그들은 마상에서 한 손으로 다룰 수 있는 화기를 사용했고, 그것들을 이용해 아군의 진형을 어지럽히고 바로 이탈하여 적의 중기병이 돌진할 수 있도록 판을 깔아주었습니다. 아군은 거기에 대응하지 못했고, 산성에 틀어박혀 있던 놈들까지 호응해서 성 밖으로 나왔기에 후퇴할 수밖에 없었습니다."

"화기에 대해 더 자세히 말해라."

"속하가 자세히 보진 못했지만, 직접 그 무기를 본 생존자의 말대로라면 막대기 같은 물건에서 무언가가 발사되어 순식간에 인마를 살상했다고 합니다. 또한 수습한 부상자의 상처에서 조그만 납덩어리들을 찾을 수 있었습니다."

"그런 무기가 있었던 건가. 더 아는 것은 없느냐?"

"제가 알고 있는 것은 그것이 전부입니다."

"처음엔 네놈을 처형하려고 마음먹었지만, 듣고 나니 생각이 바뀌었다."

"감사합니다!"

"조선 놈들과 싸운 건 예상 밖의 일이었지만, 이번 싸움은 명을 치기 전에 적의 전력을 간접적으로나마 가늠해 볼 수 있는 전초전이라 볼 수 있겠지. 그런 경험을 한 네놈을 여기서 죽이는 건 명백히 아군의 손해."

"속하, 타이시의 자비에……."

에센은 기쁨에 찬 바얀테무르의 말이 끝나기도 전에 그의 친위대에게 지시를 내렸다.

"저놈의 수염을 전부 태우고, 이마에 죄인의 낙인을 새겨라."

"알겠습니다."

바얀테무르가 형벌을 받기 위해 밖으로 끌려 나가자, 그 광경을 옆에서 지켜보던 알락이 에센에게 말했다.

"타이시, 비록 테무르가 패장이지만 저건 너무 가혹한 처사가 아닌지요. 차라리 처형하는 쪽이 그의 명예를 위해 낫지 않겠습니까?"

"사람은."

"예?"

"살면서 겪은 치욕과 원한만이, 살아갈 힘을 준다."

"혹여, 그가 타이시께 앙심을 품지 않을까요?"

"상관없다. 나에게 원한을 품는다 한들 그것을 이용하면 그만."

"알겠습니다."

"그보다 당장 그대가 나서서 해줄 일이 있다."

"어떤 일을 하면 되겠습니까?"

"테무르가 말한 화기란 것을 구할 수 있는지 알아보아라."

"우린 조선과 아무런 교류가 없는 데다 전쟁까지 벌였으니 힘들 것입니다."

"화기가 조선에만 있는 것은 아니지. 어차피 그놈들도 명국에서 만든 것을 들여왔을 거다."

"알겠습니다."

        *   *   *

1445년의 11월이 끝나갈 무렵, 북방에서의 승전 소식이 조정에 전해졌고 나는 곧바로 이징옥과 성승의 공을 치하하는 서신과 상을 내렸다. 하지만 이 민감한 시기에 오이라트와 충돌한 게 어떤 득과 실이 될지 계산하느라 머리가 아플 지경이었다.

그렇게 첨사원에서 전황이 적힌 장계를 보며 한참 고민하고 있을 때, 한명회가 들어와 책 한 권을 건네며 내게 말을 걸었다.

"저하, 일전에 소신에게 맡겨주신 일을 끝마쳤사옵니다. 이것은 완성된 주기(周紀)의 첫 권이옵고, 나머지 책은 수레에 실어 가져왔사옵니다."

"벌써 그 일을 다 했단 말인가?"

아무리 한명회가 명석해도 그렇지, 석 달 만에 294권 분량의 자치통감을 전부 완역해?

"그렇사옵니다."

"혼자 한 게 아니라 다른 사람들을 부렸는가."

"예, 소신의 인맥을 동원해 가난한 학사들이나 과거를 준비하는 유생들 수백 명을 고용해서 맡겨주신 일을 완수했나이다."

"그것만으론 이리 빨리 완성되지 못했을 터인데, 다른 비결이 있었느냐?"

"고용한 유생마다 할당된 분량을 나눠 주면서 보름 안에 끝내면 약속한 품삯의 두 배를, 칠 일 안에 끝내면 세 배를 주겠다고 약조하니 달포하고도 보름 만에 번역을 마칠 수 있었습니다. 나머진 소신과 친우들이 그것들을 취합해 정리하고 검수하는 데 시간을 소모했사옵니다."

그랬군. 아무래도 한명회의 사고방식은 일반적인 유생들과는 많이 다른 모양이다. 책을 신성시하지 않고 미래처럼 효율성만 따진 처리가 마음에 드네. 이 정도면 북방에서 현령으로 고생하고 있는 신숙주의 대타가 되기 충분한데?

한명회가 건네준 주기의 내용을 살펴보았다. 조금은 문체가 어설프기도 하지만, 대략적인 내용을 살피기엔 딱히 문제가 없는 것을 보고 나도 모르게 웃음이 나왔다.

"이 정도면 그대가 정리한 자치통감을 집현전에 보내 조금만 다듬게 해도 훌륭한 저작이 될 것 같구나. 자네의 재지가 마음에 들어."

그러자 내심 기대감에 차 보이던 한명회의 얼굴이 환해졌다.

"망극하옵니다. 소신은 그저 저하의 명을 따르기 위해 최선을 다했을 뿐이옵니다."

"그런가? 그래도 일을 완수했으니 상을 내리도록 하지. 바라는 게 있는가?"

"상은 필요 없으나, 소신은 저하를 곁에서 모시고 싶사옵니다."

그러자 첨사원에서 업무를 보던 모든 이들의 시선이 전부 한명회에게 쏠렸다. 아무래도 저건 동정의 시선이겠지?

특히 성삼문의 표정이 볼 만했다. 살다가 성삼문이 한명회를 동정하는 상황을 보게 될 줄이야. 나 혼자만 웃을 수 있는 게 아쉽긴 하군. 이런 쪽으론 이야기하며 공감을 얻을 수 있는 상대가 없으니 가끔은 쓸쓸하기도 하다.

아무튼 나는 웃음을 간신히 참으며 한명회에게 말했다.

"알겠네. 내일부턴 자리를 마련해 줄 테니 여기로 출근하게나."

"저하의 은혜가 망극하옵니다."

그래, 지옥에 온 걸 환영한다.

*   *   *

그 무렵 이천 행궁에서 남편을 따라 같이 거하던 소헌왕후는 사색에 빠져 대답이 없는 남편에게 재차 말을 걸었다.

"전하, 오늘은 무슨 생각을 그리 골똘히 하고 계시는지요?"

"아, 중전. 언제부터 거기 있었어요?"

"일각 전에도 말을 걸었는데, 답이 없으시어 소첩도 가만히 있었사옵니다."

"내가 그랬나요? 그저 날씨가 좋아 흘러가는 구름을 바라보고 있었지요."

"그러셨사옵니까? 구름을 보고 새로운 발상을 떠올린 것은 아니시고요?"

"어떨 땐, 중전이 내 마음을 전부 꿰뚫어 보는 게 아닌가 싶어요."

"전하를 지아비로 모신 세월이 벌써 거의 사십 년이 다 되어갑니다."

"허허, 언제 시간이 그리도 흐른 게요. 중전의 면을 보면 딱히 실감이 안 나는데."

"소첩도 이젠 늙었사옵니다."

"내 눈에 중전은 아직도 곱기만 하오."

"전하도 참… 그건 그렇고, 구름을 보곤 무엇을 떠올리셨사옵니까?"

"근자에 화학원에서 작성된 서책을 보니 허공에 사람이 숨을 쉴 수 있는 기운 말고도 여러 가지 기운이 섞여 있고, 몇 종류인지는 정확하게 모르겠지만 각자의 성질이 다른 거 같다는 추측이 적혀 있었어요. 만약 그렇다면 하늘에 떠 있는 구름의 기운을 이용해서 사람을 태우고 하늘을 날 수 있는 기물을 만들 수 있지 않을까 생각해 보았지요."

아직 수소의 존재를 모르는 세종은 구름에 대해 착각하고 있었지만, 기초적인 열기구의 개념을 생각하고 있었다.

"그렇다 해도 사람이 새처럼 가볍지 못한데, 어찌 하늘에 닿을 수 있겠습니까? 어떨 땐 전하도 지나치게 엉뚱한 발상을 하시는 듯싶사옵니다."

"허허, 그래요? 마음에 여유가 생기다 보니 그런가 봅니다."

세종은 이천 행궁에 머물면서부터 말투도 부드럽게 변하기 시작했다.

조선 왕의 지나치게 가혹한 일정에서 벗어나서 국정에 대한 부담감을 내려놓으니 어느새 근엄한 모습은 차츰 엷어지고 젊은 시절의 온화한 모습을 되찾기 시작했다.

그러자 아내인 소헌왕후도 그런 남편의 모습을 보곤 신혼 시절로 돌아간 듯한 느낌을 받아 행복한 때를 보내고 있었다.

그녀는 내명부를 관리하는 일도 며느리에게 넘기고 세종을 따라온 후궁들과 같이 유유자적하게 보내는 지금이 마음에 들었다.

"오늘은 날씨도 좋은데 변복하고 나들이 겸해서 근방을 돌아볼까요?"

"전하께서 원하신다면 그러시지요."

"내 뜻이 아니라 중전의 의사를 묻는 거요."

세종의 물음에 중전도 웃으며 답했다.

"전하와 함께라면 소첩도 좋사옵니다."

그렇게 평복으로 갈아입은 두 내외는 변복한 내금위장과 금군들의 호위하에 주변 풍경을 감상하며 걸었고 그러다 보니 이천의 강가에 도착했다.

"전하, 강바람이 차니 옥체에 좋지 않을 듯합니다. 이만 환궁하시지요."

내금위장이 세종에게 간언하자, 중전이 추워하는 기색을 보고 세종도 돌아갈 마음을 먹었다.

"그러지. 돌아가는 김에 새로 생겼다는 저잣거리 쪽으로 가보세."

"명을 받들겠사옵니다."

그렇게 세종은 이천에 새로 생긴 점포들을 구경하며 지나가는 백성들을 관찰하기 시작했다.

"그러고 보니 예전보다 백성들의 차림이 많이 깨끗해 보이는구나."

세종의 물음에 내금위장이 작은 목소리로 답했다.

"소신이 듣기론, 일전에 도성 인근에서 역병을 겪고 나자 관아에서 나서서 몸을 씻고 자주 옷을 빨아 입으라고 권장하고 있다고 합니다."

"그런가. 그 아이가 잘해주고 있나 보군."

그렇게 점포들을 구경하던 세종의 눈에 소금을 파는 점포에서 미포가 아닌 저화와 통보로 물품을 거래하는 모습이 눈에 들어왔고, 그런 모습을 본 세종은 뭐라 말할 수 없는 감정을 느끼며 전율했다.

"부인, 저 광경을 보니 내 평생의 숙원이 드디어 이루어지고 있다는 생각이 듭니다. 정말 기쁘기 그지없어요."

그러자 중전도 웃으면서 세종의 말을 받았다.

"경하드리옵니다."

아직은 쌀과 면포의 비중이 높지만 적게나마 화폐가 사용되는 모습을 본 세종은 기뻐하며 다른 점포로 발길을 옮겼고, 거기서 사탕을 파는 것을 발견했다.

"부인, 저기선 사탕을 파는 것 같은데 사 가지고 갈까요?"

"그 아이가 소첩을 위해 보내준 게 거처에 많이 남아 있사옵니다."

"그래요?"

그렇게 사탕을 파는 점포를 구경하던 세종의 눈에 유리병에 담긴 생소한 물품이 들어왔고, 주인을 불러 물었다.

"이보게, 주인장. 이게 무슨 귀물인데 종이에 싼 것도 모자라 유리에 담겨 있는가?"

"나으리, 그것은 소인이 도성의 백화상에서 구한 과실 사탕이란 겁니다. 워낙 귀한 물건인지라 이리 보관해 둔 것입니다요."

"사탕? 그게 뭔가?"

"사탕을 녹여 과실의 액을 섞어 만든 귀한 엿의 일종입니다. 도성에서도 없어서 못 구하는 귀물입지요."

"여기 담긴 걸 전부 사지. 통보도 받는가?"

"아이고, 감사합니다요. 물론 통보도 받습지요."

"얼마나 치르면 되겠나?"

"이백 문입니다."

"알겠네. 김 서방! 여기 물건값을 치러주게나."

김 서방이라고 불린 내금위장이 은자 1냥치의 통보를 꺼내 물건값을 치르자, 주인장은 작은 도자기에 사탕을 담아주었고, 세종은 그것을 하나 꺼내 포장을 벗기고 중전에게 내밀었다.

"이게 도성에서 파는 새로운 과실 사탕이라고 하오. 아무래도 그 아이가 만들도록 한 것 같은데, 임자가 먹어봐야 하지 않겠어요?"

"소첩은 그것을 예전에 그 아이가 보내줘서 먹어본 적이 있사옵니다."

"그래요? 허허, 난 그것도 모르고 부인에게 주고 싶은 마음이 앞서 무작정 사버리고 말았소."

"그래도 지아비께서 소첩을 생각해 사주셨는데 안 먹어볼 수는 없지요. 이리 주시지요."

"그럼 내가 직접 먹여주리다."

"보는 사람도 많은데, 어찌……."

"누가 보면 좀 어때요. 아무도 신경 안 쓰니, 아 해보시오."

그렇게 사탕을 받아먹은 중전은 행복한 웃음을 지었고, 그런 아내를 바라보는 남편 또한 행복한 미소를 지었다.

그리고 행궁으로 돌아온 세종은 결심을 굳혔다.

'이젠 때가 된 듯하구나.'

*   *   *

내가 한 해를 마무리할 궁중 행사 겸 전통 놀이인 나례(儺禮, 전통 연극)를 준비하며, 올해의 나례엔 백성들을 놀래주려 좀 더 특별한 귀신 분장을 선보이고자 고심하고 있을 때 이천에서 충격적인 소식이 들어왔다.

"금일 주상 전하께서 사람을 보내 선위(禪位)의 의사를 밝히셨소. 하지만 이 사람의 덕과 능력이 부족한 데다, 어디까지나 주상 전하의 대리일 뿐이오. 그러니 감히 선위라는 불효와 불충을 저지를 수는 없소이다. 당장이라도 석고대죄하며 전하께 죄를 청하고 뜻을 거두어달라고 해야 하지만, 지금 전하께서 궁을 비우고 이천 행궁에 거하고 계시니 이를 어찌하면 좋겠소?"

드디어 올 게 왔다는 생각이 들었다. 내가 그간 대리청정으로 정무를 보긴 했지만, 정식으로 양위를 받고 왕이 되는 건 별개의 문제다. 여기서 바로 내가 왕 하겠다고 의사를 밝히면 세간의 사람들에게 인성을 의심받지.

그러자 황희가 내 말에 답했다.

"본디 저하께서 행궁으로 거동하시어 죄를 청하고 전하께 사양의 의사를 밝히는 것이 적절하오나, 저하마저 궁을 비우시면 정무에 큰 차질이 생기옵니다. 그러니 기로소(耆老所)에 이름을 올린 노신을 보내 사양의 뜻을 밝히시옵소서."

기로소는 70세 이상의 전·현직 노신들을 모아 우대하는 원로원 격의 기구다.

"영의정 부사 대감의 말이 지당하오. 그렇다면 누굴 보내는 게 좋겠소?"

"전 지중추원사인 권전(權專)을 보내시는 것이 좋을 듯합니다."

바로 내 장인의 이름이 나오네. 하긴 그분 은퇴하고 건강도 회복하신 다음, 여유작작한 삶을 보내긴 하시더라.

"대감의 의견이 옳은 듯하오. 장인에겐 내가 직접 청해보겠소."

사실 황희나 나나 미래의 표현으로 말하자면 짜고 치는 고스톱인 건 다 안다. 그러니까 한가하게 지내는 내 장인을 보내라고 추천이 들어왔겠지.

조회에 참석한 대신들만 봐도 당장 무릎 꿇고 부당한 하교라고 반대하는 이가 한 명도 없다. 다들 선례를 보아 짐작하고 있었던 듯, 덤덤하게 받아들이는 모습을 보이고 있었다.

*   *   *

1446년의 새해가 밝자, 아버지께서 장인을 따라 환궁하셨다. 아버지는 돌아오시자마자 곧바로 근정전(勤政殿)에 나아가 대신들 앞에서 선위의 뜻이 담긴 교서를 반포하신 다음 말씀하셨다.

"과인이 재위한 지 이미 이십팔 년이로다. 덕망이 없는 이 사람이 선대왕 전하께 이 자리를 물려받아 하늘의 뜻을 거슬러 여러 재난을 겪었고, 그 부덕함을 통감해 세자에게 전위하려 한다. 그리하여 과인은 종묘에 고하고 내선(內禪)을 행한 다음 상왕으로 물러나려 하니, 문무백관들은 과인의 명을 받들라."

"삼가 명을 받들겠사옵니다."

그 누구도 반대 의사 없이 아바마마의 명을 받들었지만, 대다수의 노신은 만감이 교차하는지 눈물을 흘리는 이들이 많았다.

나 또한 마음의 준비를 하고 있었지만, 막상 닥치고 나니 뭐라 말할 수 없는 감정이 교차해 눈물이 흐르며 지난 일들이 하나둘씩 떠오르기 시작했다.

역사가 바뀌어 더없이 건강해지신 아버지의 모습이나 무사히 살아난 아내의 모습, 그리고 언젠간 이런 날이 올 거라 예상했지만 내심 앞으로 나가길 거부하고 있었던 예전의 나의 모습 등 여러 가지 감정과 옛일이 뒤섞여 떠올라 눈물이 멈추지 않았다.

"도승지는 새 주상께 대보(大寶, 옥새)를 바치라."

도승지 이승손이 울면서 내게 상자에 담긴 옥새를 바쳤고, 내가 그것을 받아 앞에 놓고 아버지께 절을 올리자, 부드러운 목소리가 들려왔다.

"익일엔 주상의 즉위식을 준비하시지요. 이 사람은 절차를 마칠 때까지만 수강궁(壽康宮)에 거하겠습니다."

"아바마마, 절차를 마칠 때까지라고 하심은 이후에 다시 궁을 나서겠다는 의사이시옵니까?"

"주상의 말씀이 맞습니다."

"아바마마! 소자에게 말을 높이지 말아주시옵소서. 어찌 소자가 아바마마께 높임말을 들을 수 있단 말이옵니까? 또한 아바마마께서 머무실 곳은 궁이옵니다. 부디 소자가 아바마마를 편히 모실 수 있게 해주시옵소서."

"상왕이 궁에 머물게 되면 신하들이 눈치를 보게 되고, 최악의 경우엔 조정이 두 편으로 갈라질 수도 있어요. 주상을 위해 결정한 일이니 서운하게 생각 마시지요. 그리고 말을 높이는 것은 선례를 따르는 것이니 불편하게 생각지 마세요."

"하오나, 소자가 아바마마를 궁 밖으로 내모는 불효만은 저지를 수 없사옵니다. 부디 뜻을 거두어주시옵소서."

"주상이 선정을 펼치는 게 이 아비에게 효도하는 일입니다. 가끔은 주상의 용안을 보러 궁에 들릴 테니, 너무 서운해하지 말아요."

끝까지 날 위해 모든 것을 버리려 하는 아버지의 결정에 난 다시 눈물을 쏟을 수밖에 없었다.

이후에도 정인지를 비롯한 다른 신하들이 아버지께 부디 궁에 머물러 달라 간청했지만 아버지는 전부 거절하시고 할 아버지가 상왕 시절에 머무시던 수강궁으로 행차하셨고, 난 옥새를 앞에 두고 그 자리에 우두커니 앉아 있었다.

머리가 어지럽다. 어릴 적부터 빈틈없이 줄줄이 외우고 있 던 궁중 제례 절차나 즉위식의 순서 같은 건 하나도 떠오르 지 않았고, 오직 아버지에 대해 생각하고 있었다.

"전하, 저녁 수라를 드실 시간이옵니다. 그만 일어나시지 요."

"전하, 이러시면 옥체가 상할 수 있사옵니다."

김처선과 궁인들의 말에 정신이 들었다. 벌써 시간이 그렇 게 흘렀어? 처음엔 전하라고 부르기에 아버지가 오신 줄 알았 다.

"아직 즉위식도 치르지 않았는데, 전하라니 불경하구나."

그러자 어느새 황희가 나타나 내 말에 답했다.

"상왕 전하께서 먼저 주상이라고 부르셨으니, 이제부터는 전하라고 부르는 것이 맞사옵니다."

"그렇다 해도 죄를 짓는 기분이 드오."

"익숙해지시옵소서, 전하."

"그건 그렇고, 영상 대감은 아직도 퇴청하지 않으셨소?"

"전하께서 첨사원에 오시지 않고 근정전에 계속 계시다는 소식을 듣고 다시 찾아왔사옵니다."

"나도 모르게 사색에 잠겨서 그런 듯하오. 아직도 실감이
나지 않소."

"전하. 아뢰옵기 송구하오나, 소신도 이런 날이 올 것이라
대비하고 있었지만, 막상 닥치게 되니 평소에 생각한 것과는
다른 느낌이었사옵니다. 소신이 상왕 전하 말고도 세 분의 선
대왕을 섬겼지만 지금처럼 슬퍼하거나 회한이 느껴지진 않았
사옵니다. 그만큼 상왕 전하께서 선정을 베푸신 성군이었다
는 방증일 것이옵니다."

그래, 황희만큼 아버지와 깊은 관계인 대신도 드물지. 황희
의 입으로 저런 말을 들으니 실감이 조금은 든다.

"석식 시간인데, 대감도 나와 같이 한술 뜨고 가시오. 대감
에게 듣고 싶은 이야기도 좀 있고."

"망극하옵니다."

그렇게 난 황희와 식사를 하며 아버지에 관한 옛이야기를
나누며 울고 웃었고, 내가 모르고 있던 일의 전말도 몇 가지
들을 수 있었다. 그리고 다음 날, 난 즉위식을 치르고 종묘에
제사를 지낸 다음 정식으로 왕위에 올랐다.

*   *   *

1446년의 1월이 끝날 무렵 우참찬(右參贊) 자헌대부 정인

지는 새 왕이 즉위한 것을 알리고 원손을 세자로 책봉할 주준(奏准, 승인)을 받으러 명나라로 떠났다. 난 그 일행에 한명회를 딸려 보냈고 첨사원에서 일하던 다른 관원들은 승정원으로 배치했다.

대부분 승정원의 일을 하면서 첨사원에서 일하던 이들이라 일하는 자리만 다시 바뀌었을 뿐이다.

그리고 우의정이었던 신개(申槩)는 기로소(耆老所)에 들어가 종신 노예의 상징인 의자와 지팡이. 즉, 궤장(几杖)을 하사받아 자문직으로 물러났다. 지금 삼년상을 치르고 있는 최윤덕에 이어 정승 출신으론 두 번째의 궤장 수여자다.

공석이 된 우의정은 황보인이 되었다. 오랫동안 병조판서를 하며 국방을 발전시킨 공도 있고, 지난번 오이라트의 침공 때 군을 지휘해 백성들을 피난시킨 공을 인정받아 별 반대 없이 우의정에 올랐다.

황보인의 절친인 김종서는 이순지에게 호조판서 자리를 넘기고 형조판서가 되었다.

그렇게 정리하고 조정도 어느 정도 안정이 되자, 내가 쓰던 거처인 자선당을 홍위에게 물려주고 거처를 강녕전으로 옮겼다.

난 아내와 즐거운 시간을 보낸 다음 자려다가 문득 생각난 것을 물었다.

"중전, 홍위가 요즘 자꾸 말썽을 부린다는 소식이 들리던데 대체 어떻기에 그렇소?"

땀투성이가 된 아내가 천으로 몸을 닦아내며 내게 답했다.

"시강원(侍講院)에서 글을 배우는 와중에 경전보다 다른 쪽에 관심을 두고 있다고 하여 나온 말일 것입니다."

"그래요? 어느 쪽에 더 흥미를 보이는지 궁금하오."

"시강원의 학사들에게 경전보다 전하께서 편찬하신 용비어천가를 읽어달라고 조르옵니다. 또한 태조 대왕마마를 흉내 내듯이 나뭇가지를 꺾어 휘두르며 노는 것을 즐기고 있다고 하옵니다."

그래? 내가 어릴 적하곤 아주 다르네. 아무래도 홍위는 머리가 좋긴 한데 아직까진 학문 쪽엔 흥미가 별로 없나 보다.

아직은 여섯 살밖에 안 됐으니 공부에 집중하라고 압박하고 싶지는 않다. 어릴 적부터 뭐라고 하면 아이가 어찌 망가지는지, 후대의 왕 하나가 몸소 잘 보여줬거든.

난 다음 날 문안 인사를 하러 온 홍위에게 물었다.

"홍위야."

"예, 아바마마."

"시강원에서 공부하는 것이 지루하니? 아비가 네게 뭐라고 하려는 게 아니니, 솔직하게 답해보아라."

"그것이……."

홍위는 한참 동안 손가락을 비비 꼬며 답하길 주저했고, 그러자 열한 살이 된 내 맏딸 경혜가 대신 답해주었다.

"아바마마, 일전에 원손이 소녀에게 고하길, 경전만 보면 머리가 아프다고 하였사옵니다."

"내가 언제 그랬어?"

"아바마마 앞에서 거짓을 고할 셈이니? 그리고 어느 안전에서 버릇없게 굴어?"

"그러는 누님도 공부 안 하고, 나랑 같이 나비 보러 갔잖아… 요."

너희들… 정말 현실적, 아니, 어쩌면 미래적인 남매 사이구나. 그건 그렇고 둘이 평소엔 같이 잘 노나 보네.

그러자 아내가 내게 말했다.

"송구하옵니다, 전하. 소첩이 아이들을 잘못 가르쳐서 버릇이 없어진 듯합니다. 원손, 그리고 공주 너도. 어디서 이리 방자하게 구느냐?"

아내는 그 말을 하며 홍위와 경혜를 쳐다보았는데, 아이들은 금세 눈을 피하며 기어들어 가는 목소리로 말했다.

"송구하옵니다……."

"중전, 아직 아이들이니 철이 없어 그럴 수도 있지요. 너무 나무라지 말아요."

"전하께서 언제나 이 아이들을 그렇게 무르게 대하시니, 버릇이 고쳐지지 않는 것이옵니다."

어, 어? 지금 아내는 자기만 나쁜 사람 만들지 말라고 경고한 거겠지?

"알겠소. 원손과 공주는 듣거라."

"예, 아바마마."

"너희가 격의 없이 지내는 것은 보기 좋으나, 기본적인 예는 지키도록 하여라. 그리고 원손하고 공주는 이 아비가 한주에 두 번씩 직접 공부를 가르칠 테니 그리 알거라."

이참에 미래의 공부법 몇 개 참고해서 아이들을 가르쳐 봐야지. 주입식 공부법이 효율은 최고이긴 하지만, 그리고 지금 홍위에겐 흥미를 끌 다른 방법이 필요할 듯하다. 이참에 유학자들은 모르는 지식들도 좀 가르쳐야겠지.

"알겠사옵니다."

"그럼 물러가거라."

난 그렇게 정무를 보는 와중에 틈틈이 홍위와 경혜를 교육할 교재를 작성하며 교육 계획을 짜기 시작했다.

*　　　　　*　　　　　*

에센은 명에서 입수한 휴대용 소형 화포. 즉, 수총(手銃)의 일종인 수지사석포(手持射石炮)를 관찰하며 말했다.

"이게 바로 조선에서 쓴다는 화기인가. 생각한 것과는 딴판이군."

조선군과 전투를 벌였던 테무르가 에센의 말에 답했다.

"전에 목격한 이들에 따르면 이렇게 크지 않았습니다."

그러자 수총을 구해 온 당사자인 알락이 말했다.

"제가 명국의 관리에게 알아본 바론 그게 가장 작은 화기라고 했습니다. 게다가 이 한 정도 몹시 어렵게 구한 것입니다."

"그다지 귀해 보이진 않는다만."

"명국은 워낙 화약이나 화포의 반출에 민감해서 이것 하나 빼 오는 데도 엄청난 금이 들어갔습니다. 그나마 제가 접촉한 관원이 미당이란 향신료 때문에 빚을 엄청나게 지고 있어서 가능한 일이었습니다."

"사용법은 알아 왔느냐?"

"예, 이 통 안쪽에 여기 이 화약이란 것을 먼저 넣고, 그다음에 잡석이나 쇳조각을 채웁니다. 지금은 쇳조각이 없으니 잡석으로 해보지요. 그다음엔 이곳에 불을 붙이고 기다리면……"

알락은 막대로 연결된 사석포를 옆구리에 단단히 끼우고 갑옷을 입힌 나무 인형에 대고 조준을 유지했다. 잠시 시간이 지나고 심지가 다 타들어 가자, 굉음과 함께 돌멩이의 산탄이 발사되어 사슬과 철로 만들어진 갑옷을 일부 관통했고, 인형의 머리 부분은 흔적도 찾을 수 없이 날아가 버렸다.

그 광경을 본 에셴은 살면서 거의 처음으로 놀라움을 느꼈고, 화기의 위력에 매료되었다.

"어린 시절에 대원(大元)군에 종군했던 노인들에게 화포에 대해 들은 적은 있었지만, 이 정도였다니 놀랍기 그지없구나."

"제가 듣기론 명국의 군대는 이런 것을 수백 개씩 들고 일제히 발사한다고 합니다. 거기에 몇 배는 더 거대하고 강력한 화포들이 즐비하다고 했습니다."

"알락, 일전에 네 말을 듣길 잘했구나. 이런 게 있는지 모르고 명에 무작정 쳐들어갔으면 분명 큰 낭패를 봤을 거다."

"감사합니다, 타이시."

"이제 이걸 우리 바투르에게 보급할 방법을 찾아라."

"이 화기를 어찌 따라서 만든다 해도 화약이 없으면 무용지물입니다. 화약은 어찌 수급하실 생각입니까?"

"원 제국 시절의 군대는 화포를 많이 써봤으니, 분명 보르지긴의 측근이나 장인 중엔 만들 줄 아는 이가 있을 거다."

현 몽골의 지배자인 타이슨 칸은 보르지긴이었지만, 에센은 자신의 여동생을 그에게 시집보냈고 몽골의 실질적인 권력은 에센에게 있었다. 금력이나 병력에서도 차이가 심해 보르지긴은 그저 에센의 허수아비나 마찬가지인 신세였다.

"만약 화약을 만드는 기술이 실전되었으면 어찌하시겠습니까?"

"그럼 명에서 빼앗아야겠지."

"화약은 조선도 가지고 있습니다."

"아니야. 거긴 너무 멀고 지리도 모르잖나. 또한 지난번의 싸움 때문에 대비가 한층 더 치열해졌을 거다."

"알겠습니다. 그럼 맡겨주신 일을 수행하겠습니다."

그날부터 오이라트의 모든 장인은 수석포를 복제하기 위해 밤낮으로 일을 시작했다.

*　　　　*　　　　*

오이라트의 장인들이 수석포의 첫 복제품을 완성하고 시험해 보자 곧바로 문제가 발생했다. 수석포가 화약의 압력을 이기지 못하고 폭발해 시험하던 사람이 크게 다치고 사경을 헤매게 된 것이다.

사정을 들은 알락이 에센을 찾아가 사건에 대해 보고하며 자신의 의견을 말했다.

"타이시, 아무래도 우리의 능력으론 화기의 복제가 힘들 것 같습니다. 또한 타이순 칸의 휘하에 있던 장인들을 전부 수소문했지만, 화약을 조합하는 방법만 아는 늙은이 한 명만 찾을 수 있었습니다."

"화기 제작은 시간이 걸리겠지만 착오를 겪으며 차츰 나아지지 않겠느냐. 그리고 화약을 만들 줄 아는 이가 한 명뿐이라도 모두가 배우면 되니, 문제가 해결된 것 아닌가?"

"화약를 조합하는 법은 알지만 화약 제조에 가장 중요한 재료인 초(硝)를 만드는 법을 모른다고 합니다. 아무래도 지금 아군의 능력으론 화기를 사용하는 것은 요원한 듯합니다."

"정 그렇다면 명국의 무기고를 습격하여 뺏는 수밖에 없겠구나."

"아직은 시기가 좋지 못하니 조금만 더 인내하시지요."

"대체 언제까지 참으란 말이냐? 당장 마시에서 저놈들이 벌이는 횡포가 나날이 극심해져 가는 마당인데?"

"바얀테무르가 패전에서 배운 게 있는지, 조선의 기병대를 참고해서 아군의 바투르를 새로 훈련시키는 중입니다."

"어떤 훈련 중인가."

"우리가 쓰던 기마 창을 개량해 더 길게 만들었고, 그것의 사용법을 숙달시키고 있다합니다."

"그런가. 따져보면 화기보다 조선 기병의 거창 돌격으로 가장 큰 피해를 입었다고 했었지?"

"그렇습니다. 바얀이 전의 패전에서 배운 게 많은지 요즘 사람이 달라진 듯이 훈련에 매진 중입니다."

"흠, 살려둔 결정이 결국 옳았군."

그렇게 오이라트군이 한창 군을 훈련하고 있을 때, 몽골의 타이순 칸 보르지긴이 사람을 보내 에센에게 독대를 청했다.

"칸, 날 무슨 일로 불렀지?"

"타이시가 화약을 만들려 한다는 소문을 들었는데 맞는가?"

"그래."

"그대가 날 운 좋게 혈통만 물려받은 멍청이라고 경멸하는 건 잘 안다만, 내게 최소한의 예는 갖춰주게. 그대와 난 가족이기도 하지 않은가."

"그렇게 따지면 그쪽은 내 여동생의 남편이니 내게 예의를 차려야 하는 건 그쪽이지."

"그대가 바라는 것을 손에 넣게 해줄 생각인데, 칸에게 좀 더 존경을 보이지 그래?"

"흠, 화기나 화약을 손에 넣을 방도가 있는 것인가?"

"그래, 있다."

보르지긴의 말을 들은 에셴은 거만한 표정이나 태도는 전혀 바꾸지 않은 채 말투만 조금 바꾸어 말했다.

"그렇습니까?"

"단, 말해주기 전에 한 가지 조건이 있다."

"말씀하시오."

"자네가 원하는 것을 손에 넣으면 내 휘하였던 병력들을 다시 돌려주게."

"그건 명과 싸움이 임박한 지금엔 조금 힘들겠습니다."

"그럼 나도 더 이상 할 말 없네."

"차라리 직할 게르 코우(영민)의 수를 늘려 드리지요. 그들에게 세를 걷든 일을 시키든 눈감아 드리지."

"이만 명."

"욕심이 과하시군요. 일만 명으로 하시오."

말없이 한참 동안 계산을 하던 보르지긴이 에셴에게 다시 말했다.

"그럼 일만 이천으로 하지."

"좋소. 그럼 화약을 구해주면 바로 그들을 칸의 영역으로 이주시켜 드리겠소."

"절반은 먼저, 절반은 약조가 완수되면 넘겨라."

"물웅덩이보다 얕은 제 존경심의 효력이 다하기 전에 왜 그래야 하는지 먼저 설명해 주시지요."

"나도 화약을 구해 오려면 인력과 재화가 많이 필요하다."

"대체 교역 대상이 어디기에 그러시오?"

"티무르 제국."

"그런 나라도 있었나? 거기가 어딥니까?"

"대원 제국에서 갈라져 나간 형제국 중에 하나다. 서역 회회족의 영역에 자리 잡았고, 차가타이 칸의 핏줄이 다스리는 나라지."

"음, 사정이야 어떻든 화기와 화약만 확실히 구할 수 있으면 게르 코우를 조금 더 늘려 드릴 수도 있소. 다만 반드시 약조를 지키시오."

"그래, 칸의 이름으로 약조하겠다."

에센이 물러난 후, 보르지긴은 한숨을 쉬며 힘이 풀려 앉아 있던 자리에 그대로 누웠다.

"후, 만날 때마다 수명이 주는 느낌이군."

"잘하셨습니다, 형님. 우리가 저 승냥이 같은 놈에게 벗어나려면 원하는 것을 구해주고, 우리에게 필요한 것을 얻어내어

차근차근 힘을 키우는 수밖에 없지요."

어느새 게르 안에 들어온 보르지긴의 동생 아크바르지가 말했다.

"그래, 우리 황금 씨족의 핏줄이 저런 근본도 없는 숲 출신의 승냥이에게 잡아먹힐 수는 없지."

본래 초원이 아니라 숲에서 살던 오이라트족은 몽골과는 별 상관없던 이들이었다.

몽골 내에서도 야만족으로 경원받던 그들은 세력을 이끌고 칭기스칸에게 충성을 맹세했고, 이후 원 제국의 요직에 올라 권력을 공고히 하게 되었던 것이다.

어느새 원이 몰락하고 나자 반대로 오이라트가 몽골을 집어삼켰고, 원 제국에서 사용하던 전국 옥새마저 그들의 소유가 되었다.

"지금 오이라트 놈들의 세가 강성하긴 하지만, 중원을 차지한 명에 비할 수는 없습니다. 명국에 참패하고 세를 잃을 것이 분명하니 형님은 그때까지만 참고 견디시지요. 그러다 보면 기회는 반드시 옵니다."

"그래, 내가 배운 옛 고사에도 와신상담이란 말이 있었으니 수모는 얼마든지 참을 수 있다."

"승냥이 에센 놈이 몰락하고 나면 형님께서 다시 정당한 초원의 지배자로 우뚝 서실 수 있게 될 것입니다."

*　　　　*　　　　*

난 즉위하자마자 군기감과 장인청을 창덕궁 외곽의 한편으로 이전하는 공사를 시작했고, 어느 정도 정리가 되자 장영실을 비롯한 장인들이 궁으로 출근하기 시작했다.

"신기전과 화차의 개량은 잘되고 있는가?"

"전하께서 하교하신 대로 휴대형과 화차용을 구분해 개량하는 데 중점을 두고 있사오며 폭발 시 파편이 잘 퍼지도록 여러 실험을 거치고 있사옵니다."

"그런가. 그건 그렇고 거처를 옮기게 되어 가선대부의 면을 이리 자주 보게 되니, 참으로 좋소이다."

"성은이 망극하옵니다."

"이젠 그 말도 세인들의 눈치를 보지 않고 당당하게 할 수 있어서 좋겠소."

내 말을 들은 장영실의 얼굴에도 웃음이 피어 나왔고, 사정을 모르는 내 주변의 궁인들이나 상선은 어리둥절한 표정을 지었다.

예전엔 대리청정을 하면서 대신들 눈치 보느라 내 취미이자 유일한 낙을 거의 챙기지 못했는데 이제야 좀 살 것 같긴 하다.

오죽하면 아내가 요즘 표정이 많이 밝아진 것 같다고 물어볼 정도였으니, 몇 년간 스트레스가 많이 쌓이긴 했었나 보다.

난 그날 정무를 마치고 내 총신 겸 신하들을 불러 국방에 관해 토론하기 시작했다. 일종의 토론 겸 소모임인데, 사관도 동석한 상태였다.

그러고 보니 내가 설계하고 장인청에서 만들어 시험적으로 사용하게 한 펜촉을 끼운 세필을 들고 나온 게 눈에 띄네. 아직 스테인리스강이 나오기 전이라 펜촉을 강철로 만들게 했는데, 사용감이 어떤지 나중에 물어봐야겠다.

"요즘 북방 달자들의 움직임이 심상치 않도다. 조만간 큰 변란이 터질 기미가 있으니, 우리도 이에 대비해 준비를 해야 한다. 그대들도 의견이 있으면 기탄없이 고해보라."

"주상 전하, 일단 사정을 모르는 대감들에게 소신이 사정을 설명해도 되겠사옵니까?"

내 제일가는 총신이자 병조를 관할하는 좌부승지(左副承旨)로 파격 승진 한 성삼문이 말을 꺼냈다.

"허한다. 좌부승지는 설명을 시작하라."

"작년에 아국의 북방을 침탈한 달자들은 올량합의 소속이며, 그들의 우두머리는 야선 태사(也先 太師)라고 부르는 달달의 왕과 같은 이라고 합니다. 또한……."

"잠시만. 좌부승지가 뭔가 혼동한 듯한데, 북방에 쳐들어온 달자들은 와라부(瓦剌部, 오이라트)의 달자들이네. 또한 올량합(우량카이)에 소속된 게 아니라 와라부에 올량합이 일부속해 있는 거고, 오이라트라고 부르는 게 오히려 그들의 말에

가까우니 차라리 한자로 표현하기 힘든 건 주석에 적힌 대로
정음으로 이야기하게."

"송구하옵니다. 그럼 오이라트의 왕인 에센 타이시가 북방
을 침탈한 것은 우리가 홀라온이라고 부르는 후룬의 일파를
마저 복속시키려고 한 정벌이었다고 합니다. 조선군과 싸움을
벌인 건 그들도 상정 외의 일이었던 듯하며, 정벌의 원인은 근
래 명국과의 교역에서 손해를 보고 있기에 그 손실을 메꾸려
한 것이라고 추측됩니다."

성삼문의 설명이 끝나자 병조판서인 민신이 말했다.

"전하, 병조에서 북방의 야인들에게 따로 알아본 바론, 오이
라트는 지난 싸움에서 대패하고 얌전히 있다고 합니다. 혹여
나 아국의 북방을 다시 침탈할 의도는 없어 보입니다."

그러자 우의정인 황보인이 말했다.

"병판의 판단이 그렇다 해도 만에 하나 설욕의 의사를 품고
다시 침공할 염려가 있으니 방비는 철저하게 하는 게 맞소.
전하, 이참에 올라 산성 인근에 새 산성을 쌓는 것은 어떻겠
사옵니까?"

"생각해 보겠소. 형조판서의 생각은 어떻소?"

그러자 말없이 듣고 있던 김종서가 입을 열었다.

"소신이 삼가 추측건대, 달자들의 준동이 단지 한 번만으로
끝날 것 같지 않다는 예감이 드옵니다. 그러니 방비를 철저히
해야 한다는 지봉 대감의 의견엔 찬성하옵니다."

"도승지는 어떻게 생각하는가?"

내가 결재해야 할 서류를 들고 왔다가 얼떨결에 토론에 참석한 도승지 이승손이 내게 답했다.

"소신이 십여 년 전에 영중추원사 최 대감의 종사관으로 파저 강 정벌에 종군했던바 느낀 점을 고하자면, 야인들은 힘을 보이면 당장은 고개를 숙이옵니다. 하나, 금세 뒤로 흉계를 꾸미고 딴 마음을 먹으니 엄두조차 내지 못하게 압도적인 힘을 보여주어야 한다고 사료되옵니다."

그러자 황보인이 말했다.

"도승지, 자네의 말이 원론적으론 맞긴 한데, 오이라트의 달자들은 너무 멀리 떨어져 있어 원정을 나가긴 곤란하네."

"그건 지봉의 말이 맞네. 이만주 때와는 사정이 다르고 자칫 잘못하면 명의 심기를 거스를 수도 있네."

"어디까지나 소관의 사견을 말씀드렸을 뿐입니다."

그러자 잠자코 지켜만 보던 황희가 나서서 의견을 정리했다.

"전하, 당장 야인의 재침 여부는 알 수 없으니 우선 방비에 철저히 할 것을 우선하시는 게 옳을 듯합니다."

"대감의 뜻은 그렇소? 일단 여기서 결정할 문제가 아니니, 각자 생각한 바를 토론해 보시오."

그렇게 한참 동안 의견이 오고 가고 나서 분위기가 성채를 몇 개 쌓아 방어에 철저히 하자는 분위기로 흘렀다.

"고(孤)가 대신들의 고견은 잘 들었네. 이제부턴 고의 생각을 말해볼 테니 들어보게나."

"경청하겠사옵니다."

"지금 오이라트의 무리들은 마시를 통해 명국에 의존하던 식량의 양이 줄었고, 당장은 큰 타격이 없을지도 모르오. 하지만."

내가 잠시 말을 끊으면서 차를 한 잔 마시자 모든 신하들이 다음 말을 궁금해하는 표정이 되었다.

"명과 갈등이 지속된다면, 그들이 명국을 상대로 난을 벌일 수 있도다."

"전하. 가능성이 없진 않으나, 어찌 감히 달자들 따위가 명국을 상대로 반기를 들 수 있겠사옵니까?"

아니, 역사가 꼬이긴 했어도 돌아가는 분위기를 보면 몇 년 내로 터지고도 남는다.

"잠시 그대로 듣게. 일단 오이라트의 왕 에센은 지난날 아조에 대원국의 칙서라고 서신을 전달한 적이 있었다. 기억하는 대신이 있는가?"

그러자 황희가 내게 답했다.

"예, 그러하옵니다. 몇 년 전 저들이 망해 버린 원국의 명의를 도용한 것도 모자라 황제를 자칭하는 무도한 서신을 보냈기에 예조에서 돌려보낸 적이 있사옵니다."

"그렇네. 일단 북원을 자칭하는 몽고의 달자들은 패거리가 둘로 나뉘어져 있지. 자칭 황제인 칸과 오이라트의 에센. 거기에 원국의 실질적인 권력은 에센이 장악하고 있지만, 혈통 문제 때문에 정식으론 황제가 되지 못했다."

그러자 토론 자료를 준비한 성삼문이 약간 당황해서 내게 물었다.

"주상 전하, 소신은 그런 사정까진 몰랐사옵니다. 그것은 소신 말고 다른 이를 통해 아신 탐보이시옵니까?"

평안도절제사 성승이 내요곤에게 들은 정보를 정리해 보낸 장계와 사전에서 본 정보를 합쳐서 정리한 건데, 성삼문은 모를 수밖에 없겠지.

"평안도절제사를 통해 들은 것이네. 일단은 듣게나."

"송구하옵니다."

"정식으로 원의 황제가 되고 싶은 에센이라면 이런 명분을 이용하지 않을 수가 없지. 요 몇 년 사이 오이라트가 근방의 야인들을 복속하고 후방을 정리한 것만 봐도 그의 속내가 짐작된다. 분명 그들은 명을 상대로 전쟁을 일으킬 마음을 품고 있을 것이다."

그리고 정강의 치욕급인 토목의 변이 발생해 우리 고려 천자 1호가 잡혀갔지.

그러자 황희가 내게 물었다.

"전하, 만약 그들이 난을 일으킨다면, 어찌 대처하실 요량이시옵니까?"

"그거야 물론……."

난 다시 한번 차를 한 모금 마시고 좌중을 둘러보며, 의도적으로 앞의 한마디를 생략하며 말했다.

"참전할 것이다."

『내가 바로 세종대왕의 아들이다』 5권에 계속…

FANTASTIC ORIENTAL HEROES

와룡봉추

임영기 新무협 판타지 소설

세상천지 원하는 것을 모두 다 이룬
천하제일인 십절무황(十絕武皇).

우화등선 중, 과거 자신의 간절한 원(願)과 이어진다.

"…내가 금년 몇 살이더냐?"
"공자께선 올해 스무 살이죠."

개망나니였던 육십사 년 전으로 돌아온
화운룡(華雲龍).

멸문으로 뒤틀린 과거의 운명이 뒤바뀐다!

Book Publishing CHUNGEORAM

유행이 아닌 자유추구 -
WWW.chungeoram.com

FUSION FANTASTIC STORY

변혁 1998

천지무천 장편소설

주식 투자에 실패해 나락으로 빠진 강태수.

그런데,
눈을 떠보니 22년 전 과거로 돌아왔다!

『변혁 1998』

"다시는 후회하는 삶을 살지 않으리라!"

미래의 지식은 그를 천재적 사업가로 만들었고,
지난 삶의 깊은 후회는 그를 혁명가로 이끌었다.

새로운 삶을 살게 된 강태수.
변혁의 중심에 서다!

Book Publishing CHUNGEORAM

유행이 아닌 자유추구 -
WWW.chungeoram.com

밥도둑 약선요리왕

가프 현대 판타지 소설

MODERN FANTASTIC STORY

유치원 편식 교정 요리사로 희망이 절벽인 삶을 살던
3류 출장 요리사.
압사 직전의 일상에 일대 행운이 찾아왔다.

[인류 운명 시스템으로부터 인생 반전 특별 수혜자로 당첨되었습니다.]
[운명 수정의 기회를 드립니다.]
[현자급 세 전생이 이룬 업적에서 권능을 부여합니다.]
-요리 시조의 전생으로부터 서른세 가지 신성수와 필살기 권능을 공유합니다.
-원조 대령숙수의 전생으로부터 식재료 선별과 뼈, 씨 제거법 권능을 공유합니다.
-조선 후기 명의의 전생으로부터 식치와 체질 리딩의 권능을 공유합니다.

동의보감 서른세 가지 신성수를 앞세워
요리의 역사를 다시 쓰는 약선요리왕.
천하진미인가, 천하명약인가? 치명적 클래스의 셰프가 왔다!

Book Publishing CHUNGEORAM

유행이 아닌 자유추구-
WWW.chungeoram.com